中文可以更好 32

如何捷進寫作詞彙
飲食篇

黃淑貞　編

編輯說明

一、本書是寫作參考的工具書，依照事物的概念類別以及實用原則，分為二十大類、八十小類；小類之下再根據詞彙的用法排列，由此路徑查詢，可找到適切的詩詞。

二、本書搜羅的詞彙共約近四千多條，先根據詞意正反、褒貶，程度淺深、輕重，順序發展變化排列。再依照字數、筆劃多寡排列，並有解釋，方便讀者了解字義、辨析差異、選擇用詞。

三、詞語之後，精選歷來百位作家，合計近一千個佳句範例，供讀者在欣賞觀摩之餘，迅速從中學習用法與巧妙變化，體會語境，提供自己的寫作與表達能力。

四、閱讀是增進詞彙的不二法門。期望本書除滿足查詢功能，有助於學生與讀者從平日閱讀工夫中，加強運用詞彙的敏感度，在捷進寫作詞彙上更有方法與心得。

五、此外，本書概念分類可參照彩色拉頁「飲食詞彙心智圖」。並在詳細目錄的代表性詞語下方列有關鍵詞，可供參考，加速正確查詢。

商周出版編輯部

大專院校與國高中校長、國文教師一致推薦

飲食乃民生之首要，飲食文化更是隨著社會文明之發展而益發豐富精彩。古今文人多有與飲食相關之寫作，更留下許多經典「膾炙」人口的章句。因此，透過飲食文學之閱讀以增進寫作能力，其過程必然「津津有味」，而餘味深長。

——裕德國際學校校長　李慶宗

這真是一本令人獲益良多的書，特別是對於飲食文學有興趣的讀者，一定可以從中得到莫大的幫助；同時，可以感受編撰者的認真，閱讀起來很有滋味！

——臺灣師範大學國文系教授　潘麗珠

你是詞窮遭人嫌棄的美食節目主持人？還是推薦必點時常看到顧客白眼的餐廳老闆（娘）？亦或是網友人數難以為繼的美食部落客？談「吃」要談得有聊有趣有文化，你，絕不能放過此書！

——中央警察大學通識教育中心教授　鄒濬智

熟讀《如何捷進寫作詞彙——飲食篇》，讓你成為縱橫「料理界」，說得一口好菜的「小當家」。

——臺灣科技大學人文社會學科國文領域助理教授　蔡明蓉

總有一種食物讓異地的你魂牽夢縈，總有一絲懸念在多年後重遊仍指定品嘗，那樣味蕾的相遇幾乎是命定，一人一種心思。關於飲食的描述不應膚淺地停留在手機照片，更適合深度刻畫記憶中人生的況味；打開這本書，讀者可以飽嘗名家珠玉，找到各式合於心情的飲食滋味，除了留連他人的口舌冒險，更有能力寫下自己的人生酸甜。

——臺北市士林高商國文教師　鄒依霖

如此色香味俱全的文字饗宴，著實令人食指大動——此書甚或兼具食譜功能，為佳餚美饌品名大觀。

——國立苗栗高商國文教師　呂婉甄

掌握飲食與人生況味的語彙，就等於掌握了書寫人生的妙筆，也掌握了味在舌尖而意在言外的獨特人生滋味。這本書，正是想書寫人生的你所需要的工具書，情味與趣味，俱在作者精心收集的名家飲食書寫中，不容錯過！

——臺北市蘭雅國中國文教師　黃美瑤

嚐酸、甜、苦、辣在舌尖飛揚，任雋永醇香纏綿於心間，該如何詮釋這咀嚼的幸福滋味呢？讀《如何捷進寫作詞彙——飲食篇》，就能恣意言饟——食之味。

——臺北市萬華國中國文教師　藍淑珠

縱然言不盡意，且詞有時而窮，但請翻閱此書，抓住那計將飄散的好味道。

——臺北市中和國中國文教師　蔡明勳

精準細膩的描述，會讓眼前的美食不只是好吃超讚狂推，而是深化為撩人心弦的恆久記憶。這本書可以讓你一窺大師級美食寫作的堂奧。

——資深美食部落格主／北市高中教師　迴紋針

目錄

壹・飲食生活

一 食物

1 料理

選材

【辨貨】採購貨物。
【打理】準備；處理。
【採選】挑選。
【挑選】從若干人、事或物中選出合乎要求的。
【揀選】挑揀選擇。
【嚴選】嚴格篩選。
【挑精揀肥】比喻挑挑揀揀，光挑對自己有利的。
【精挑細選】仔細的選擇。
【真材實料】材質原料真實不假
【剔】ㄊㄧ，把不好的挑出來。將骨頭上的肉刮除下來。
【分離】從混合物中隔離出來。
【下腳】原料在加工、切割、剔除的過程中，所剩餘下來的渣滓或廢料。也作「下腳料」。
【當令】合時令。
【時鮮】應時的鮮味。
【旺季】出產旺盛的季節。
【盛產】產量多。
【旬之味】在日本指的是食材盛產上市時的滋味。

而大約在臘月二十八開始先打理乾貨，其實不過買些些糖果、瓜子、香菇、海帶，哪裡稱得上「打理」，但因為得有光明理由去迪化街，便也得說得像樣子！（愛亞〈買呀！買呀！辦年菜〉）

白白胖胖的蒜頭們也是這道菜重要的賣點。阿村蒜頭魚所使用的蒜頭可都是精挑細選，個個精壯結實。也唯有如此健康好看的蒜頭才能襯出海魚的鮮美。（劉富士〈蒜頭〉）

每次要吃火鍋之前，主動幫著把豆腐乳調淡一些，把芝麻醬調稀一點，把蒜泥擣出來，將香菜剔好洗乾淨。可是，氣味最濃烈的韭花是最難應付的，因為它太鹹，卻又不能稀釋，必須保持原味。每一種調料都加一些，卻又能把味道調得剛剛好，是需要經驗的，我的成功率愈來愈高，年紀也愈來愈大。（張曼娟〈涮出來的年味〉）

日本人講究旬之味，永遠有著時令的美味。雖然還是落入一種套裝公式，但日本社會競爭激烈，每年總有好多旬之味的產品推陳出新，讓人眼睛一亮，味蕾跟著飛揚。其中最為瘋狂的就是每年三、四月的櫻花季限定食品。（王宣一〈櫻花前線，春天的味道〉）

動作

【饌】準備、陳置食物。

【弄飯】準備飯食。

【整飯】準備飯食。

【擺飯】放置飯菜，準備用餐。

【拉】使延伸或延長。

【扯】牽、拉。

【拽】ㄔㄣ，用手拉長。

【抻】ㄕㄣˋ，以輾壓的方式拉長。

【捏】握。用手指將軟的東西捻成某種形狀。

【摁】ㄣˋ，用手按壓。

【揉】搓成團狀。反覆摩擦、搓動。

【捻】用手指搓揉。

【軋】ㄧㄚˋ，碾壓。

【摶】ㄊㄨㄢˊ，捏聚搓揉成團。

【碾】ㄋㄧㄢˇ，滾壓、軋

碎。

【擀】ㄍㄢˇ，用棍棒碾壓。

【搓動】用手反覆揉擦、滾動。

【揉搓】用手來回地擦或搓。按摩。

【揉醒】此指搓揉麵團和醒麵的動作。搓揉麵團是為了讓麵團的筋性釋放；醒麵是讓揉過的麵團靜止一段時間，使筋性鬆弛。

【擠壓】推擠壓迫。

【壓滾】碾壓滾動。

【搗】撞擊、捶打。

【擣】舂、撞擊。

【灌】注入。

【磨】將物研細。另作摩擦而使物品光滑或銳利。

【研磨】細磨使粉碎或光滑。

【蘸】ㄓㄢˋ，把東西沾在液體或其他物質上。

【嵌】把東西填入縫隙裡。

【攙】雜入、混合。

【糁入】摻入、加入。糁ㄙㄢˇ。

【泡】用水沖浸。

【浸】漬、泡在液體中。也作滲入。

【淘洗】洗濯。

【涮】ㄕㄨㄢˋ，清洗。也作「涮洗」。

【澆】液體由上往下淋灌。

【刮】用刀子削去物體表面的東西。

【舀】ㄧㄠˇ，用瓢、勺取物。

【擒】拿。

【宰】殺牲畜。

【劏】ㄊㄤ，宰殺。

【甩】丟擲。

【拋】甩落。

【擲】拋、投。

【瀝】過濾使滲出。

【過篩】通過篩子，過濾東西。也可比喻仔細選擇。

【潷】ㄅㄧˋ，壓搾以去汁。

【包】裹。

【手打】手工製作。

【手感】手撫摸時的感覺。

【出籠】從蒸籠裡取出來。

拉麵是山西的傳統美食，故臺灣的拉麵多標榜「山西」招牌，拉麵即北京的「抻條麵」，又名甩麵、抻麵、扯麵，從這些動詞可見此物充滿動作性。（焦桐〈論吃麵〉）

若企圖想要讓披薩的生命情調顯現緩慢悠長的一面，那麼試著去尋找在城市褶縫的個性小店罷。從點餐開始，一個手做的披薩即為你一個人甦活，開始它的一生——從揉醒麵糰開始，擀成一個餐盤大小的滿月狀，接著，加上新鮮配料，蘑菇、番茄、燻雞絲、德國香腸、黑橄欖……再擇一淋上紅（蕃茄）、白（奶汁）、青（羅勒）醬汁，撒上帕瑪善起司，也許補一點現刨粗粒黑胡椒提味，最後放入烤箱烘焙。（王文娟〈披薩〉）

在這過程中，我不斷聽到料理檯上傳來咻咻作響的聲音，過了好一會兒才領悟，這是麵棍在麵皮上來回壓滾搓動而製造的聲響。我似乎這才領悟到，為什麼手工製作的蕎麥麵，在日語中稱作「手打」——蕎麥麵條彈牙的口感，竟真的是用手「打」出來的。（韓良憶〈本來只想吃碗麵〉）

軟綿綿的糯米糰被阿婆輕輕搓揉，一下子，團塊中心摁出一個酒窩，填上磨得細細的黑芝麻（超甜的喔），幾秒鐘俐落捏出一顆白色小宇宙。送入口中，香Q彈牙，釋放咀嚼的快感，一股熱流推動它慢慢滑進體內幽暗的腔道，腸胃緊縮興奮著。（高自芬〈麻吉的最後一天〉）

把豆腐打碎成漿，竹籮篩濾，另取肥雞脯肉搗碎加入拌勻，然後按照蒸雞蛋糕的方式上火蒸透，冷卻後，用刀沏成骰牌大小，於鍋內以雞油略炸，接著取出用瓦缽加雞高湯蒸熟，臨上桌前，再用雞湯收汁上盤。姑不論是用哪一種作法，其結果必是入口腴潤，柔而不膩，鮮美無比。（朱振藩〈「畏公豆腐」典故與作法〉）

母親說那時候最盼望著聖誕大餐，餐廳裡烤好許多馬鈴薯，熱騰騰地，從中間切開來，澆進一種奶油

醬，香味四溢，用湯匙挖著吃，拌進奶油醬裡的馬鈴薯泥，就像是凝固起來的牛奶一般，柔綿醇厚。（張曼娟〈怎能缺少馬鈴薯〉）

包括最家常的新竹米粉如何讓我一面擒著大竹筷翻炒一面吞掉半鍋米粉，好似遇到烈火情人；〔……〕（簡媜〈肉慾廚房〉）

以前我都是晚上淘洗好米，浸於水中。次日清晨，由阿婆把水瀝乾，送到附近的豆腐店，花一些工錢請他們磨成米漿；再把那變成稠濃的米漿放入麵粉袋中，上置重物，令多餘的水分擠壓出來，方可備用。（林文月〈蘿蔔糕〉）

所謂蛇王是劏蛇的專業者，劏即粵語生殺之意。這些蛇品專賣店裡，裝蛇的鐵絲籠子層層堆積，籠內的蛇或盤臥而眠，或蠕蠕欲動，或昂首吐信。蛇本來是種可嫌的動物，但擁擠籠裡待宰，卻有些可憐。（逯耀東〈太史蛇羹〉）

迴轉壽司基本上是一種手工藝與機械大量生產的結合，原本壽司就是日本傳統引以為傲的料理，壽司師傅十分重視「手感」，因此製作握壽司是不能戴手套的，紐約的衛生局曾經要求壽司店師傅，在製作握壽司時，必須戴手套以保持食物的衛生，卻引起壽司師傅的群起抗議，因為戴上塑膠手套，壽司師傅失去手感，就無法捏出完美的壽司。（李清志〈迴轉壽司新幹線〉）

烹製

【炒】將食物放在鍋裡攪拌至熟。

【煸】ㄅㄧㄢ，把食物放在熱油裡炒到半熟，再放入佐料加水煮熟。

【爆】用大火熱油快炒，並以鍋鏟頻頻翻攪，食物剛熟即起鍋。

【煎】將食物放入少量油中，加熱至表面成金黃色。

【炸】把食物投入多量的沸油中，直至外皮成金黃色撈起。

【烹】將食物先用熱油半煎炸至熟，再加入佐料後迅速攪拌即可盛出。

【烤】將食物置於炭火等熱源附近，使其燻熟。

【炙】燒烤。

【炕】ㄎㄤˋ，烤；烘乾。

【烙】將食物放在燒熱的鍋上烤熟。

【炮】燒、烤。

【焗】ㄑㄩ，薰。

【燒】加熱。也作燒烤之意。

【燔】ㄈㄢˊ，炙烤、焚燒。

【燻】以松枝、木炭或茶葉等的火煙燒烤食物。

【烘焙】用火烘乾。

【燒烤】用火烘烤。

【汆燙】將食物放進沸水中稍微一煮，隨即取出。汆ㄘㄨㄢ。

【焯】把食材放進沸水中略煮後便取出，再進行烹調。

【涮】將薄肉片放入滾湯中，燙一下即刻取出，沾佐料而食。

【生燙】將滾燙的水或清湯，直接淋進碗裡切好的生的食材上。

【火鍋】在沸湯中加入各種菜餚，可隨煮隨吃。

【滷】用醬油、蔥、薑、酒等佐料，加水烹煮食物，使之入味。

【熗】ㄑㄧㄤˋ，將食材用沸水略煮過後，與醬油、醋等調味料攪拌。

【熬】用小火慢煮、乾煎。

【煉】用火燒或用高溫加熱等方法使物質精純、堅硬、濃縮。

【封】密閉，使與外面隔絕。

【油封】把食材浸泡在油脂中，隔絕與空氣的接觸，用低溫小火慢慢將其煮熟。

【炆】ㄨㄣˊ，用微火燉或熬煮食物。

【煲】ㄅㄠ，用慢火熬煮食物。

【煨】ㄨㄟ，以微火慢慢燒煮，至食物熟而軟。把生食埋在火灰中燒熟。

【爊】ㄠˊ，用小火將食物煨熟。

【㸆】ㄎㄠˋ，將食材經過煎或炸後，加入適量的水或調味湯汁，以小火慢慢將食材煨到爛熟而汁乾。

【扒】ㄆㄚˊ，用慢火將食物煨爛。

【燜】緊蓋鍋蓋，用鍋內的蒸氣和溫度將食物煮熟或燉爛。

【焗】將食物與調味料置於密閉容器中，用蒸氣讓食物變熟。

【燉】食物加水，用文火慢煮使爛熟。將食物裝入盅或陶罐中，隔水慢火煨煮到熟軟。

【焢】ㄏㄨㄥ，閩南語意指用慢火長時間燉煮。

【爌】ㄎㄨㄤˋ，閩南語意指用慢火長時間燉煮。

【火悶】用火將食物悶熟。

【炊】燃火煮食物。閩南語意指以隔水加熱的方法把食物蒸熟。

【扣】將食材放入碗裡，再加入佐料等，蒸或燉熟之後，再倒蓋於碗盤中。

【清蒸】用水的熱氣蒸熟食物。

【粉蒸】以蒸肉粉加入蒸食。

【勾芡】烹調時，將芡粉用水調勻，加入材料，使成濃稠狀。

【羹】將材料加水煮滾，再以芡粉勾芡成糊狀。

【熘】ㄌㄧㄡ，將炒過或炸好食物，勾芡後速炒成熟，使汁液黏裹住食物。通「溜」字。

【燴】將湯汁加入材料以慢火煮，至湯汁不太多時勾芡即成。

【白斬】一般是水煮，然後配上特製醬料作為蘸料來吃，以不破壞食物原味為主。也作「白切」。

【手扒雞】將雞烤熟後，用手撕其肉而食之。

【三杯】將食材加入水、酒、醬油各一杯炒熟，再放入九層塔燜燒而成。

【叉燒】粵菜中一種燒烤成的熟肉。將肉條塗上醬料，以明爐或叉放炭火上燒烤即成。可以入菜，也可以做成點心。

【鐵板燒】將調味過的肉塊與其他佐菜依次放到高溫的鐵板上煎炙而成的菜餚。

【明爐烤】以臨時搭製的敞口火爐烤製食品，多以木炭做燃料。也作「明烤」或「叉燒烤」。

【宮保】用熱油爆香乾辣椒，蔥、薑等調味料，與食材稍加炒勻。

【紅燒】將魚、肉加油，放蔥、蒜略炒，再加醬油、冰糖等調味料，燜熟至肉色呈褐色。

【糖醋】酌加糖、醋，使食物帶有酸甜味道。

【回鍋】將煮熟的食物重新放回鍋中烹飪。

【回燒】煮過的食物再煮一

次。

【拔絲】把糖加熱製成食品的方法。因糖液濃稠，拉而見絲，故稱之。

【冷卻】使物體的溫度降低。

【冰鎮】冷卻食物。

【風乾】將食物置於戶外任風吹乾。

【晒】把東西放在太陽光下使其乾燥。也有「晒乾」、「晒曝」。通「曬」字。

【發】用水泡發，體積會比原本更大。

【發酵】醣類被菌類或細菌在無氧情況下代謝後，變成另一種有機物的過程。

【醒麵】指麵團筋性鬆弛的時間，使其不致變硬。

【醃製】以醃漬方法所製成。

【醃漬】將食物加鹽、糖、醬或各種佐料加以浸泡調理。

【菹】ㄐㄩ，醃菜。另有剁成肉醬之意。

【糟】以酒或酒糟漬物。

【鯗】ㄒㄧㄤˇ，剖開晒乾醃製過的魚干。

【鮓】ㄓㄚˇ，用鹽、椒等醃製的魚類製品。也可泛指醃製品。

【醃臘】將肉品以醬汁、鹽浸漬，然後燻乾或風乾。

【上菜】把煮好的菜端到桌上。也有「起菜」。

【起鍋】把炒煮好的食物從鍋子裡盛起來。另作準備炊具上灶。

【炊事】與烹飪有關的事務。

【中饋】婦女在家中專供膳食之事。另有代指妻室之意。

爆肚也是北京人的大眾食品。當年東安市場西德順的爆肚王，譽滿京華。爆肚是水爆，爆時的水溫與火候，都得拿捏得恰到好處，都是一份一爆，且不可大鍋分盤，爆妥上桌沾紅豆腐汁加香油，即食。

（逯耀東〈豆汁爆肚羊頭肉〉）

好麻油有一種難以抗拒的氣味，誘引我們的感官，麻油雞風行於臺北，麻油卻以臺南為尊。我品嘗過最佳的麻油是阿姨所饋贈，她自己買黑胡麻，親自監工，委請臺南大內鄉的榨油師傅焙炒，炊煮，壓榨，這種傳統榨油法所得的麻油最香。榨油技藝端賴師傅經驗，胡麻焙炒過熟，所榨出的油偏黑，略帶苦味；反之，火候不足則香味寡矣。（焦桐〈麻油雞〉）

有時，我會將秋葵汆燙，之後拌醬油、黑醋，益增鮮味，它那黏滑汁液，據說含有水溶性纖維果膠、半乳聚糖，以及阿拉伯樹膠，鈣、鎂跟鉀也很多，有益身心健康。（歐銀釧〈秋葵來敲門〉）

婚後團圓飯的重任落在公公身上。公公年輕時跑過遠洋捕魚、上岸耕種，陸海食材皆能掌握特性，他反而將金門的炸物、蚵煎、爌封肉、煎魚等料理帶到圓桌上；味道不同，但那團圓氣氛是一樣的。近年來，體恤公公的辛苦，改訂大飯店的外燴，不需要守著灶腳的火候、省去宰鴨殺雞、洗腸灌血糕拔菜炊煮等種種手續，團圓吃飯雖進化了，但只要圓桌上的菜跟人團圓了，一起從舊年跨到新年，除夕飯的味兒便持續飄香。（顏艾琳〈灶腳與圓桌〉）

秦菜在西安形成後，其溫拌腰絲又是一絕，是將腰子洗淨，切成如粉絲細長的條狀，入沸水快速攪拌而成。這是秦菜中熗菜的一種，所謂熗有兩個要素。一是將加工成的材料，入沸水或滾油，急速燙過，其動作要快、要速，即湯或油滾沸後投入材料，再滾，立即出鍋。火候一定要拿捏得準，否則全盤皆輸。其二是以滾燙的花椒油激淋，拌以三末（蒜、薑、醬萵筍末）或三米（蒜、薑、胡椒），快速調拌。（逯耀東〈燈火樊樓〉）

這道溜魚理應色澤柿紅，油重不膩，甜中透酸，酸中微鹹，魚肉鮮嫩，用的是黃河的活鯉魚。溜魚和焙麵同時上桌，焙麵用的是現拉的龍鬚麵，先吃溜魚，然後以魚汁回燒，再將焙麵傾入。酥香適口，一餚兩種不同的風味。河南有句俗話：「鯉吃一尺，鯽吃八寸。」但這種鯉魚還不到八寸，縮在大魚盤裡，色澤黯褐，上面灑著一層白素素的龍鬚麵，別說吃了，真的連筷子也不想舉。（逯耀東〈燈火樊樓〉）

那時候早上起床，看見黃魚洗乾淨了一尾尾掛著風乾，再看見蠶豆和酸菜，就覺得好幸福。我在廚房轉來轉去，等著酸菜黃魚起鍋的一瞬間，噴發而起的熱騰騰香氣。黃魚的鮮美與酸菜的醒胃，加上蠶豆的清潤，混合成不可思議的美味。（張曼娟〈黃魚聽雷〉）

蘿蔔的最大好處，不是因為它可以生吃、可以熟食，而是因為它可以醃製、曬乾、久藏，無論什麼蔬菜瓜果，以生吃為主，「生吃不夠，那能曬乾？」只有蘿蔔，卻以曬乾為重。每年冬天一到，城裡的人曬臘肉，灌香腸，家家戶戶，一排肉林，我們朝興村卻忙著選蘿蔔，買粗鹽，也準備過冬。（蕭蕭〈蘿蔔與蘿蔔乾〉）

有時為了取雞湯，我用電鍋不加水也不加任何蔥薑作料，隔水蒸三、四十分鐘，倒出湯汁，涼了放冰箱隔天刮去上面一層油脂（可用來炒菜），加熱就是好喝的純雞湯。女兒最愛趁熱撕著雞胸肉，不沾任何醬料吃，味道鮮甜，其實不輸給燜煮的白斬雞。我不擅刀工，對於白斬雞經常是剁得「纏綿悱惻」，三、四刀後雖是斷離卻常是「支離破碎」，而且大小不一，當然就更不用提擺盤了，不請客自家人食用時，乾脆就用「手扒雞」的方式吃。（方梓〈也是一種後現代飲食：白斬雞〉）

於是，她將紅豆熬了又熬，煮了又煮，緊緊的摶上糯米，熬出上海的燦亮，煮出霞飛路的甜香。這一顆入口即化，香味竄逸的豆沙粽，包裹的不只是紅豆沙，而是往昔的繁華舊夢啊。（張曼娟〈繁華舊夢一豆紅〉）

吃這種魚，也需要一點技術。如果煮湯，湯味便苦而難嚥；如果乾煸，則骨未酥而皮已焦。清燉每嫌肉少，紅燒又怕浪費了作料。因此，我們作出了最智慧的選擇，裹上一層厚厚的麵粉油炸。（劉大任〈魚香〉）

河豚也是在日本領教的。神戶北方六甲山有馬溫泉旅舍裡，從榻榻米房間眺望窗外，漫山遍野嫣紅燦金的秋色，正是吃河豚的季節。面前矮桌上，雅樸的瓷碟裡花瓣狀陳列著河豚刺身，切片薄得半透明，入口微覺甘甜——但還不至於欲仙欲死。下火鍋略涮一涮，滋味不及生吃；尤其日式火鍋的醬汁帶酸，對本味並無助益。（李黎〈食有魚〉）

家人不知我也不說明，我去了東門菜市場！路途滿遠，反正公車也一路便到，去東門菜市場主要的是去買東北酸白菜，年前工作太多，否則自己菹一些會更過癮！（愛亞〈買呀！買呀！辦年菜〉）

一般人可能不知道，壽司的元祖是中國食品：鮓。中國古時把魚貯藏起來的方法叫作「鮓」，據說日人遣唐使於七世紀歸回時，帶回了「鮓」的做法，逐漸演變成為各色各樣的壽司。（韓良露〈體會壽司的季感心〉）

佐配

【吊】提取。
【拌】調和。
【攪】用手或器具調勻。
【佐拌】搭配調理。
【拌勻】攪拌均勻。也有「拌合」。
【涼拌】食品加佐料冷拌。
【提味】增加佐料而使食物可口、好吃。
【調味】調和味道。加入調味料使食物味美。
【調製】調配製造。也有「配製」。
【特調】特地調配。
【就】搭著吃。
【配合】搭配。
【親和力】親近與結合的力量。
【相得益彰】互相配合更顯得光彩。
【稀釋】在溶液中加入溶劑，以減低溶液的濃度。也可作在食材中加入水，使食材的味道變淡。
【澥】ㄒㄧㄝˋ，北平話指加水使糊狀物或膠狀物由稠變稀。
【下酒】適合和酒一起吃的菜餚果品。
【下飯】適宜用來佐餐。
【澆頭】指加上米飯或麵條上的配菜。也作「交頭」。
【俏頭】烹飪時加入的香菜、木耳、辣椒等配料，增加菜餚的滋美或色澤。
【緊湯】湯少加些。
【寬湯】湯多加些。
【過橋】意指配料和主食分開盛。
【去腥添香】去除腥味，增加香氣。
【點鐵成金】原指用手指一點，就可將鐵點化成黃金。也可用來比喻將食材稍作變化，就可以變得比原先更美味。另可用來比喻善於運用文字，就可以使文章更出色。也作「點石成金」。
【畫龍點睛】原形容南朝梁畫家張僧繇作畫的神妙，其為壁上所畫的龍點上眼睛後，龍即破壁乘雲飛去。後多用來比喻繪畫、寫作時在關鍵處加上一筆，使之更加生動傳神。也可比喻做事把握要點。

一年盛夏，梁實秋要店家做涼拌海參一品：海參切絲放入冰櫃，吃時下蔥絲、芝麻醬、蒜泥、芥末、醬油和醋一拌，說是消暑下酒的佳餚。（董橋〈大將軍的涼拌小菜〉）

重點還是那鍋油，好的壞的都是這油。切成小丁塊的東西放進熱油鍋裡，魚丸甜不辣和百頁豆腐特別會膨脹翻滾，瞬間燙的嗶啵發響，非常刺激熱鬧。有些攤子還加上九層塔一起下鍋炸，辛辣的香氣爆炸似的嘶嘶散開來。九層塔確實妙招，若少了這九層塔的提味，鹽酥雞免不了油腥氣噁心。（柯裕棻〈鹹酥雞〉）

此菜創於光緒丙子年，當時福州官銀局的長官，在家宴請布政司楊蓮，長官的夫人是浙江人，為烹飪的高手，以雞、鴨、豬肉置於紹興酒罈中煨製成餚，布政司楊蓮吃了讚不絕口，回到衙內，要掌廚的鄭春發如法調製，幾經試驗，總不是那種味道。（逯耀東〈「佛跳牆」正本〉）

那跑堂的為什麼要稍許一頓呢，他是在等待你吩咐做法的——硬麵，爛麵，寬湯，緊湯，拌麵，重青（多放蒜葉），免青（不要放蒜葉），重油（多放點油），清淡點（少放油），重麵輕交（麵多些，交頭少點），重交輕麵（交頭多，麵少點），過橋——交頭不能蓋在麵碗上，要放在另外的一隻盤子裡，吃的時候用筷子搛過來，好像是通過一頂石拱橋才跑到你嘴裡……如果是朱自治向朱鴻興的店堂裡一坐，你就會聽見那跑堂的喊出一大片：「來哉，清炒蝦仁一碗，要寬湯、重青，重交要過橋，硬點！」（陸文夫《美食家》）

大凡人之口欲，莫不嗜鮮好腴，針對此點，廚中對於增益食物味色的豐厚莫不卯足全勁，而所謂：「十斤青菜不如一兩瘦肉」，這口感升級的淺知近理在我們廚中沒人不知曉，要色香味俱全，總不免要加些肉末湯汁，姑且不論以火腿豬腳鮑魚等調製濃羹以膾魚翅的精細做法，即使一碗二十五元的擔仔麵，也憑那麵垛上的一尾鮮蝦來點鐵成金，〔……〕（徐國能〈食髓〉）

我坐在捷運車廂裡，提袋裡有一塊熱騰騰的嫩豆腐，那是用許多配料熬煮出來的。只這麼一塊豆腐，要給父親就清粥吃一整天，他只被允許吃這麼一點點。（宇文正〈來自大食帝國的人〉）

我想全天下，沒有比芋頭和排骨更好的配合了，唯一能相提並論的是蓮藕排骨，但一濃一淡，風味各殊，人在貧苦的時候，毋寧是更喜愛濃烈的味道。母親在紅燒鰱魚頭時，燉爛的芋頭和魚頭相得益彰，恐怕也是天下無雙。（林清玄〈冰糖芋泥〉）

櫻桃是夏天的主角，我甚至認為，打開冰箱要能一眼就望得見。它是一種風味獨特，又親和力十足的水果；在沙拉中，無論口味或色彩，輕易可以混合其它蔬菜、水果，跟蝦、蟹和肉類也能快樂地結合在一起。（焦桐〈論櫻桃〉）

蘿蔔乾的味道如何呢？也許可以說比曹操的雞肋好些，雞肋「嚼之無味，棄之可惜」，蘿蔔乾嚼之有味——鹹，不知多少斤的鹽揉進其中，豈能不鹹！因為鹹才能久藏，才能下飯，而且朝興村人視

之如珍寶，從來不曾興起「棄之」的念頭，誰敢呢？下一餐的菜不知在那裡啊？（蕭蕭〈蘿蔔與蘿蔔乾〉）

聲音

【吱吱】形容尖細的聲音。

【嗶啵】形容爆肉的聲音。

【篤篤】形容剁食材的聲音。

【匆匆】此形容切菜時所發出的聲音。

【倏倏】形容刀子切食物時急速起落的聲音。

【乒乓】形容炒菜食材在鍋中翻滾的聲音。

【啪啪】形容水分入熱鍋中的聲音。

若煮港式煲飯，則米水比例約3：5，還得視米之新舊、長短，用細砂鍋，鼓猛火燒到米脹水乾，才放下臘腸臘肉，改文火細燒，直到臘味的油脂消溶，煲底的吱吱聲傳響飯的焦香。（焦桐〈論吃飯〉）

二十幾年的歲華，就在這些「匆匆匆匆」的切菜聲裡流逝過去了。母親鬢邊的青絲固然已經化為一片白髮，母親額上的皺紋也一條條的堆疊起來了。前些日子回家看看，臨了返校的前一晚，媽又依例包了水餃給我吃；水餃依舊是媽包的水餃，端上桌的餃兒也還是從前的樣兒，可是那「匆匆匆匆」的切菜聲聽起來卻微弱了，沒有從前那樣剁起來的板眼了。「匆匆」的聲音切到一半，就停頓了下來，隔了好半晌才又繼續響起。（方杞〈母親的切菜聲〉）

條條刀落，一個被刎喉放血剃毛斷頭的雞頭，滾進水槽。這是爸爸解剖全雞的第一刀。從幫忙挑空心菜的角度看去，從砧板上奮力脫逃的，彷彿是我的頭顱。（高翊峯〈料理一桌家常〉）

炒飯不需要大油，可是飯要炒得透，要把飯粒炒得乒乓的響，才算大功告成，炒飯的蔥花一定要爆焦，雞蛋要先另外炒好，然後混在一起炒。此外有人喜歡把雞蛋黃白打勻，往熱飯上一澆再炒，名稱到挺好聽，叫做「金包銀」。（唐魯孫〈雞蛋炒飯〉）

當我用筷子將蛋黃分開兩半，蛋黃呈半凝糖心狀態，反折出的色澤，宛如十五月圓夜的月光，因為爸爸在煎蛋時，不放任何調味，只待蛋起鍋前的一秒鐘，從鍋邊嗆下一匙醬油，當醬油啪啪延著鍋邊順勢而下，熱的鑊氣已將醬油香提到最高點，當冒著泡的醬油一沉到鍋底，蛋與醬油的接觸僅在髮指瞬間，即刻將蛋滑進便當盒，蓋上蓋子，那便當的米飯，會浸淫出一股非常有意思且不易形容的香氣！（梁幼祥《滋味．梁幼祥說食話》）

廚房與廚具

【庖】廚房。另指廚師。也有烹調之意。

【火房】廚房。另指炊事員。

【伙房】學校、工廠、軍隊等團體中的廚房。

【灶腳】指廚房。

【庖廚】指廚房。

【鬲】一種古代的炊具。圓口，似鼎有三足，足部中空，便於加熱炊煮。

【鼎】古代用來烹煮食物的

金屬器具，多為三足兩耳。通「鍋」字。

【鑊】烹煮食物的大鍋。

【甑】ㄗㄥˋ，古代蒸煮食物的瓦器，底部有許多小孔，放在鬲上，有如現代的蒸籠。

【釜】古代烹飪器具，即今之鐵鍋。

【爐】燃燒的器具設備。

【鏟】帶把的金屬器具用以撮取東西。

【勺】舀東西的器具。

【盅】無把手的小杯子。

【簍】用竹或荊條等編成有孔的盛物器具。

灶腳，廚房之謂。舊時有家就有灶腳，灶腳必有灶。灶腳供應全家的飲食，是家的心臟，生活的依賴。（逯耀東〈灶腳〉）

姑不論其與出自何者？想燒好這道菜，首在選對豬肉。根據前人經驗，此豬鬃肉（又稱枚頭肉、梅頭肉、梅花肉）最佳，其肉質鬆軟腴滑，經油炸後，仍肉汁充盈，不肥不膩。如想吃瘦點的，可改用豬沙腩（即小排上的腩肉），肉之纖維細緻，沒有豐厚脂肪，肉味亦足。接著將肉切成方塊，氽水，漂去表面浮油，待瀝乾後，上蛋液再裹生粉（即太白粉），置油鍋肉炸至微黃，最後再用紅鑊（燙熱鐵鍋）勾甜酸之芡汁即成。（朱振藩〈夏令名食咕咾肉〉）

2 廚藝

刀工

【切】用刀分割食材。

【拍】用刀敲打食材。

【磨】摩擦而使物品光滑或銳利。另作將物研磨變細。

【剁】用刀斬、切。

【切丁】將食材切成丁狀適口大小。

【連刀】切菜時刀尖不離砧板，快速切割。

【滾刀】將食材邊切邊轉，切成大小相近的不規則塊狀。

【片】將厚物以刀橫著或斜著切成薄片狀。

【剞】ㄐㄧ，刻鏤。也作雕刻用的刀具。

【斬】劈砍。

【砍】用刀劈開。

【捶】敲打撞擊食物。

【刮】用刀削去物體表面的東西。

【剜】ㄨㄢ，用刀挖取。

【滑刀】在食材表面快速溜動切割。

【滑曳】以刀來回溜動。

【削】以鋒刀切割成薄片。

【剉】砍。

【銼】用銼刀磨物。

【刨】削刮。通「鉋」、「鑤」字。

【鉋】裝有利刃可刮削食材的工具。

【膾】切割。也指細切的肉。

【掄】ㄌㄨㄣ，揮動、旋動。

【開膛】剖開胸膛腹腔。多指宰殺牲畜。

【如斬亂草】形容切菜時的刀法凌亂快速。

【陽刀】用來宰殺活的禽畜的刀。

【陰刀】用來切割已宰殺完成的食材。

【生刀】切劈上砧而未煮之物。

【熟刀】分剖已熟之菜

【文刀】料理無骨肉與蔬果，也作「批刀」。

【武刀】專門料理帶骨或特硬之物。也作「斬刀」。

【利索】利落。

【手起刀落】手一提起，刀就落下。形容用刀動作迅速。

【刀起刀落】形容用刀動作乾淨俐落。

【俐落有致】動作爽快、敏捷，又富有韻味。

按字面翻譯，Pot-au-feu可直譯成「火鍋」，這從而勾起我強烈的興趣，因為我本來就愛吃熱騰騰的火鍋。冷颼颼的冬日，和三五好友圍鍋而坐，一邊涮著各式各樣片得飛薄的肉片、海鮮，一邊天南地北地聊著，在我看來是人生一大樂趣。（韓良憶〈品嘗簡單的快樂〉）

所謂的滑刀工夫（前↓後），其實就是利用刀刃滑曳的時間來進行切片。總而言之，如果要切的魚肉大小相同，垂直（上↓下）切片的時間一定是最短的。當然也可以採用滑刀，以刀刃滑曳十公分、或是二十公分進行切片。簡單來說，滑曳的距離越長，就等於用越鋒利的刀刃切片。距離越長，從下刀的那一刻到切完所需的時間就越長，這樣一來，就可降低刀刃對魚肉本身的壓力，不用刻意施加壓力也可輕鬆將魚肉切斷。（小山裕久〈如何講究「刀工」〉）

他削鳳梨的功夫堪稱巧手天工，削、修、轉、挖，每道工序俐落有致，幾乎看不到多餘的動作。他先是自豪地挑出口味甜美的鳳梨，然後把鳳梨托握在手，接著起刀去頭切蒂，開始削轉起來。仔細計算的話，他前後只需三刀，即可把每個切面修飾到完美，絕不會把鳳梨削得肉消型塌，削得如狗嘴啃過。第一刀去皮，第二刀刨肉，第三刀微修，特別是在收刀的剎那，芳香的汁液早已淌流而下。（邱振瑞〈削鳳梨的男人〉）

曾經，我也渴望自廚房出走。那時下班衝回家總是心急，在廚房裡更是分秒必爭，每個動作都要快快快，洗菜像要溺死毒素菜蟲般凶狠，切菜如斬亂草，然後唰一聲下鍋，鐵鏟鏘鏘鏘與鐵鍋短兵相接，

聲如馬蹄狂奔，抽油煙機轟轟然戰車般輾過粗礫的心情，快火熱炒三兩回合便熄火起鍋。（鄭麗卿〈廚房的聲音〉）

珊珊念小學時，有一回在家裡開睡衣派對，邀了幾個同窗小女生來住，我感染了她們歡樂的情緒，無法閒著，剛好家裡有鳳梨，遂使用一整顆鳳梨作了原盅鳳梨炒飯——將鳳梨對切，**剜**起果肉，**切丁**；拌炒青豆、火腿丁、腰果、蝦仁等等食材。（焦桐〈論炒飯〉）

蘿蔔糕，另外有一種作法，上不了場面，卻是我最喜歡的一種吃法。那就是將蘿蔔**銼**成條狀，與蝦米等佐料炒至半熟為餡，而後以米漿凝成的糕皮，隨意包起來，蒸熟，趁熱吃，完全保住了蘿蔔的原味，十分香醇，祖母最拿手，稱之為「菜頭包」。（蕭蕭〈蘿蔔與蘿蔔乾〉）

刀工雖然被視為雕蟲末技，但自古也有其承傳，基本上，以用刀的順序來說，廚刀有**陽刀**與**陰刀**之分，陽刀宰殺活的禽畜，而陰刀則割分已宰殺完成的食材，接著又有**生刀**與**熟刀**之別，生刀切批上砧而未煮之物，而熟刀則分剖已熟之菜。（徐國能〈刀工〉）

生熟刀中若再細分，其用途又有**文刀武刀**，文刀或稱批刀，料理無骨肉與蔬果；武刀則又稱斬刀，專門對付帶骨或特硬之物，現今家常多備一柄文武刀，前批後斬，利索痛快，惟無法處理大型物件，是為一憾。（徐國能〈刀工〉）

火候

【慢火】微火或小火。
【文火】火力較小且緩的火。
【輕火】小火。
【溫火】燉煮東西時用較弱的小火。
【中火】中等火候。
【武火】指猛烈的大火。
【大火】猛火、烈火。
【旺火】同大小。
【猛火】最大火力。
【強火】極強的火力。
【鑊氣】指由鑊所烹調的食物，運用其猛烈的火力並配合適當的烹調時間，帶出食物的味道及口味的精華。
【拿捏】衡量輕重。
【拿捏恰到】控制得恰如其分。
【控制精準】節制得宜符合範圍標準。
【封火】蓋住爐火，以減漫燃燒速度，使其不滅也不旺。
【熄火】關火。
【封了火】熄了廚房的火，準備休息。

熟物之法，最重火候。有須武火者，煎炒是也，火弱則物疲矣。有須文火者，煨煮是也，火猛則物枯矣。有先用武火而後用文火者，收湯之物是也；性急則皮焦而裡不熟矣。有愈煮愈嫩者，腰子、雞蛋之類是也。有略煮即不嫩者，鮮魚、蚶蛤之類是也。肉起遲則紅色變黑，魚起遲則活肉變死。屢開鍋蓋，則多沫而少香。火熄再燒，則無油而味失。道人以丹成九轉為仙，儒家以無過、不及為中。司廚者，能知火候而謹伺之，則幾於道矣。（袁枚《隨園食單・火候需知》）

順德菜是構成廣府菜的一支，其所售皆家鄉俚味，有缽仔鵝、焗魚腸、焗禾虫、韭菜豬紅，冬天有薑蔥焗鯉魚，還有寫在牆上玻璃鏡中的時菜和撚手小炒，這些小炒都是很夠鑊氣。粵人稱鑊氣，就是我們說的火候。我常歡喜約朋友來此小酌。不僅價廉物美，而且甚有普羅氣氛。（逯耀東〈飲茶及飲下

午茶〉）

火候的拿捏，最為重要。先猛火，後中火的煎魚次序，是被硬性規定的。可是爸爸總是無法確定火苗的橙藍色度和切換火勢的時機，一如他花了半個世紀都抓不準的人生母火。（高翊峯〈料理一桌家常〉）

所以炎仔家的三層肉，在三層瘦肉的中間接連的是二層薄薄的膈狀薄網，而不是油滋滋的肥膩白肉，累積多年經驗，他煮肉的火候拿捏恰到、不生、不老，起鍋後切上一盤猶帶肉汁血絲的夾心三層肉，蘸著他自調醬酒，吃在嘴裡，咬勁韌嫩適當，口感鮮腴不膩，寫著、想著口水已不由得流出來。（楊健一〈賣麵炎仔〉）

技藝

【成熟】經過時間醞釀完善。

【熟成】同成熟。

【熟練】技術純熟。

【遊刃有餘】本指好的廚師宰殺牛時，刀子在骨節間的空隙運轉，覺得空隙還很大。後多用來比喻對事情熟練，處理起來輕鬆自如。語本《莊子・養生主》：「彼節者有閒，而刀刃者無厚。以無厚入有閒，恢恢乎，其於遊刃必有餘地矣。」也作「游刃有餘」。

【拿手】擅長的。也有「拿手菜」。

【鎮店】此形容店家的招牌菜。

【招牌菜】拿手好菜。

【拴住胃】比喻善於做菜，使人愛吃。

【絕活】絕招。獨特而無人能及的本領。

【絕響】比喻技藝失傳。指最高的技藝或學問。

【佼佼】美好出眾。

【精湛】精深。

【頂尖】最好、最優秀的。

【經典】具有權威、典範性的。

【極致】最高的造詣。

【出神入化】形容技藝高超已達到絕妙的境界。

【一般】普通；平常。

【普通】平常、沒有特別之處。

【水準平平】普通。

【半吊子】技藝還不熟練。另指對某種知識僅粗略了解或一知半解的人。

人人心目中皆有幾家好餐館，都有一些想到即垂涎的靚菜，諸如「點水樓」的叫化雞、紅糟香辣酥魚、八寶肥鴨，「宋廚」的烤鴨，「天香樓」的龍井蝦仁、東坡肉、雞絲豌豆，「銀翼」的文思豆腐、砂鍋獅子頭和蔥開煨麵，「尚林」的山藥湯、松阪牛肉和甜點，「天然臺湘菜館」的如意湘蹄、左宗棠雞，「食方」的翠玉瓠瓜，「榮榮園」的醬爆蟹燒年糕，「上享」的臘味堡仔飯……好餐館必有這樣的鎮店餚饌。（焦桐〈論餐館〉）

「羊眼羹」是唐宋時的名菜，據說食畢可明目或治眼疾，效果顯著。只是羊眼甚難羅致，各飯館、酒店無法及時供應。於是創製此一構思巧妙的「假羊眼羹」，居然把圓圓的螺片夾在羊白腸中，薄切以後，一圈白眼框中一團黑，真個「儼然羊眼」，使人真偽莫辨，這種以假亂真的手法，可謂巧奪天工，進而出神入化了。（朱振藩〈古菜中的山寨版〉）

但阿公儘管在外面風流，晚上都還會回家吃宵夜，據說是因為阿嬤的手藝很好，拴住了他的胃，等於拴住了他的人。（韓良露〈阿嬤的滋味〉）

一盤好的炒飯像一首意象準確的詩，有效召喚飢餓感。炒飯是基本功，一個能炒出好飯的廚師，等於具備深厚的內力，有什麼功夫他學不精湛？（焦桐〈論炒飯〉）

廚人與侍者

【掌灶的】指廚師。也作「灶上的」、「掌勺兒的」。

【掌勺者】專司烹調的廚師。

【跑堂】在酒店飯館中招待客人的侍者。

【打荷】廚房裡的學徒、幫工助手。打荷的「荷」原指「河」，有流水的意思，意即掌握流水速度，以協助廚師迅速完成菜餚。

古時候，華人餐飲服務原非這麼無禮的，孟元老《東京夢華錄》記載北宋京城食店的行菜（即後世之跑堂），「百端呼索，或熱或冷，或溫或整，或絕冷、精燒、臕澆之類，人人索喚不同」，這跑堂一一記在心裡，再報知掌灶。菜餚準備妥當，「行菜者左手杈三碗，右臂自手至肩，馱疊約二十碗，散下盡合各人呼索，不容差錯：一有差錯，坐客白之主人，必加叱罵，或罰工價，甚者逐之」。我們從未奢望服務員具備這類的技藝，我們又沒做錯什麼事，似賞賜一點和顏悅色。（焦桐〈論餐館〉）

有時也看得出掌勺者其實非常不擅割烹之道，家常口味都力有未逮，只是賣油湯大概是相對容易的小本生計，你要吃飯，我要吃飯，所以硬著頭皮也得上，油一點鹹一點，芡水勾得稠一點，看看能不能把粗礪多渣的現實，一時勺過去。（黃麗群〈難吃〉）

其實，這個「荷」字是由「河」轉化而來，「河」，有流水的意思，所謂「打荷（河）」，即掌握流水速度，協助炒鍋師傅將菜餚迅速、俐落、精美的完成。打荷的人員配置因炒鍋師傅的數量而定，一般一個炒鍋師傅配備一個打荷，大型酒樓的打荷會多一兩個，作為機動人員便於調配。按工作能力，打荷也是依次分為：頭荷、二荷、三荷直至末荷。（胡元駿〈廚房江湖〉）

3 菜餚形色

豪華

【澎湃】 比喻聲勢、氣勢浩大。也可形容食物準備豐盛。

【大盤大碗】 比喻酒食豐盛。

【鼎食】 吃飯時排列很多鼎。形容富貴人家飲食豪奢。

【聲勢浩大】 聲威、氣勢非常壯大。可形容食物量多且外觀壯盛。

【華麗】 豪華美麗。

【豪華裝飾】 盛大華麗的美化修飾。

【華而不實】 只開花而不結果。比喻外表華美而內容空虛。

泉州是商人城，商人習慣現金交易，做菜不怕花錢買食材，泉州的潤餅、魯麵的食材動輒十幾樣。但漳州人務農為主，最好以農家自己種養的食材為主，切仔麵就很漳州，不像泉州魯麵那麼花俏澎湃。潤餅很泉州，但刈包卻符合漳州的農家本色。（韓良露〈泉州既河洛又海上〉）

仕宦大族稱之為「鐘鳴鼎食」之家，語出王勃《騰王閣序》。以鼎為食器，至唐猶然；今之「一品鍋」為其遺制。鼎鑊並稱，據周禮〈天官〉注，以大鍋煮魚肉，既熟，分盛於鼎，「齊多少之量」；則鼎有量的功用。照我看，鼎實在就是一具保溫鍋。上有兩耳，便於提挈；下有三足，一方面固可增加高度，使得席地而坐以就食時，不致俯仰為勞。（高陽〈鐘鳴鼎食〉）

比方那天輪番上陣的幾道菜：一只填滿碎冰的巨大盆鉢裡疏落有致地擺著各式生魚片，粗獷陶壺裡倒出清澈鮮甜的松茸清湯，鋪滿了綠葉的大陶盤裡斜躺著一隻奶焗螃蟹以及好幾個以掏空的柳橙盛裝的配菜小點，收尾的味噌湯甚至以一只下面還燒著旺火、可以一人環抱的大鉢聲勢浩大地端將出來……氣勢與美感兼具，每一道菜餚上桌，都引發一陣驚呼。（葉怡蘭〈東京美食之旅〉）

精緻

【玉食】 珍貴美味的食物。

【玉餔】 珍貴美味的食物。

【佳餚】 美好的菜餚。

【珍饈】 珍奇美味的菜餚。

【美饌】 珍美的食品。

【盛饌】 豐盛甘美的酒食。

【餚羞】 佳餚；美食。

【膏粱】 肥肉與美穀。指精美的食物。

【山珍海味】 水陸出產的珍美菜餚。

【水陸雜陳】 水陸所產的各種美味無不具備，形容豐盛的佳餚。

【方丈之饌】 飯菜滿滿的擺了一桌。

【活色生香】 形容色彩鮮麗，香味濃郁。

【奇珍美味】 罕見而珍貴的味美食物。

【殊滋異味】 特別的滋味，指佳餚美食。

【鳳髓龍肝】 比喻極為珍稀的食物。也有「龍肝鳳髓」、「麟肝鳳髓」。

【饌玉炊金】 形容飲食的豐盛美味。

【妙品】 極為精美。

【上品】上等品級。

【上乘】上品；上等。

【極品】最高級、最上等。

【珍品】珍貴的物品。

【人間至味】形容美味的極至。

【桌邊料理】由主廚在客人桌旁現場烹飪。

【懷石料理】從菜餚到盤飾都極端講求精緻的日式料理。

【擺盤】將食物作精美裝飾與排列組合，融合色彩、平衡等視覺美感呈現於盤子上。

【擺飾】陳設、布置用的裝飾。

【細緻】細密精緻。

【精細】精緻細密。

【費工】耗費工時和工夫。也作「費功」。

【講究】力求事物之精美。

【繁複】繁多複雜。

【動腦筋】思量主意。

【精雕細琢】精心細緻的雕刻琢磨。

【慢工出細貨】精工細作，才能產生精細的成品。也作「慢工出細活」。

【食不厭精，膾不厭細】米麥碾舂得愈精白愈好，魚肉切得愈細愈好。比喻食品精緻，飲食講究。語出《論語・鄉黨》：「食不厭精，膾不厭細，食饐而餲，魚餒而肉敗，不食。」

饞，據字典說是「貪食也」，其實不只是貪食，是貪食各種美味之食。美味當前，固然饞涎欲滴，即使閑來無事，饞蟲在咽喉中抓撓，迫切的需要一點什麼以膏饞吻。三餐時固然希望膏粱羅列，任我下箸，三餐以外的時間也一樣的想饞嚼，以鍛煉其咀嚼盤。（梁實秋〈北平的零食小販〉）

法式榨鴨是典型的法式「桌邊料理」，也就是說，客人點了這道菜之後，大部分的烹調與製作過程，都在餐桌邊即席演出。——這是法國高級餐廳特有的排場與氣派，讓吃這回事，除了味蕾的愉悅之外，還有高潮迭起的戲劇化享受。（葉怡蘭〈引人入勝的法式榨鴨饗宴〉）

法式甜點這些年幾乎是全世界當夯走紅，馬卡龍（macaron），火山熔岩巧克力是其中的明星。世界知名的大師Pierre Hermé的作品無論是設計，創意還是製作技術，都臻出神入化，已成法式精品甜點的代名詞。這位大師自然有無數的粉絲與追隨者，但是這幾年巴黎出現幾位新的甜點師傅，他們不再追求新奇詭異的口味組合，也不將功夫盡下在表面的雕琢擺飾上（然而刀工技巧仍是一流），卻不約而同地朝一個新的方向：重新詮釋改良傳統的法式甜品。（謝忠道〈你還在喫Pierre Hermé嗎？〉）

「鈺善閣」的用餐空間以竹、花、草、石布置，帶著輕度的禪意。店家強調食材新鮮，且不使用化學添加物烹調。菜色多用季節時蔬來創作，並採懷石料理的呈現方式，做工細緻，我每次去一定要吃的是「胡汁猴排」，此菜製作費時：猴頭菇先用水沖泡一整天，以消除其苦澀味；再醃製一天，拍打成排後入鍋油煎，成品淋上黑胡椒、迷迭香調製的醬汁。猴排的旁邊綴飾著用梅子醋漬過蜜番茄，頗有解膩之效。服務員會伴著一杯「天醋香草」送上桌，並解說番茄如何飽含對人體有益的胺基酸，而那杯醋飲又怎樣以薰衣草、蜂蜜調製，能夠中和血液的酸鹼值，還可以舒鬆壓力。（焦桐〈論素食〉）

日本料理有三大流派，懷石料理原本是配合著茶道吃的小食，講究食的意境而不是飽腹，叫「懷石」即暗喻這種料理吃不飽的，好像修行的和尚抱著溫熱的石塊忍腹中之饑。但今天懷石料理卻變成了高級料理的同義詞，但仍強調中看甚過中吃。（韓良露〈日本料理的四季味覺〉）

奇特

【獨到】獨特、與眾不同。

【獨特】獨有的、特殊的。

【獨門】特殊、獨有的技巧或本領。

【獨一無二】只此一個，別無其他。

【獨創】獨特的創造。

【創意】創立新意。

【不落俗套】風格創新，不流於陳舊的模式。

【新奇大膽】新鮮奇妙，與眾不同。

【花俏】色彩鮮艷，樣式新穎。

【光怪陸離】奇異而色彩繽紛。

【私房菜】屬於個人特有的菜餚。

【風味殊勝】味道特別。

【別有風味】形容食物味道美好。一種特色，不同尋常。另可比喻事物具有特殊的風采或味道。

【別樹一格】具有獨特的風格。也有「別具一格」、「獨樹一格」。

【自成一家】指在學術或技藝上有所創新，而自成一種風格。

【自成流派】指在學術或技藝上獨自形成一種派別。

大約也在此時，漸不管事的父親忽然養成一種嗜好——藉著巡視工地或出遊之便，寄情於一處又一處口味獨特的小吃。每回見面，總是興奮地宣佈新發現的「美食」，甚至拿起筆，不厭其煩地畫上一張地圖，指示「三芝肉圓」、「蘆洲切阿麵」、「仙洞炒牛肉」、「大橋頭雞捲」、「三重埔蝦仁羹」等等去處，幾乎南北口味都漸漸納入他的美食版圖中。（高自芬〈地圖〉）

我曾跟一個一向以「高品質加美食的旅遊」聞名的旅遊團，在老闆溫業濤的引領下，我在西班牙吃到米其林入選餐廳的烤乳豬——那能用瓷盤切開的乳豬，肥嫩別樹一格，與中式脆皮乳豬頗不同。（李昂〈黑手黨與提拉米蘇〉）

五十多年前，「粿錦仔」獨創碗粿自成一家，後來傳給鄭志強的父親，店面同時移到法華街口，舊城小南門附近，所以定名「小南碗粿」。（王浩一〈碗粿的故事〉）

香港最近流行「私房菜」，是最時髦的去處。比如說，一位初識友人，是知名文人，偏愛美食，便曾夥同一位與蔣介石家族有多年往來的蔣姓女士，推出當年與蔣家共享的私房菜，以二百五十元港幣一位為價，每天客滿，然不敵SARS，只好暫停營業。（李昂〈香港三部曲〉）

這是一家能夠遠眺紐約無限壯麗景致的超級著名餐廳，尤其在天黑了之後，華爾街區金融大廈群與布魯克林大橋的耀眼光輝盡入眼底，再加上據說風格極「新奇大膽」的菜色，幾乎，每一本指南都將此地列為紐約必訪的餐廳之一。（葉怡蘭〈紐約River Cafe餐廳的英國早餐茶包〉）

平常

【平易】平和溫厚。

【平實】不浮誇虛飾。

【尋常】平常普通。

【素樸】質樸無華。

【淳樸】單純樸素。

【樸實】樸素儉實。

【家常】尋常。家庭日常的。

【常民】普通百姓家的。

【普羅】為「普羅列塔利亞」的簡稱，本指古羅馬社會的最低階層，後多指無產階級，也常被引申作多數普通大眾。

【單純】簡單不繁瑣。

【簡單】單純而不複雜。

【極簡】極為簡單。

【大眾化】與廣大群眾一致。

【家常便飯】家中的日常飯食。

【村野俚食】形容一般鄉野人家吃的食物。

【鄉野食品】鄉野人家吃的食物。

【千篇一律】形式或內容陳舊呆板、毫無變化。

我想是因為，從事美食報導與寫作領域多年，漸漸地，益發能體會，「簡單」，其實才是美食裡最引人入勝的最高境界。（葉怡蘭〈梅子茶泡飯的幸福時刻〉）

一路吃將下來；結果，竟是在下町某個深巷小食店裡，一碗再簡樸不過的蛤蜊飯，真摯淳樸滋味，輕柔撫慰了我在連串豪宴中其實早已疲憊的味覺，頓時不禁，悸動下淚……（葉怡蘭〈味蕾的返樸〉）

臺鐵雖則請回退休的高齡老師傅督導製作，這種便當的內容依然千篇一律：滷排骨、滷蛋、炒雪裡紅等物。在貧困的年代，便當裡有一大塊排骨，堪稱有點奢華的享受；如今到處都是排骨，我們已經不能滿足於吃得飽的層次。（焦桐〈論便當〉）

斑魚，吳地俗稱泡泡魚，諺曰：「秋時享福吃斑肝。」是一種村野俚食。斑魚入饌，由來已久。袁枚《隨園食單》「江鮮」條下有斑魚一味：「斑魚最嫩，剝皮去穢，分肝、肉二種，以雞湯煨之，下酒二分，水二分，秋油一分，起鍋時加薑汁一大碗，殺去腥氣。」（逯耀東〈多謝石家〉）

粗簡

【藿食】以豆葉為食。指粗食。

【糟糠】比喻粗食。糟，酒滓；糠，穀皮。

【菲酌】粗劣的酒食，常用作自謙之辭。

【疏糲】粗糙的飯食。

【糲粢】粗劣的飯食。粢，ㄗ，黍、稷、稻、粱、麥、菰等六種穀物的總稱。

【食不重味】飲食時不用兩樣菜餚。形容生活儉樸。

也作「食不二味」。

【粗茶淡飯】粗糙簡單的飲食。

【清茶淡飯】茶水和清淡的飯食。泛指簡陋的飲食。

【濁酒粗食】混濁的酒和粗糙的食物，指不精緻的飲食。

【糲食粗餐】以粗劣的食物為餐飯。形容生活清苦。也有「粗蔬糲食」。

【簞食豆羹】一竹器飯食，一木碗羹湯，謂少量飲食。可指簡陋的食物。

【一簞食，一瓢飲】每天只吃一筐飯，喝一瓢湯，比喻生活貧寒。語本《論語・雍也》：「賢哉！回也，一簞食，一瓢飲，在陋巷，人不堪其憂，回也不改其樂。賢哉！回也。」

就有家的典章制度，我是鍋鏟新手，但非常奮力學習，供應三餐。我母親留給我熱灶熱鍋印象，「美食」就是媽媽做的、有感情的家鄉菜。外面餐館名菜，就像一夜情，多吃對身體不好，還是回家吃粗茶淡飯，滋味綿長。（簡媜〈我那粗勇婢女的四段航程〉）

以蔬菜作羹，雖然韓非子有「堯之王天下也，糲粢之食，藜藿之羹」的話；但直到東晉開發江東後，以菜做羹，方始盛行。其時最著名的菜羹，即是蓴羹。張翰的「蓴鱸之思」，是個很通俗的典故。此外又有陸機所說的兩句話：「千里蓴羹，未下鹽豉。」已敵北方的羊酪。（高陽〈古今食事〉）

日常飯菜

【生食】未煮或未煮熟的飯菜。也作吃未煮或未煮熟的飯菜。

【飧】ㄙㄨㄣ，煮熟的飯菜。也指晚餐。

【腍】ㄖㄣˇ，煮熟。

【饔】ㄩㄥ，熟食。也指早飯。

【熟食】經烹煮後的食品。

【饔飧】熟食。
【冷盤】各式調理過的小菜，經冷卻後再裝入盤中。
【盆頭菜】即上海話的小菜、前菜。
【餚饌】飯菜。
【口食】膳食。飯食。
【膳食】日常吃的飯菜。飲食。
【小炒兒】普通菜。
【伙食】飯食。多為集體所為的飯食。
【派飯】團體生活中酌量分配飯菜。
【搭伙】個人不煮飯，搭附在他人處一同吃飯。也作「搭飯」。
【團膳】團體一起吃飯。
【吃大鍋飯】多數人合夥吃的普通飯菜。
【包飯】雙方約定，一方按一定標準供給飯菜，另一方按月付其伙食費。
【廩膳】公家所給的膳食。廩ㄌㄧㄣˇ，俸祿。
【斷頭食】古時犯人在受死刑前所吃的一頓飯食。

江浙館有所謂的「盆頭菜」，是將菜餚烹燒多量，置放小陶盆、小鋼盆中，吃時裝小碟，冷食亦不損鮮香。（愛亞〈白果燴菜〉）

北平人哥兒幾個一湊合，講究下小館樂和樂和，花錢不多，還得充腸適口。所以進飯館吃飯，無論是整桌的燕翅席，或者是叫兩個小炒，會吃的都有個一定之規，讓堂口到灶上都知道您是位吃客，灶上的調和不敢隨便亂配，堂口的堂倌更不敢欺生慢客。（唐魯孫〈北平上飯館的訣竅〉）

潔西從新近紐約調來香港，剛搬來島上住，單身一人清鍋冷灶，常上我們家搭伙，我通常很歡迎，今天卻突然覺得心虛，像被人抓個正著，可又不知做錯什麼。放下電話，我趕緊追加預算，拌了盆怪味雞，煸了碟蝦籽茭筍，煎了個菜脯蛋，又撈出自醃的四川泡菜。電鍋裡的蓮子眉豆粥早已煮好，只能往裡攪些燕麥糊，灌水加碼。（蔡珠兒〈一頓喝三碗〉）

剩菜

【餕】ㄐㄩㄣˋ，吃剩的食物。

【冷炙】剩餘的冷飯菜。

【菜尾】將剩菜加熱而成的大雜燴。

【殘食】吃剩的食物。

【餕餘】吃剩或祭拜過的食物。

【雜合菜】攙和在一起的剩菜、殘餚。

【殘餚剩羹】吃剩的菜餚、羹湯。

發展至今一百多年，佛跳牆材料迭有變化，豐儉隨人。雖僅一百多年，起源卻眾說紛紜，其中之一，傳說有個乞丐，將討來的殘羹冷炙，在某佛寺牆角升火燴煮，香味飄散，誘引寺廟內的和尚忍不住翻牆過來索食。（焦桐〈佛跳牆〉）

阿嬤每端上一道菜，就唸出吉祥字句來催眠大家非吃不可，否則一年好運就會少了一樣，因此每道菜至少得吃上一口。而除夕飯菜最後還變成「菜尾飯」，說是吃得越久越有福氣。（顏艾琳〈灶腳與圓桌〉）

唐魯孫雖家住北京，可是他先世遊宦江浙、兩廣，遠及雲貴、川黔，成了東西南北的人。就飲食方面，嘗遍南甜北鹹，東辣西酸，口味不東不西，不南不北變成雜合菜了。這對唐魯孫這個饞人有個好處，以後吃遍天下都不挑嘴。（逯耀東〈饞人說饞——閱讀唐魯孫〉）

4 食品種類

穀物

【粒粒分明】形容米粒顆顆不沾黏。

【角黍】意指粽子。

【湯餅】湯煮的麵食。

【餺飥】ㄅㄛˊ ㄊㄨㄛ，湯餅。或指湯麵。

【餑餑】北平方言。指糕點或饅頭一類的食品。

北平人吃燒餅果子，要喝點兒稀的，主要是喝粳米粥。賣這種粥的有粥鋪，也有挑著粥鍋下街的。這種粥，仿佛跟廣東的煲粥近似，雖然粥裡的米粒，粒粒分明，可是都接近溶化程度。據說粳米粥，必定要用馬糞當燃料，煮出的粥有一股子熏燎子味。可是喜愛喝粳米粥的主兒，就愛的是那股味兒呢。

（唐魯孫〈故都的早點〉）

中國人為了紀念戰國時代三閭大夫屈靈均五月五日縱身汨羅江而死，全國各地無論南北，都用粽葉裹了角黍（俗稱粽子），端午節吃粽子。這個習俗，由來已久，惟獨北平除了包粽子外，還要吃五毒餅。這是過五月觀北平獨有的小吃，其他省份恐怕都沒有呢！（唐魯孫〈五毒餅〉）

據說滿清自從東北進關，奠都北京，歲時郊天祭祖，一仍舊貫按照滿州習俗，做一種奶油餑餑上供，尤其是春夏宗社大祭，一份餑餑桌子，就有幾百上千塊奶油餑餑，祭祀完了之後，要送神散福，祭品裡的餑餑，就散福給掖延上下人等。因為數量太多，一時誰也吃不完，而且久吃生厭，於是有一班腦筋活動的太監們就想出點子來了……做餑餑的原料，麵是飛籮細粉，油是塞上醇膏，純脂細麵，出來的醬，雖非出自天廚，可是比起市面的醅醬，味道的鮮美不知要高出若干倍了。（唐魯孫〈白菜包和生菜鴿鬆〉）

葷食

【膘】ㄅㄧㄠ，肥肉。

【海味】海洋裡出產的食品。多指經過乾燥脫水處理的海產類食品，如鹹魚、蝦米、乾貝、魚翅等。

【雜膾】以各種肉類食品做成的菜。

【河鮮】河中新鮮的魚蝦。

【死白】蒼白、沒有血色。

【胭脂】一種用於化妝和繪畫的紅色顏料。也指鮮豔的紅色。

先是兩三家，懸掛著鹹魚的鋪子，店門口貼著鮮紅色的告示，寫著「酬賓特賣」之類的大字，門口的夥計賣力吆喝著。接著愈來愈多密集的海味鋪子，鹹魚的與各種風乾的海鮮氣味撲鼻而來。我選擇鋪子最集中的那一站下車，先拐進旁邊的小巷子裡，食一盅手磨核桃露，再展開海味之旅。（張曼娟〈相親相愛小蝦米〉）

慢慢地，聲音平靜了，鍋蓋也不必按住了，陶媽媽在一旁準備薑、蔥、醬酒等佐料。等鍋子冒出大煙時，我也聞到了河鮮的香味。（韓良露〈陶媽媽的泥鰍鑽豆腐〉）

前幾天跟朋友開了老遠的車遠征宜蘭，還去吃一家號稱自己養魚、養雞、種菜的農家餐廳，那雞肉以我的直覺根本不像土雞，而且肉色死白完全不像當天料理的雞肉，池子裡游來游去的都是錦鯉，真不知道那一桌鱘龍魚從哪來的？（梁瓊白〈農場餐廳走了味〉）

延吉街「翠滿園」餐廳醃漬蒸豬腳改變了我對蒸豬腳的偏見——先醃漬一星期，再蒸兩三個小時，使豬腳有了含蓄的鹹味，皮和肥肉飽滿彈性，瘦肉交錯著筋絡，很有咬勁；色澤如胭脂，透露著誘人的香氣，那香氣又帶著一種木訥性格，不浮誇，不炫耀，只有在咀嚼時，沉穩地散發出來。（焦桐〈論豬腳〉）

蔬食

【茹素】茹素，食齋。　【素齋】素食、僧侶的飲食。　【廟菜】寺廟內的素菜。

先師閻蔭桐夫子隸籍山西祁縣，同文館卒業後，雖外放海　崴總領事，因體弱多病，不耐邊塞苦寒，經范冰澄丈介紹來舍課讀，乃子乃女亦來附讀。閻師雖非茹素，但不進肉食。先祖慈告誡庖人，對於老師三餐。每日需請老師點菜。（唐魯孫〈書僮的故事〉）

我想起媽媽的葬禮，凌晨四點開始，念經祭奠跪拜，扶柩上山落葬，直到黃昏，一整天被儀式塞滿，嚴苛、繁縟、厚重，那麼真實確切，眼睛痠澀膝蓋作痛，然而我還是覺得空盪，虛幻感像氣泡，不斷從丹田冒出，把悲傷圈在裏面，沒法破碎迸裂。那天只吃了一頓飯，還是在開往山頭的靈車上，是個豐盛的素齋便當，但我已忘了有什麼菜，只記得高速公路向後急退，暗青的雲色迎面湧來，把飯也染灰了，冰冷無味。（蔡珠兒〈他吃大豆腐去了〉）

湯品

【靚湯】 香港流行用語，意指滋補又美味的湯。靚ㄐㄧㄥˋ，美麗的。

【水席】 全部熱菜皆是湯湯水水的菜餚。另一是吃完一道，撤後再上一道，像流水一樣不斷更新。

【湯湯水水】 形容料少、湯多的食物。

【掛碗】 形容湯汁濃稠，飲用完後湯汁會黏附一層在碗面上。

「靚湯」一詞是香港流行用語，以廣東湯的標準而論，靚湯不但要滋潤有益，而且必須美味；有滋補或潤澤之功而味不美，只能算是藥湯或食療湯。靚湯除了選料好，配料適當，還要用慢火熬，四、五小時熬一鍋湯幾乎是必要的，故名老火湯。（吳瑞卿〈溫馨滋潤阿二靚湯〉）

我自小不愛麵食，尤其是煮的麵條之類的東西，更是敬謝不敏。孩子卻完全和他們的父親是一國的，到了店裡總是要吃麵，湯湯水水的一碗吃下來就很滿足了。（席慕蓉〈劉家炸醬麵〉）

河南有句土話：「唱戲耍腔，做菜耍湯。」河南對於製湯非常講究，分頭湯、白湯、毛湯、清湯、套湯、追湯。所謂套湯是清湯臨時加厚，用雞帚，即胸肉剁泥，再套清一次。至於追湯，則是製好的清湯，再加入雞、鴨、微火慢慢煮，以補追其鮮味。製成的湯，清可見底或濃似白乳。味美**清醇**，以濃湯製扒菜，是豫菜的一絕，所謂「扒菜不勾芡，湯汁自來黏。」這些不同的湯是洛陽水席的基礎。

（逯耀東〈燈火樊樓〉）

點心

【雜嚼】點心。

【從食】副食；指點心之類的食品。

【閑食】消閑的食品。

【零嘴】正餐以外的零星食品。

【零食】同零嘴。

冬月盤兔、旋炙豬皮肉、野鴨肉、滴酥水晶鱠、煎夾子、豬臟之類，直至龍津橋須腦子肉止，謂之**雜嚼**，直至三更。（宋·孟元老《東京夢華錄·卷二·州橋夜市》）

我們這些小孩感興趣的卻是那些染成紅色的豆絲，吃在嘴中甜甜的，央求媽媽買一些，包在一個小紙袋中，當場就可以當成**零嘴**吃起來，吃過豆絲的嘴邊老是染成紅通通的，被大人笑是猴子的屁股。

（韓良露〈童年流動的味道〉）

進入二十一世紀，食不果腹早已成為歷史，**零食**的概念對於我們來說，也已經不再僅僅是一粒酸梅糖或者一塊巧克力那麼簡單。它更像是衣服上的漂亮花邊，不能禦寒遮羞，卻是必不可少的點綴。它包括了午餐後暖洋洋的陽光，翻看了一半的老版豎排小說，甚至還有裝東西的彩釉碟子，和攪咖啡的鑲

金邊小勺。（張愛玲〈吃〉）

5 食物口感

可口

【爽口】清爽可口。

【利口】爽口。

【清口】清爽可口。

【清爽】清淡爽口。

【合口】適合口味。

【適口】食物合於口味。

【順口】適口合味。

【對口】適口合味。

【對味】合口味。

【對胃口】合口味。

非洲雞原來叫「安哥拉雞」，外表金黃油亮，強調碳烤味，和脆香的表皮；因此需有細膩的炭烤作工，才能表現雞肉的順口滑嫩，乃至醬汁的濃郁香醇；劣廚輒烤得像黑炭。（焦桐〈非洲雞〉）

父親不愛吃閩南菜，卻很喜歡閩北的福州菜，不知是不是因為福州菜早就融合了南北之味，如福州酒席菜中的瓜燒大白菜就很對味，煎漬黃魚也和浙江之味相去不遠，燕丸湯更是古代中原燕地的遺味，紅燒羊肉是蒙古屯兵留下來的食風……（韓良露〈福州的公家官府大菜〉）

柔嫩

【嫩】柔軟。另指某些食物烹調時間短，容易咀嚼。
【幼嫩】細嫩。
【細嫩】柔嫩。
【細軟】細緻柔軟。
【細緻】細密精緻。

【細膩】細密。也作細潤光滑。
【軟嫩】柔軟細嫩。
【膩軟】細膩柔軟。
【爽嫩】爽口鮮嫩。
【爽軟】爽口柔軟。

【柔綿】柔軟細密。
【綿密】細密。
【綿細】細密；細微。
【軟綿綿】柔軟。
【外焦裡嫩】食物外面焦酥，裡頭軟嫩。

【軟塌易碎】柔軟凹陷又容易碎開。
【融化】融解。
【入口即化】進入口中隨即融化。

朋友說這是七月裡才有的，直接從潮州運來，一到八月便完全絕跡，薄蜆的殼薄到透明，卻有著一隻蝴蝶圖形，裡面的肉幼嫩多汁，柔滑順口，我用舌尖一舔就落進齒間。（張曼娟〈貝上的一隻蝴蝶〉）

結果後則是套袋，一般有套二層袋與四層袋之分，套四層袋，果皮細緻、果色柔黃，外觀極美，肉質幼嫩細軟；套二層袋，則因少少仍能受到些許陽光照拂，遂而果皮雖較粗糙、果色微綠，但肉質清脆、酸甜均衡，各有愛好擁護者，所以目前兩種套袋法在三星地區都十分時興。（葉怡蘭〈八月宜蘭三星上將梨〉）

他家的魚丸完全手工打成，爽嫩，餡鮮而有汁，吃福州乾拌麵應配福州魚丸湯，但好的福州魚丸也難

尋。（逯耀東〈餓與福州乾拌麵〉）

色澤豔紅、肉質爽軟、滋味香醇的爽口牛肉丸，可與瀨粉、河粉、米粉、伊麵等搭配食用，可以當成正餐，亦可權充貼心，爽口彈牙，無以上之。（朱振藩〈牛肉丸彈跳爽口〉）

中國人春天會吃艾草，製成艾草團、艾草糕、艾草粿，也可讓身體淨化；法國人春天一到就等著吃白蘆筍，形狀很性感的白蘆筍蒸熟了，澆熱奶油吃下去入口即化，像春天的吻。（韓良露〈春膳〉）

滑潤

【光潤】光滑潤澤。

【滑嫩】柔滑細嫩。

【柔滑】柔軟潤滑。

【滑溜】光滑。

【滑膩】光滑潤澤。

【潤滑】溼潤滑溜。

【軟滑】柔軟光滑。

【綿潤】細密滑潤。

【鮮潤】新鮮潤澤。

【潤透】形容被汁液充分滲透。

【豐潤】飽滿滑潤。

【順潤不滯】順口潤滑，沒有阻礙。

【瘦而不柴】雖瘦但不乾瘠。

【十分多汁】水分很多。

【入口如滑梯】形容滑順的口感。

總之，冰淇淋一入口，我的味蕾立刻被豐潤的奶香和濃醇的巧克力滋味徹底收服，長途旅行的疲憊，霎時消散在亞得里亞海畔溫煦的空氣裡。（韓良憶〈亞得里亞海的Gelati〉）

杏仁米漿在台南稱之「杏仁茶」，製程簡單，但是火候還是濃醇香順最主要的關鍵，「阿卿」選用新疆的甜杏仁和台東的蓬萊米磨漿、熬煮、少糖，輕火慢煮之中，隨時攪動讓米香隱身在杏仁獨特的香味裡，讓口感順潤不滯，在脣齒間有多層次和韻味散發。（王浩一〈漿汁的故事〉）

韓式冷麵要將煮好的細蕎麥麵過冰水，麵嚼起十分有勁，入口如滑梯，有一種十分過癮的口感。而酸酸甜甜辣辣的佐料配料，吃來爽口又開胃，是夏季的良伴。（韓良露〈把酒豪情吃韓菜〉）

鬆散

【鬆軟】鬆散綿軟。也作「鬆鬆軟軟」。

【鬆潤】鬆散潤滑。

【鬆沙】口感鬆散，像細沙一樣。

【沙楞楞】像含沙子般的口感。

同樣三層肉換個做法，又是另一番滋味，紅糟三層肉講究的是外焦裡嫩，每次看他做這道紅糟肉，先把十來條尺來長三層肉（約半臉盆，每次不多做，因為紅糟油炸起鍋後不能久擱，超過十來分鐘後，糟本身就潮了，吃起來不對口）放入臉盆裡，倒入糟料，加上自配佐料用力搓揉約五到六分鐘，待盆裡三層肉肉質揉到鬆鬆軟軟再下鍋爆炸，起鍋後等不及瀝乾油漬，那些迫不及待的客人已催聲連連，只見砧板上刀起刀落，熱氣騰騰，一盤盤糟香四溢鬆脆酥軟的紅糟肉，才一下子功夫裝紅糟肉的竹筴就筴底朝天了。（楊健一〈賣麵炎仔〉）

他的豌豆黃保證新鮮，沒有隔夜貨，豆泥濾得極細，吃到嘴裡絕對沒有沙楞楞的感覺。而且水份用得更是恰到好處、不乾不稀，進嘴酥融。碰上老杜高興，有時候也做幾塊綠豆黃來賣，綠豆黃做法雖然跟豌豆黃差不多，三伏天一塊一塊，綠茵茵的，冷香四逸。（唐魯孫〈北平的甜食〉）

酥脆

【清脆】清香鬆脆。
【爽脆】脆而爽口。
【脆嫩】鮮嫩易咬碎。

【香酥】香脆酥鬆。
【酥軟】香酥柔軟。
【鬆脆】酥脆。

【焦脆】食物焦黃酥脆。
【薄脆】又薄又脆。
【滑裡帶脆】滑溜又帶有爽脆的口感。

【外酥內嫩】外皮鬆脆，內裡軟嫩。

米飯適宜回蒸的只有糯米（因此粽子才包糯米），否則飯冷了就只能炒飯吃，炒飯倒是一定要用冷飯，而且用較鬆脆的在來米飯更適合，炒飯只宜用長筷攪，不宜用鍋鏟壓擠，才能炒得粒粒分明而不碎、米心透熟、鬆脆可口。（韓良露〈秋收米食豐煮飯學問大〉）

那雞腿肉充分吸收醃料，表皮炸酥脆，內裡堅定地挽留肉汁，洋溢著熱情，活潑，結合了詩意和力量，充沛有力。那是味蕾的舞蹈吧，緊張，劇烈，直率，我們似乎聽見原始的鼓點，繁複的氣味在舌頭上盡情律動，生命情調則演奏著命運交響。（焦桐〈逼淚的椒麻雞〉）

黑毛、馬頭、紅尾鳥（或稱紅雞公）、紅魚、紅喉、石斑、軟絲、小管、蛤蜊、鮮蝦等，所有海產都是當天現釣的，老闆煎魚功力一流，煎出來的魚外酥內嫩，鮮味絕不流失。蒸魚的火候也是恰到好

處，肉剛離骨，調味也淡雅。（王宣一〈小斟之家〉）

一些紅糟，就改變了肉品的內涵和外貌，像施了胭脂的美人，很難不被吸引。紅糟燒肉的基本功是外酥內嫩，肉鮮甜；粗獷的外表，細膩的內在；有一些江湖俠義的性格，又透露裡面溫柔多情的氣質。（焦桐〈大稻埕味道〉）

肥厚

【肥腴】肥厚潤滑。另有味道濃厚之意。

【腴厚】肥厚。

【酥肥】香酥肥美。

【肥而不膩】肉質肥厚而不油膩。

【肥膩】肥厚油膩。

【腴潤】豐美滋潤。

【豐厚】密而厚。豐滿肥厚。

【鮮腴】新鮮肥美。

廈門人喜歡吃的蠔煎，可說是臺灣蚵仔煎的前身，只是廈門用的是臺灣人俗稱的石蚵（盛產於福建金門、廈門一帶），石蚵顆粒較小，不肥膩，吃起來較清甜，廈門人作蠔煎，會放幾十粒石蚵、番薯粉漿只放一點點，再加韭菜一起煎，如果放幾十粒臺灣東石蚵那就太濃郁了，臺灣蚵仔煎放個十來粒蚵，加比較多漿，再打顆蛋放一點青菜吃起來有台式的清爽。（韓良露〈廈門的漳泉合味〉）

爆皮之後的淨肉茄子，在醬料中燒煮透了，漾出一股肉香，入口即化，猶存茄子的野味。圓茄子的水份更多，在嘴裡的感覺很腴厚。（張曼娟〈茄子種在大觀園〉）

熟爛

【爛】形容食物熟透而鬆軟。另有腐敗之意。

【糊】煮爛；燒焦。

【稀爛】極爛。熟得很澈底。

【軟爛】又軟又爛。

【綿爛】綿柔鬆軟。

【爛軟】熟透而鬆軟。

【粉粉爛爛】形容食物煮得過熟，口感軟爛而無嚼勁。

【爛糊】食物燒煮得極熟爛，如黏糊狀。

【糜爛】碎爛。另有腐爛、腐化之意。也作「爛糜」。

【燋爛】燒焦熟爛。燋ㄐㄧㄠ，火燒。

我喜歡任何稀爛不整齊的食物，沒法兒分剖是非黑白的食物，藕粉，麵茶，芝麻糊，剩菜剩飯倒在一鍋煮成粥。一口是一混沌，天地七竅，要開不開，我也無所謂。（黃麗群〈亂著〉）

以大鍋加水煮兩、三斤紅肉李，煮到果肉軟爛，用大匙瓢壓成泥，加粗砂糖融攪，熱吃香甜，冰飲歡暢。鍋底有餘，放得果皮單寧和湯中糖分混得發酵，就成了帶酒味的甜品，或說甜湯已像甜酒，吃喝了還真有醺醺之意，那就變為成人飲品，偶時不擅酒的丈夫和我一人一玻杯像紅酒的非紅酒，相對笑飲，快意非常，似乎也醉了。（愛亞〈梅桃李杏〉）

地鐵裡的失物無奇不有，手機、假牙、活魚、盆栽、老人和小孩，有一次還撿到一大袋山東饅頭，某大嬸氣急敗壞趕到招領處，千恩萬謝領了去，原來她從山東來香港自由行，怕吃不慣廣東菜，隨身帶備家鄉乾糧，一時大意撂在車廂，幸虧撿了回來，這幾天才有力氣血拼。本地人把這當笑話，我卻很佩服那位大嬸的英明遠見，香港只有蝦餃和叉燒包，買不到山東饅頭，市面賣的那種鮮奶小饅頭，柔若無骨綿爛如絮，大嬸吃了怕要頭暈腿軟。（蔡珠兒〈山東饅頭〉）

我認為炒三鮮是最具農家樂風格的菜。為何？因為它熱鬧啊，大雜燴啊，像一部七大姨八大姑濟濟一堂的肥皂劇。三鮮湯的思路也突出一個「雜」字，主料輔料相仿，一鍋煮，吃了這樣吃那樣，你還有什麼不滿足的？過去有些飯店做三鮮湯，材料不夠了，就到冷菜間裡隨便斬點滷鴨或白斬雞等湊數，所以上海人說一件事情辦得差強人意，就叫「爛糊三鮮湯」。（沈嘉祿〈三兩春，炒三鮮〉）

韌性

【彈牙】形容食物富有彈性、嚼勁。
【Q彈】軟而耐咀嚼。
【Q潤】Q彈而滑潤。
【Q韌】Q彈又帶有韌性。
【拉力】物體所受的拉牽之力。
【咬勁】富有彈性和韌性。
【有勁】有力氣。
【帶勁】有力量。
【勁道】韌勁有力。
【彈跳】彈起；跳動。
【嚼勁】咀嚼的力道。
【嚼感十足】非常富有彈性。
【艮】ㄍㄣˇ，食物堅韌不脆。
【柔韌】柔軟而富有韌性，不易斷裂。
【軟韌】軟而富韌性
【綿韌】綿密又有韌性。
【滑韌】柔滑而帶韌性。

好朋友來了，好客的族人拿出一些圓糯米，泡水、蒸熟，然後以木頭的臼盛住，用石板打爛，扁扁一大塊，擱在桌子中央，雪白、有彈性、咬勁夠，眾人圍攏了你掐一片，我抓一塊，豪邁粗獷，完全展

現山民本色。（高自芬〈麻吉的最後一天〉）

我拎起柴刀，一邊撿拾枯枝砍伐竹材，一邊倒帶回想十年前晚春所發生的情事：那是一個繁星灑遍蒼穹的夜晚，在蛙鳴此起彼落、螢火飄忽盤旋的溪畔，佐藤曾以獨特的手法，饗我無物可供比擬的「岩魚刺身」——剝除魚皮，取下兩片背肉，切成厚塊丟進鍋裡，加生薑、大蒜、洋蔥，再淋醬油，上下搖晃翻動攪拌均勻，放置半小時入味後食用。**彈跳的嚼勁**和辛辣的清甜一直無法淡忘，如今景象重現腦中，唾液隨即泉湧。（林嘉翔〈夢幻岩魚骨酒〉）

譚延闓在他的日記裡留下的菜譜，雖然文字簡潔，有些並未有細節的描述，但是由譚廚曹藎臣後來獨立門戶開的餐館或當年為曹藎臣做助手的臺灣一代名廚彭長貴研發出來的菜色，大約可以得知當時的做法，也多少可以看得出來譚廚的風味，如祖庵魚翅、祖庵豆腐等等。製作祖庵豆腐極費功夫，經過數十道繁複的工序，去皮泥、蒸煮煨等等，據說做出來的豆腐口感柔順且**彈牙**，滋味香濃。（王宣一〈譚府家菜與隨園食單菜譜之比較〉）

我們正喝著驢湯，師傅放下筷子問我要不要加點驢血，我點頭說：「中。」於是他端著碗到灶上去，加了驢血回來，我看碗裡好像沒有血，祇有像涼粉似的白色的小塊，吃在嘴裡，非常**滑韌**，師傅說這就是驢血了。（逯耀東〈燈火樊樓〉）

黏性

【黏密】黏稠而濃密。

【黏稠】濃稠有黏性的。

【黏糊】黏膩濃稠。

【黏滑】又黏又滑。

【黏膩】黏糊。

【膠稠】膠著黏稠。

【軟糯】形容柔軟而帶黏性的。

【濃稠】深濃而厚密。

【爆漿】可形容食物中的濃稠液體向外迸出。

【黏勁】黏而堅韌。

【黏牙】沾黏牙齒。形容食物的黏性很高。

【黏合】黏結在一起。

貢糖是一種花生酥糖，名稱的由來和「貢丸」一樣。為求糖質綿密細緻，製作過程需加以搥打，閩南語搥打音「貢」。貢糖就是打出來的花生糖，反覆搥打碾壓……最後，脫膜的熟花生倒入膠稠的糖漿中攪拌混合。（焦桐〈臺灣甜品貢糖〉）

這罐車輪鮑真不錯，巨碩完整，裙邊平齊少皺，鮑肉豐肥有彈性，中央的肌理稠厚軟糯，「糖心」呼之欲出，我用斜刀把它切成寬滑的薄片，排在燙過的芥菜膽上，再淋上蠔汁勾成的紅芡，做成碧綠鮮鮑。（蔡珠兒〈黑貓飯店〉）

為了適合熱帶人的口味，娘惹粽子還加了辣椒的辣味。所以娘惹粽子熱帶風味十足，只要嘗一口，除了班蘭葉的清香，鹹中帶甜，甜裡帶辣，很有口感軟糯香醇不膩，讓人吃了意猶未盡。（王潤華〈鄭和登陸馬六甲以後的「娘惹」粽子〉）

堅實

【挺】堅硬。

【厚實】厚而結實。

【結實】堅固紮實。

【緊實】密合、密實。

【緊緻】緊實細密。

【密實】組織細密、堅實。

【紮實】穩固結實。

【硬實】結實。

【硬邦邦】形容堅硬、強硬。

【老】與「嫩」相對。過硬或過熟。

老兵已漸次凋零或返鄉定居，街巷深處，雖還藏著一些包子饅頭店，紮實好吃的山東饅頭卻愈來愈難找，要有知味識途者帶路才能買到，幸而得之，我必定打包帶回香港，但總有吃完的時候，心心念念，實在饞得不行，只好動手試做。（蔡珠兒〈山東饅頭〉）

有人豔稱北平的「大八件」、「小八件」，實在令人難以苟同。所謂「大八件」無非是油糕、蓼花、大自來紅、自來白等等，「小八件」不外是雞油餅、卷酥、綠豆糕、槽糕之類。自來紅、自來白乃是中秋上供的月餅，餡子裡面有些冰糖，硬邦邦的，大概只宜於給兔兒爺吃。……大八件小八件如果裝在盒子裡，那盒子也嚇人，活像一口小棺材，而木板尚未刨光。（梁實秋〈味至濃時即家鄉〉）

然而那晚，坐在衣香鬢影觥籌交錯、排場架勢不凡的River Cafe裡，除了的確迷人的紐約夜景之外，嘗過了一道道太老的牛排、太甜的鴨胸，以及費力搭蓋成布魯克林橋形狀但滋味真的沒什麼特別的巧克力甜點後，附餐的紅茶端上來了——（葉怡蘭〈紐約River Cafe餐廳的英國早餐茶包〉）

乾澀

【枯】沒有水分。

【柴】乾瘦。

【澀】不滑潤。另有味道微苦不甘滑之意。

【柴硬】乾瘦又堅硬。

【枯澀】粗糙不潤滑。另有乾燥苦澀之意。

【粗澀】粗糙不光滑。

【粗糙】毛糙、不光滑。

【灰澀】口感粗澀像含了灰塵一樣。

【摻了灰似的】摻雜了灰塵顆粒般的口感。

社會富足以後，許多北方家庭過年，仍認為餃子是最大主題。哪怕雞鴨魚肉、山珍海味要堆滿飯桌，但餃子總是最當一回事。怎麼說呢？雞肉一嘗，老了；鴨肉一嘗，柴了；魚一筷戳下，怎麼乾乾的；這些竟然都不打緊，乃它們一道一道做出來，一道一道先放著，不可能不老不柴不乾，大夥壓根不介意，只當它們是布滿繁華桌面的重要配角。（舒國治〈過年與吃餃子〉）

君達菜？名字很陌生，可是這菜明明似曾相識……請阿婆摘了一斤，拎到小店，交代用蒜蓉清炒，不一會熱氣騰騰上了桌，油綠愈發深濃。一筷入口，先是柔滑綿潤，繼而有股淡淡的澀感在舌後漾開，摻了灰似的。當年的滋味油然重現，終於想起來了，這不就是我小時候常吃的「厚帽仔菜」嗎？（蔡珠兒〈甜菜正傳〉）

6 味道

滋味

【味蕾】指接受味覺刺激的感受器。分布在舌頭的表面，用來辨別食物的滋味。也作「舌乳頭」。

【入味】有滋味。

【夠味】味道充足。也有菜餚精緻，口味道地的意思。

【豐富】充裕、富厚。

【豐滿】豐富、充足。達到所需的程度。

【飽滿】充足。另有吃飽之意。

【多層次】形容滋味多元豐富。

【交匯纏綿】形容多種滋味匯合在一起，綿長不斷。

【津津有味】滋味令人喜愛的。

【奪味】蓋過食物原來的味道。

【侵略】此指占據食物原本的味道。

【回味】食後的餘味。也可引申在回憶中細細體會。

【雋永】甘美而意義深長，值得讓人探索玩味。

【耐人尋味】意味深長。

【餘味深長】留下來的耐人回想的深刻味道。也有「餘韻悠長」。

【野味】採集得來野蔬瓜果。也可形容天然蔬果的風味。另指從山林中獵取得來的可食鳥獸。

【草菁味】新鮮摘取下的菜葉或茶葉，因含有水分，葉子的草味會更加強烈。

【草腥味】蔬菜獨有草澀味。

【天然】自然生成的。

【原味】原有的風味。

【正味】純正的滋味。

【純正】純粹不雜。

【七味八滋】此七味指的是甜、酸、麻、辣、苦、香、鹹七種味道。八滋則是指乾燒、酸辣、麻辣、魚香、宮保、乾煸、紅油、怪味。

【九味】指辣、甜、鹹、苦四主味以及酸、澀、腥、沖四賓味之外，另一種只可意會而不可言說的味道。

【呆板】死板。

【僵直】單調呆板。

【不夠味】不能完全表現出物質的特色。

【不是味】味道不正、火候不夠。

一個中年婦人推著車，將摶好的油麵團在熱鍋上煎成餅，然後將香蕉切片裹在裡面，很快的把兩面煎黃煎脆，撒上白糖，澆上煉乳，熱騰騰地送進嘴裡，頭一次發現香蕉是甜中帶酸的，麵皮上的糖和煉乳附著在軟綿綿的香蕉肉，多層次的滋味在唇舌間像瀑布似的流瀉而下。（張曼娟〈蕉裡的快樂〉）

菜料經炒香且略軟爛後，拌上煮至彈牙的尖管麵，以及厚厚一層乾酪，熱呼呼上桌，入口蒜香、菜香和乳酪香在唇舌之間交匯纏綿，美味極了，讓我忍不住一口麵尚未下喉，又趕忙再取了一叉子，不一會兒就吃個精光。（韓良憶〈羅馬媽媽的味道〉）

使用的米果，不論品式，均須在八種，或者倍數，以符「八」數，據說，粥中切忌用蓮子、薏仁、枸杞、桂圓、黨參及當歸，用則奪味。使粥的身價，有所貶損，反而不美了！（陸家驥〈過年活動臘八始〉）

吃蟹佐以薑醋大抵是合理的，可平兒剔來一殼子蟹黃，鳳姐未嘗就說：「多倒些薑醋」，寶玉吃蟹時也作詩：「潑醋擂薑興欲狂。」殊不知醋用多了，會侵略蟹味。這只是不識蟹味，令人髮指的是丫頭們拿著滿黃的螃蟹戲耍，以蟹黃抹臉玩樂，無異拿頂級紅酒潑灑，天物暴殄至此，我讀了心疼不已。（焦桐〈論螃蟹〉）

山茼蒿顧名思義和茼蒿屬性必然相近，同為菊科，只是山茼蒿是未經「馴化」的野蔬，草菁味濃烈，

對於不常吃也不喜歡野蔬的人，是難以下嚥的。（方梓〈春膳〉）

維揚風味的揚幫菜，製作精細，甜鹹適中重本味，擅長燉燜的火工菜是其特色，與川味的「七味八滋」完全不同。所謂七味，是甜、酸、麻、辣、苦、香、鹹，至於八滋則是乾燒、酸辣、麻辣、魚香、宮保、乾煸、紅油、怪味，與淮揚風味完全不搭調，而且一在長江頭，一在長江尾，各行其是，但兩種風味絕殊的菜餚，卻在上海結合在一起，真是個異數。（逯耀東〈海派菜與海派文化〉）

我指著招牌問他「九味」的意思，曾先生說：辣甜鹹苦是四主味，屬正；酸澀腥沖是四賓味，屬偏。偏不能勝正而賓不能奪主，主菜必以正味出之，而小菜則多偏味，是以好的筵席應以正奇相生而始，正奇相剋而終……突然我覺得彷彿又回到了「健樂園」的廚房，滿鼻子菜香酒香，爆肉的嗶啵聲，剁碎的篤篤聲，趙胖子在一旁暗笑，而父親正勤作筆記。（徐國能〈第九味〉）

美味

【甘旨】 美味。

【清潤】 清爽鮮潤。

【清醇】 乾淨純正。

【清鮮】 清淡鮮美。

【清釅】 清醇有味。

【誘人】 美味。

【鮮美】 滋味美好。

【鮮極】 滋味極為鮮美。

【醍醐】 原指由牛奶精煉出的油脂。後泛指食物最美好、精髓的味道。

【易牙之味】 食物味道鮮美，有如經過易牙調味，也稱「易牙難傳」。

【齒頰留香】 形容食物味美，令人回味無窮。

終於，登上馬拉邦山頂，卸下裝備，開始煮水泡茶。喉舌極度渴望清釅茶香，爐火未沸，連眼睛遠眺，四周的山形也恍如竄高竄低的綠色火燄，參差凝固。（薛好薰〈茶色罪愆〉）

北平正明齋餑餑鋪有一種奶油元宵，餡裡摻有奶油（實際就是蒙古運來的牛油，經他們加工提煉之後，就叫它奶油），煮出來的元宵自成馨逸，表裡瑩然。此外還有天津旭街桂順齋的蜜餡兒元宵，純用蜂蜜加上白葡萄乾、青紅絲，甘旨柔滑，別有一種風味。以上兩種元宵，算是北方元宵的雋品。（唐魯孫〈閑話元宵〉）

年歲漸增，童年的片段越發湧現，孩提的品味只是純真，時空的距離才是堆疊了無法超越的美味。不管我如何用心烹調，那一口鮮極的薑絲雞肉絲菇湯，不復重返。（方梓〈樹的精靈〉）

中國有一句老話說：「吃在廣州」，因為廣東是對外最早的通商口岸，省垣華洋雜處，艫舳雲集，豪商巨賈，囊橐充盈，口腹忞饗，所出菜式，自然精緻細膩，力求花樣翻新，調羹之妙，易牙難傳，要說南嶺風味，足堪味壓江南，也不為過。我們撇開華筵盛饌不談，就拿廣東粥品來說，就夠我們忞饗咀嚼半天的了。（唐魯孫〈話嶺南粥品〉）

在重新加溫的過程裡，香膩的滷汁，會二度溶入QQ的皮脂和順舌的瘦肉裡。一而再、再而三加溫燉煮，可以讓原本冰冷的蹄膀，滷成透心的醍醐味。（高翊峰〈料理一桌家常〉）

我新近在香港的「杭州酒家」，嘗到其招牌名饌「東坡肉」，但見色澤紅潤，入口汁濃味醇，肉酥爛而不柴，皮爽糯而不膩，取此下飯佐酒，好到齒頰留香，無法形容其美，難怪見重食林，甚為饕客喜愛。（朱振藩〈千古絕唱東坡肉〉）

香味

【芬芳】香氣。

【清香】香味清淡。

【清雋】香氣清新，意味深長。

【清芬】清香。

【湛香】清新獨特的香味。

【馨香】芳香。

【馨逸】香氣噴溢。

【噴香】散發香氣。

【飄香】氣流中飄送著能被感覺的香味。

【陳香】陳年的香氣。

【味香而雋】味道芳香且深長。

【焦香】食物稍微有點焦之後出來的香味。

【香醇】香味醇厚。

【香郁】香氣濃厚。

【芬鬱】香氣盛烈。

【芳醇】香氣醇厚。

【濃郁】香氣濃烈。

【馥郁】香氣濃厚。

【馥馥】香氣很濃。

【香噴噴】香氣濃厚。

【香馥馥】形容香氣濃厚。

當然，蛋炒飯是很清雋的一種炒飯，不宜摻入太多的配料。且看有人覺得火腿極蘊鮮味，便火腿丁切好；接著覺得芹菜丁增脆度，又增綠色，也切小丁；甚至胡蘿蔔也切丁，配成紅色；更一想菜脯炒過，最增鮮甜，於是也切成丁。這些佐料全炒進炒飯裡，這一下吃在嘴裡，太繁複矣，也破壞了專心咬嚼蛋與飯的簡單又鮮香又清美風味。（舒國治〈也談炒飯〉）

張北和的滷汁裡還加入陳皮、福州紅糟、甘草，陳皮有消除脹氣的功能，加上紅糟，使牛肉散發出特殊的湛香味；〔……〕（焦桐〈論牛肉〉）

端上來頗不起眼，灰黯無光爛糊如漿，像鄉間辦桌後剩下的「菜尾」，只是氣味清怡雅潔，舀起一勺入口，頓時舌咽生津，那種甘甜不似肉的濃馥，也不比果和蜜的鮮銳，溫潤柔厚，是瓜蔬從陽光和地肉吸來的靈秀之氣，配以馨逸的印度長米，愈發醞藉悠遠。（蔡珠兒〈地中海燉菜〉）

侍者端著一大盤烤得焦香四溢的牛肉來，一一詢問每個人喜愛的部位和熟度。我隨興點了一塊不知部位的肉，一刀下去就感受到肉質的柔嫩多汁，一口咬下，牛肉的滋味馥郁豐滿，已經很久沒有嘗到如此美妙的牛肉了。（謝忠道〈智利美食撼動我的嘴巴〉）

其實，母親經常都做各種香噴噴的餅。到了中秋節，她就說自己手裡捏的是「團圓餅」，她並不稱它為「月餅」。她說月亮是高高在天上，放光明照亮世間的「月光菩薩」，怎麼可以摘下來吃呢？（琦君〈團圓餅〉）

甜味

【飴】ㄧˊ，味道甘美的。
【甘甜】甜美。
【清甜】清潤甘美。
【芳甘】芳香甘甜。
【甜滋滋】形容味道甘甜。也作「甜絲絲」。
【甜而不呆】味道不會過甜。
【甜而不膩】甜而不膩口。
【回甘】味道由澀變甜。
【糯甜】形容又黏又甜。
【甜郁】很甜。
【甜膩】濃郁的甜味。
【死甜】非常甜。
【怪甜】怪異的甜味。
【甜裡帶辣】味道甜甜辣辣。

春天也是吃嫩豌豆和蠶豆的好季節，和白蘆筍一樣，這兩樣豆類也僅限春季當令，盛產期亦不長，往往就兩三個星期，之前或之後吃到的，不是進口的冷藏貨就是冷凍貨，乃至罐頭，味道哪裡比得上前一天採收、今日就上市的新鮮貨色那般**清甜**。（韓良憶〈荷蘭四季餐桌〉）

還有一種味覺叫「**回甘**」。我們會說這個茶好好喝，用「回甘」。回甘的意思是，一開始有點澀、有點苦，可是慢慢地從口腔起起來一種淡淡的甜味。人生是經過這些澀味以後，才有所謂的甜，而那個「甜」不等於糖的甜，它不是單純甜味，而是人生經驗很多的複雜的變化。（蔣勳〈教育的美學〉）

我深深驚嘆讚嘆著，從此一腳跌入這**甜絲絲**香馥馥蜜池裡，再無能自拔；平素家裡總要隨備上個幾款不同蜂蜜，純吃、抹吐司、配甜點，沖茶、調酒，拌沙拉、調味做菜……其樂融融。（葉怡蘭〈蜂蜜多麼甜蜜〉）

帶著濃郁黑糖香氣的黑糖原味粉粿，甜而不膩，也沒有一般糖汁吃完之後的酸澀味。吃粉粿我通常喜愛最直接的吃法，偶爾沾一些黃豆粉或黑糖漿，因為我不喜歡加一大堆配料如紅豆、綠豆、薏仁、芋頭混雜著吃，會搶了它的原味。但是這些配料單吃，也都好吃，選材和烹煮火候都恰到好處，配上剉冰和一大匙黑糖汁，吃起來也很過癮。（王宣一〈小酌之家〉）

一百六十多年歷史的古蹟八角樓隔壁，有家超過六十年歲月的銀峰冰果室，老闆是八角樓主人、泉州紅糖商人葉開鴻的後代，這碗用柴火熬製的紅豆不甜膩，鬆軟卻有嚼勁。（洪震宇〈樂活國民曆〉）

酸味

【酸中帶甜】味酸而帶甜。

【酸溜溜】形容味道酸。

【酸不溜丟】形容味道極酸。

【酸厚濃郁】味酸而濃烈。

【酸利】酸味尖銳。

【尖利】尖銳、鋒利。

【銳利】尖銳。

【酸得可以割舌】形容酸味刺激，讓舌頭刺痛。

【牙齒要軟掉】形容非常酸，讓牙根發麻。

豆汁可以說是北平的特產，除了北平，還沒有聽說哪省哪縣有買豆汁的，愛喝的說豆汁喝下去酸中帶甜，越喝越想喝。不愛喝的說其味酸臭難聞，可是您如果喝上癮，看見豆汁攤子無論如何也要奔過去喝他兩碗。（唐魯孫〈北平的獨特食品〉）

在我們家，糖蒜是夏季的新味，因為夏天正是糖蒜出缸的時節。每年一到春季，新蒜上市，爸爸就會親自上市場買蒜，沖洗乾淨，去除最外層的粗皮，稍加晾曬後，將蒜頭置入大玻璃罐中，倒進加了砂糖的醋，封存起來醃漬至少兩三個月，等到了夏天，糖蒜就醃好了，酸酸甜甜很開胃，生蒜原有的那股辛辣味也淡多了。江蘇老爸平日喜食薑，並不愛吃生蒜，嫌吃了口氣臭，可他說：「糖蒜不臭，香。」（韓良憶〈爸爸的糖蒜〉）

葡萄柚更慘，光有個美麗的外表，味道比白醋更單調尖利，怪不得有人發明許多吃法，加糖淋蜜，灑鹽摻水，只為豐富它的味道。但我已發誓去接受它，嘗試第一個葡萄柚時，對半切開，用湯匙挖幾口就放棄了，果肉酸腐糟爛，酸得可以割舌，最後轉成無盡的苦味。果汁像螢光指甲油一樣，到處沾染顏色，十隻手指又酸又苦，真真可怕的水果！（周芬伶〈酸柚與甜瓜〉）

薑絲大腸的材料都很廉價，世俗般的本質，窮人和富人都為之著迷。炒製時一定要用醋精，才有那獨特的酸嗆味，一般白醋無法表現這種味道。醋精是一種合成醋，道地的客家口味，極酸，想起來都覺得牙齒要軟掉了。（焦桐〈客家味道〉）

鹹味

【死鹹】味道鹹又呆板。	【鹺鹹】鹹味。鹺ㄘㄨㄛˊ。	【鹹篤篤】味道死鹹。
【鹹重】鹽味重的。也有「重鹹」。	【鹹津津】味道略帶點鹹。	【鹹中帶甜】鹹味中摻雜一點甜味。

陸上的鹽，其實也是由來自海，只是億萬年地殼變動沉積成陸，海水、或是海裡的鹽份留存陸上或地層中所致；目前整體數量版圖相對不如海鹽廣，然種類卻極是多元，有岩鹽、湖鹽、井鹽等等；諸如蒙古岩鹽、喜馬拉雅山岩鹽、夏威夷火山鹽、死海之鹽、四川井鹽等，均屬此類鹽中之名品。而也因為形成時間相較下更長，較之海鹽來，陸上的鹽在滋味上也往往更為鹹重、雄渾有力。（葉怡蘭〈說鹽〉）

各式煲湯用火的時間不一，少則兩小時，多則三小時，收火起鍋時才可以下鹽提味，如此湯味才會圓潤，不致死鹹僵直。（林詮居〈煲湯〉）

當他撕下一片鹹薑嘗個味兒；鹹篤篤、麻辣辣，口感並不很好。以此獻給皇帝，不異自討苦吃，挨頓排頭不說，甚有不測之災，心裏好生苦惱。戴老夫人見狀，有日靈光一閃，便命媳婦將鹹薑撈出，用淨水漂洗數遍，去掉鹹辛苦澀之味，再用紅糖煮過曬乾，撒上一層糖粉，使之保持乾燥。（朱振藩〈長泰明薑通神明〉）

苦味

【清苦】淡淡的苦味。

【辛澀】辛麻苦澀，也做生澀。

【澀苦】味道又澀又苦。也有「苦澀」。

【麻嘴】味道生澀。

【麻徹舌根】苦味讓舌根發麻。

【味似黃蓮】味道似黃蓮一樣的苦。

父親對母親的廚藝是鄙薄的，母親是浙江人，我們家有道經常上桌的家常菜，名曰：「冬瓜蒸火腿」，作法極簡，將火腿（臺灣多以家鄉肉替代）切成薄片，冬瓜取中段一截，削皮後切成梯形塊，一塊冬瓜一片火腿放好，蒸熟即可食。須知此菜的奧妙在於蒸熟的過程冬瓜會吸乾火腿之蜜汁，所以上桌後火腿已淡乎寡味，而冬瓜則具有瓜蔬的清苦之風與火腿的華貴之氣，心軟邊硬，汁甜而不膩，令人傾倒。（徐國能〈第九味〉）

只知蓮心苦，不知荷葉苦起來也夠厲害，我捏著鼻子喝幾口，辛澀直衝咽頭麻徹舌根，味蕾像通電般發震。冬瓜清淡不擋苦，只靠老鴨那點薄薄的鮮味，到底捉襟見肘招架不住，我捂著嘴敗下陣來。咦，平常我不是挺能吃苦的嗎？苦這東西真奇怪，只可穠纖合度允執厥中，要掐準算計好，萬不可即興隨心，更不許擦槍走火。（蔡珠兒〈自討苦吃〉）

人生果然像茶葉蛋，偶有傷痕與毀壞，像烹煮的茶葉，略帶苦澀；苦中帶甘，苦中作樂。微笑中閃著淚光。茶葉蛋表現一種入味美，唯裂痕越多越能入味，雞蛋久煮後蛋殼龜裂，茶葉之香循著裂紋滲入蛋內，蛋白彈牙，蛋黃綿密，帶著輕淡的醬味和茶香。（焦桐〈日月潭味道〉）

似醒非醒，緩緩的柔光裡／似悠悠醒自千年的大寐／一隻瓜從從容容在成熟一隻苦瓜，不再是澀苦／日磨月磋琢出身孕的清瑩／看莖鬚繚繞，葉掌撫抱（余光中〈白玉苦瓜〉）

秋分後，蒸鬱的熱氣漸漸沉澱下來，可厭的溼黏消失了，取而代之的是一股陽光香的乾爽，不過乾爽過了頭也不好，硬而燥的天氣最傷鼻喉。見菜攤上有新鮮的青橄欖，於是買回來和南北杏、青蘿蔔及排骨煲湯，湯汁微澀小苦，不過可以清喉解毒防感冒，這叫「青龍白虎湯」，是粵人秋令常喝的湯水，館子不常有，只能自家做。（蔡珠兒〈饕餮書〉）

辣味

【辛辣】味辣。

【甘辣】辣中點有甜味。

【香辣】味香而帶辛辣。

【糊辣】川菜味型，香辣鹹鮮略帶甜酸，如宮保味。

【麻辣】又麻又辣的滋味。

【辣實】味道辛辣。

【辣乎乎】形容非常辣。

【熱辣辣】溫度高，口味辣。

【打翻辣缸】形容非常辣。

【紅海浮沉】形容菜餚加了很多辣油辣椒。

【葷辛】指味道辛辣、刺激的蔬菜。如蔥、蒜、韭菜等，佛家按戒律禁食。

看韓人做泡菜，首先是紅辣椒粉加人參粉、糖等十幾種成份，成濃濃稠稠的紅膏，在每一片白菜葉上塗上厚厚一層，然後捲起來成球狀，放入甕中等發酵，據說是第三天最好吃。因為加了人參等中藥，故吃起來甘辣甘辣，成為椎明誠（寫《辣得好吃》的激辛日本作家）描述的「甘甜的辣味」。（周芬伶〈君不吃〉）

而川廚對用辣，顯有獨到之處，其菜餚中，鮮少辭單一的辣味，而是經過精心配製，已與鹹、甜、麻、酸等熔鑄一爐的複合味，像習見的麻辣、紅油、酸辣、怪味、魚香、薑汁、蒜泥、芥末、宮保

等，均是其中的佼佼者，每讓食者印象深刻，食罷津津。（朱振藩〈四川菜還在嗎？〉）

剛到成都的前幾天，頓頓辣，在城隍廟前吃黃白涼粉，辣汁澆了半碗湯，在青羊宮旁吃粉蒸小籠，花椒下得如雪花片片，在寬窄巷吃夫妻肺片；辣子紅油如紅海浮沉。到了都江堰附近吃農家菜，不管是麻婆豆腐或蒜泥白肉或辣瓣鯰魚，全像打翻辣缸似。（韓良露〈成都好辣〉）

味淡

【寡】清淡。

【口輕】口味淡。

【平淡】平常清淡。

【平板】平淡呆板。

【淡薄】不濃厚、稀薄。

【淡泊】清淡寡味。

【清淡】氣味不濃。形容食物菜餚等含油量不多。

【清寡】味道清淡。

【薄薄】味道很淡。

【單調】簡單而少變化。

【乏味】無味。

【了無滋味】一點味道也沒有。

【味同嚼蠟】比喻沒有味道。

【味如雞肋】味兒與雞的肋骨一樣無味。

【清湯寡水】比喻沒有味道。

【寡淡無味】平淡沒有味道。

【食之無味，棄之可惜】吃起來毫無滋味，丟棄又覺得可惜。

晶瑩剔透的米飯，吸取了材料的精華後，滋味並非如之前所想像的、飽含了湯汁的濃郁鹹重，而是在淡泊的芬芳米香裡，每一入口，都延伸著一種綿長而雋永的鮮美。（葉怡蘭〈香港廟街的香Q煲仔飯〉）

西遊記裡都是出家人，只能在水果素齋上做文章，害孫悟空闖下大禍的是蟠桃與人參果，如今市場上也有兩樣水果叫這名字，人參果出乎意料地寡淡無味，蟠桃味道還好，只是扁扁的，一點也不像圖片上紅潤豐盈的樣子。（閆紅〈誤讀紅樓〉）

李漁顯然內行多了，他深諳品蟹三味，「凡治他具，皆可人任其勞，我享其逸。獨蟹與瓜子、菱角三種，必須自任其勞，旋剝旋食則有味；人剝而我食之，不特味同嚼蠟」。味鮮常不免事繁，剝蟹食蟹乃美好的生活風格。（焦桐〈論螃蟹〉）

味濃

【口重】口味重。

【口沉】口味重。

【釅】味道濃厚。釅ㄧㄢˋ。

【厚味】很濃的味道。

【醲肥】厚味；美味。也作「肥醲」。

【濃醇】味道濃厚香醇。

【濃重】形容氣味、色彩、煙霧等深厚而顯著。

【醇厚】味道濃厚。也有「厚醇」。

【濃腴】形容食物的味道厚重，含油量高。

【釅釅】形容醇、濃、香。

【掛味兒】形容韻味或滋味濃厚。

【重油】形容含油量很高。

【油膩膩】含油過多。

【油滋滋】非常油膩的樣子。

【膩人】食品的油脂過高，使人不想吃。

【膩味】油膩的食品。

【濃膩】味道厚重且油膩。

【臭油味】油脂長時間暴露在溫熱、潮溼的環境所產生的不好聞的味道。

【濃烈】味道強烈。

【嗆】受到味道或煙氣的刺激，而使人感到難受。

【沖】猛烈的。

【嗆鼻】氣味刺激鼻腔。

【刺鼻】氣味強烈。

日人極喜愛中國明代之書「菜根譚」，書云「醲肥辛甘非真味，真味只是淡；神奇卓異非至人，至人只是常。」我仍愚鈍，只因與京都結食緣，略識真味只是淡之道，但尚味通解至人只是常之理。（韓良露〈真味只是淡〉）

夜晚的佳美，隱隱道出了白天炎陽之烈悍。金門的陽光，亦是一寶，何不用來曬蘿蔔乾？還不只是古諺說的「後好菜脯，榜林水查某」而已。哪怕是曬臺灣運來的菠蘿、梅子、高麗菜，或是金門自產的花生（花生米先曬再炒，香味更醇厚），這兒都充滿燙騰騰的石板廣場。（舒國治〈幾受人遺忘的世外桃源——金門〉）

濃縮咖啡是否真的有助消化，我不敢肯定，但是飯後不喝卡布奇諾或拿鐵，的確有其道理，畢竟在塞了一肚子義大利麵、乳酪和魚或肉類主食後，還喝含有許多油脂的牛奶咖啡，真的滿膩人的。（韓良憶〈要牛奶，還是咖啡？〉）

年少的我，對烈酒向來敬謝不敏：不喜歡那嗆鼻微苦的辛辣、不喜歡那從味蕾到喉嚨到胃的燒灼感；在素來飲食崇尚清淡的我而言，過往，相較下顯得更恬靜優美些的葡萄酒與日本清酒等發酵酒類，著實對味對胃得多了。（葉怡蘭〈沉醉，威士忌〉）

腥臭

【腥臊】魚肉的腥臭味。

【腥羶】肉類刺鼻的腥味。羶ㄕㄢ。

【羶氣】羊的臊臭味。

【油腥氣】魚、肉類所發出的腥味。

【腐漬味】此形容魚經過醃漬後所散發出的腐臭腥味。

【古怪】怪異；異於尋常。

【陳倉味】存放倉庫多年的怪味。

【油耗味】油脂氧化產生的異味。

【霉味】因潮溼腐壞所發出的氣味。

【掩鼻】捂住鼻子。表示對聞到骯髒、濁臭之味的厭惡。

【走味】食物失去原本的味道。

【難以下嚥】無法吃下去。

【噁心】味道令人作嘔。

【發嘔】想吐的感覺。

【酸腐】腐敗而發出酸臭之味。

【餿腐】食物腐敗而變味。

【糟爛】敗壞腐爛。

【臭烘烘】形容很臭。

更有個性的是鹹魚蒸草魚——先用麻油將草魚塊稍稍煎過，再加鹹魚、薑絲清蒸。重點是以鹹魚蒸草魚的創意，鹹魚的腐漬味，準確提升了草魚的新鮮，強調了草魚的甘甜，那草魚雖然等閒，卻因為一小塊鹹魚的提醒，產生了戲劇性的張力。（焦桐〈論吃魚〉）

總要有點滄桑才懂得吃鹹魚，經過打磨有過閱歷的舌頭，才能披沙瀝金醜裡識美，析破那腥臊渾沌的味覺迷陣，咂吮出鮮滋美韻。世上有多少種鹹魚，就有多少種滄桑。在臺灣吃的鹹鮭、花飛和鹹帶魚，氣性溫和柔斂，只能算醃魚，不像廣東鹹魚歷盡炎涼滄桑，尤其是經過發酵的「霉香」鹹魚，強悍勇武聲勢奪人，連曬乾了都生猛。悍雖悍，幸好它不霸道，乾煎單吃固然盡顯本色，配搭他物更能

光彩煥發，醒神點睛提味，在家常鍋灶營造出萬般風華。（蔡珠兒〈哈鹹魚〉）

炒麵茶有幾個緊要事要守住，首先炒麵茶鍋要全乾，因此要先把鍋加熱冒煙後熄火，之後再下麵粉，不斷用中火翻炒，炒製麵粉變成棕黃色為止，炒麵茶可以乾炒，也可以用白芝麻油或豬油炒，不放油的麵茶粉可以儲藏較久，豬油炒很香但不耐放，放久了會有油耗味，家庭人口簡單宜乾炒麵茶，像我外婆也會自己炒麵茶，但她也愛和麵茶推車買別人製的麵茶，就是圖那不一樣的麵茶油香味。（韓良露〈暖和人心的麵茶，功夫了得〉）

豆汁兒之妙一是在酸，酸中還帶著餿腐的味道；二是在燙，只能吸溜著喝，越喝越燙，最後直到滿頭大汗。（梁實秋〈豆汁兒〉）

二 品飲

1 製程

製茶

【一心二葉】一心剛長出的新芽，二葉指的是新芽下的兩片嫩葉，意指以手工採收特別挑選的茶葉。

【春摘】大吉嶺茶葉分四季採摘，三月到五月為春摘茶，七到八月夏摘茶，九到十月為秋摘茶。

【凋萎】將摘下的茶葉在陽光下曝曬，再移置室內，使其水分減少而枯萎。

【殺青】以高溫讓茶葉中的酵素停止作用，使茶葉保持應有的色澤。

【揉捻】搓揉殺青後的茶葉，擠出茶汁並定型茶葉。

【手揉】用手揉捻茶葉。

【機揉】用機器揉捻茶葉。

【發酵】揉捻後的靜置，各類茶多酚藉由空氣中的氧氣進行酵素氧化作用。

【半發酵】茶葉經過不同發酵輕重衍生不同滋味，半發酵一般為烏龍茶類。

【全發酵】茶葉經過全面發酵後，由全綠色轉變為全紅色，即「紅茶」。

【乾燥】降低茶葉的水分。

【烘焙】以火烘製茶葉，去除水分，提高香味和保存時間。

【焙火】焙烘的火力。

【茶到立夏一夜粗】形容夏季茶樹生長迅速，但一到立夏茶葉很容易變粗、老化。

除了忙種穀外，穀雨前後亦是茶人採收新茶的時候，所謂雨前茶，即指在穀雨前加快採收的嫩葉，為什麼雨前茶珍貴呢？因為穀雨前的雨小，茶葉還保持一心二葉的小嫩蕊，可製作如龍井雀舌般鮮嫩之茶，但穀雨後茶葉生長迅速，茶葉就厚了粗了，製一般茶還可，但製不了極纖細之茶。（韓良露〈穀雨〉）

在魚池鄉有個叫仙楂腳村落的地方，有一些都已六七十歲的老人，砍除了村子裡的檳榔園，開始用自然農法種起阿薩姆種的森林紅茶和台茶十八號的新茶，以人工採摘一心二葉並且用最講究的自然萎凋與揉捻、發酵、焙茶的過程，終於在二〇〇六年種出了茶葉改良場評定的台茶十八號的紅玉冠軍茶。紅玉的薄荷清香已經成了我鼻頭的懸念，讓我立即起心動念要探訪種出紅玉的茶鄉風土與人物。（韓良露〈魚池紅茶〉）

大吉嶺茶一年收成約三次。春摘（稱之為First Flush）時間約在每年的五月初以前，早春溫柔蘊藉的雨水和霧氣籠罩下，使第一摘的大吉嶺往往有著極纖細的茶色與清香，口感輕柔。夏摘茶，亞洲季風吹拂下，香氣與滋味既纖細精雅、卻也同時豐碩飽滿有個性；故而在各季節大吉嶺紅茶中，向來評價最高、也最受茶饕們的肯定與喜愛。而除了素負盛名的夏摘與春摘茶之外，秋摘的大吉嶺茶也極富特色，需得等到當地雨季過後的九到十月間才能採收製。（葉怡蘭〈茶中藍山大吉嶺〉）

也有人講究明前茶，即清明之前的茶，但茶葉並非愈小愈好，太小但還沒茶青之味也不適合，像江浙附近是溫帶氣候，明前茶恐怕太早，還是雨前茶較適宜；但若換到閩南、臺灣是亞熱帶氣候區，明前

綠茶或碧螺春就極適合；但如果是製作半發酵茶，恐怕還是得等到雨前茶才宜。（韓良露〈穀雨〉）

「焙」與「培」是二個音義皆異的字。「烘焙」一詞是「用火烘烤」的意思，常因口語誤讀「焙（ㄅㄟˋ）」為ㄆㄟˊ音，而訛寫為「烘培」，但「培」從土字旁，是滋養、培養之義，與烘乾、烘烤義無關。（蔡珠兒〈饕餮書〉）

製酒

【蒸餾】指葡萄、麥芽、米等經過醱酵後，再蒸餾而取得的酒。酒精含量較高，顏色淡白，香味濃郁。

【醱酵】利用穀類或水果中的糖分，培養酵母菌使之生長轉化成酒。

【釀造】利用酵素醱酵作用，將農作物製成酒。

【釀製】同釀造。

【酒造】釀酒廠。

【杜氏】周代釀酒名家杜康之簡稱，意指釀酒人。

【醇化】將威士忌或葡萄酒注入橡木桶內貯藏，增加酒的香氣和複雜性，

【封瓶】葡萄酒最後裝瓶包裝的動作。

【熟成】酒釀好後，等待進入適飲期的過程。

據說為蘇格蘭地區第二細長的長頸蒸餾器（一般而言，矮胖型蒸餾器所蒸餾出的威士忌味道濃厚、細長型蒸餾器則偏向清雅）與美國波本橡木桶精釀而成，前者在似有若無煙燻氣息間，洋溢著纖細的花香果香與既優雅又複雜的口感，後者則除花香果香之外，更多了老年份酒特有的堅果、果乾與蜂蜜等甜潤柔美香氣；令我由衷瞭然了，即使同出一島一廠、同一位釀酒師之手，也自能演繹出多樣表情。（葉怡蘭〈沉醉．威士忌〉）

男人肩扛藤籃，邊唱山歌邊採摘葡萄，女人把一籃一籃的葡萄集中倒入箱中。在釀酒廠中，還有農人用傳統的踩皮方式，赤腳踩在葡萄堆中。這些榨好的葡萄汁會先在釀酒廠中存放過冬靜待發酵。（韓良露〈在波特酒鄉放慢腳步〉）

日本，吟釀通常不做一般性銷售，僅只是各酒造（釀酒廠）與杜氏（釀酒人）為了彰顯其在釀酒技術與思維所能達致的極限與可能性時，方才精工釀製的藝術之作；直至後期，因總體頂級享樂風氣與水準的臻於成熟，才開始蔚成風尚。特別在近幾年，更以其獨樹一幟的口感特色與品味哲學，成為此刻風靡全球的時髦酒飲。（葉怡蘭〈如水．吟釀〉）

最初發酵出來的酒都是甜的，像我們的糯米酒，甜份很高。此時砵酒製作人在酒中加了劇酒，這麼一來，發酵過程停止，酒停留在糖份高的狀態，才放進橡木桶中去醇化。醇化過程當然愈久愈好，故有十年，二三十年的砵酒出現，過程就是那麼簡單。有些老酒醇化得像白蘭地，又香又濃，變成琥珀色，人間美味也。（蔡瀾〈砵酒〉）

新式的封瓶材質的優點比我們想像的還多，除了防TCA和氧化，也讓每瓶酒的風味不會有，或幾乎沒有太多的差別……不過，他們的優點，其實，也正是他們的缺點，因為是天然的材質，軟木塞讓每一瓶酒都可以變成獨一無二的一瓶，特別是經過一段時日的瓶中熟成之後，多變與不可預期，有些時候反而是葡萄酒最迷人的地方。（林裕森〈關於封瓶〉）

製作咖啡

【日曬法】採收果實鋪放在平坦的空地上日曬。

【水洗法】採下的果實放入水槽內浸泡柔軟果肉，清掉果肉再將種子浸水使殘留的果肉發酵並完全掉落。

【炒】指烘焙咖啡豆的過程

【淺焙】咖啡焙炒在一爆密集至二爆之前，咖啡會有明亮的果酸風味，不同產區咖啡豆獨特風味明顯。

【重烘焙】咖啡進入二爆之後，顏色也隨著焙炒而越接近黑色，味道厚實甘甜。

【研磨】將咖啡豆磨成粉，以便沖泡。

白色杯中的液體，陽光下呈顯出猶如濃茶般深釅卻隱隱透著亮澤的褐色；稍微搖晃杯身，隨著溫度的緩降與氣味的飄散，花生、核桃、紅色漿果、蔓越莓乾、黃豆、壺底油，花的水果的乾果的堅果的……各種各樣不同的氣息，一層層，悠然綻放；而一飲入口，透亮的微酸裡，愉悅的甘、柔柔的苦、多元紛呈的香，整個兒將味蕾嫵媚包裹起來——這是，以來自我個人極偏愛的咖啡豆產區衣索比亞「Yirgacheffe 耶加雪菲」的咖啡豆、淺焙後沖成的單品咖啡。（葉怡蘭〈在一杯咖啡的時光裡〉）

馬來西亞的咖啡是爪哇系統的一路貨，這個系統的咖啡，一眼望去絕對不會弄錯，它們一概炒得極黑，炒的方法有點像冬日街頭的「糖炒栗子」，用的材料是人造奶油、糖和玉米粉，至於其比例和細節則當然是業務機密。而炒著炒著，咖啡豆終於變得油亮焦香，便大功告成。喜歡的人覺得香烈濃郁，不喜歡的人認為煙糊氣太重。它和常態咖啡之間有點像龍井茶和水仙茶之別，一輕逸，一重濁。或云一寡淡一醲豔。（張曉風〈說到白咖啡〉）

若說威士卡是黃金之水，一杯上好的手工精品咖啡就稱得上是黑金了。以前我只是喝咖啡，現在，我會聞研磨後的咖啡乾香，感受手工沖製咖啡時的撲鼻香氣，最後再細細體會咖啡豐富多層次的味道……咖啡因此不只是我的水，在蘊藏柑橘、莓果、花香、香草、薰衣草、紫羅蘭、蔓越莓、尤加利、楓糖、蘋果、蜂蜜……複雜口感層次多變化的感受中，咖啡就像造物主儲存香味記憶的祕密膠囊，咖啡是一篇餘韻不絕的文章。（花柏容〈我和咖啡認識的地方〉）

烹煮

【沏】ㄑㄧ，用煮開的水沖茶。

【煎】煮、烹。

【治茶】烹煮茶湯。

【沖泡】用水沖澆浸泡。

【泡】計算茶葉沖泡次數的單位。

【舒卷】張開或捲起。

【舒展】伸展。

【如針狀直立漂浮】形容茶葉泡開的姿態。

【像許多小小的風帆】此形容杭州龍井茶的茶葉泡開之後的樣子，就像一艘艘張帆乘風而行的船。

【溫壺】用熱水沖過煮茶的器具。

【除沫】去除茶湯上的細沫。

【淨器】煮茶的步驟，以熱水沖過茶器。

【點茶】又稱抹茶法，是煮茶方式之一，風行於宋代。

【鬥茶】比賽烹茶技術的優劣。

【工夫茶】考究的煮茶方式。一般步驟為點火燒水，置茶備器，沖水、洗茶、洗杯（俗稱第一沖），再次沖水、浸泡、沖茶，稍候片刻才端杯慢慢細飲。

【濾泡】手工沖泡咖啡，將熱水沖過咖啡粉和濾紙，萃取出咖啡。

【虹吸】也稱賽風，利用水沸騰時產生的壓力，以烹煮萃取咖啡。

【冰滴咖啡】也稱冰釀咖啡，使用冰水、冷水或冰塊萃取咖啡，需要較長時間萃取。

【打發】將鮮奶快速攪拌至膨鬆，呈奶泡狀。

【羼】ㄔㄢˋ，本義為群羊雜居。後多引申攙雜、混雜。

【摻混】將東西摻雜在一起。

碧螺春是中國的名茶，僅產於太湖的東西山，產量不多，尤以清明節焙出的新茶為佳，我來正在清明前，在西山石公山上的茶亭，沏新焙的碧螺春一杯，當時細雨初止，亭外的桃花沾滿雨珠，山下岸旁新柳如洗，在微風中飄蕩，煙波的太湖濛濛，此情此景可以入詩入畫。（逯耀東〈多謝石家〉）

欲治好茶，先藏好水。水求中泠、惠泉。人家中何能置驛而辦？然天泉水、雪水，力能藏之。水新則味辣，陳則味甘。嘗盡天下之茶，以武夷山頂所生、沖開白色者為第一。（袁枚《隨園食單・茶酒單》）

尤其我最喜歡的是，西班牙滿街遍見的小酒館裡，一律用剛好一杯分的小巧不鏽鋼壺所沖出來的Manzanilla，高熱度、高濃度，一口飲盡，最是振氣醒脾。也所以，全程不間斷喝下來，沒有幾天，我的腸胃毛病竟而就這麼漸漸痊癒了。（葉怡蘭〈飯後來杯花草茶〉）

僅僅一瞬，杯底乾澀的茶葉／因為水而溫潤了／飄舞了／且展且舒，盈實的杯是天空無盡／僅僅一瞬／無色無味的水滲入茶葉／散發出淡淡的早春／淡淡的，專屬心靈／專屬於天空、朝露、茶葉、雨水的香芬／這是天地的風雲際會（蕭蕭〈風雲會〉）

有朋自六安來，貽我瓜片少許，葉大而綠，飲之有荒野的氣息扑鼻。其中西瓜茶一種，真有西瓜風味。我曾過洞庭，舟泊岳陽樓下，購得君山茶一盒。沸水沏之，每片茶葉均如針狀直立漂浮，良久始

舒展下沉，味品清香不俗。（梁實秋〈喝茶〉）

龍井葉片是細長的，泡在熱水裡都豎立起來，像許多小小的風帆。茶湯的顏色淡一點也混一些，喝進嘴裡，竟然有著雞湯的味覺。（張曼娟〈如果你來，泡茶招待〉）

北宋時候，上自皇室貴族與士大夫，下至市井中的販夫走卒，幾乎人人喜歡「鬥茶」，宋人除了在形式上較量茶器茶碗的精美之外，實質上更注重茶色與茶碗釉色的關係、茶香的品鑑等等，終於鬥出了福建茶產最輝煌的一段歷史，以及至今仍然讓日本人奉為瑰寶的天目茶碗。（林詮居〈煲湯〉）

最精美的茶芽，不是淡綠色的，泡出的茶湯清雅飄逸，呈現荷葉青的茶色嗎？我說那是明清以後的講究，不是宋代點茶所追求的極致。宋代點茶，在品嘗之前，還有一道視覺藝術的工序，用的是碾成粉狀的茶末，放在建窯紺青黑釉的茶盞中，拂擊成白色的沫餑，有點像現代人喝卡布奇諾那樣，上面要浮著一層濃郁的泡沫。（鄭培凱〈宋徽宗飲茶〉）

不一會兒，水沸了，氤氳中無論是用濾紙沖泡或是用虹吸式咖啡壺調煮，都可以讓你慢慢欣賞那細緻而充滿感情的動作，像初戀的珍惜，沸水小心地濡溼了咖啡粉；像歡愛的繾綣，那黑色的液體是繆思奔放的冥想。（徐國能〈咖啡隨想錄〉）

其中的細膩講究當然可以發展出許多精緻幽微的學問來。喝咖啡的講究可以從「豆種」開始，你也許聽說過，好的咖啡豆都叫做「阿拉伯種」……然後是煮法，現在流行的拿鐵、卡布奇諾，無非都是「加牛奶」的外來語，說明的只是一種調理方法；你當然也可以問是用濾泡式、滴泡式、虹吸式，還是氣壓式所沖泡而成。（詹宏志〈咖啡應有的樣子〉）

咖啡裡頭加酒，其實並不罕見，歐式咖啡比如Cafe Brolot也以加白蘭地著名，效果一樣刺激，並且還甜一些，尤其又羼進肉桂丁香橘皮，一小小杯不加水，濃縮得像喝川貝枇杷膏。（盧非易〈尋找杯底的祕密〉）

我們來這裡飲下午茶，倒不是為了沾些仙氣，而是這裡的鴛鴦特別香滑。這種以煉乳打底，褐色咖啡與紅茶參混，呈褚紅色的飲料，入口有點苦有點澀，且飄著淡淡乳香，甘濃香滑，甚有回味。（逯耀東〈飲茶及飲下午茶〉）

加入以蒸汽打發的奶泡，則是近年來開始從咖啡領域跨界過來的奇妙點子。奶泡裡飽含的空氣，滑入舌尖時如漣漪般迅速消褪，因而使奶味兒整個兒清揚輕快起來，大大改變了奶茶的質地，極是令人驚豔。（葉怡蘭〈奶茶之戀〉）

荷蘭雖是最早開始飲用咖啡的歐洲國家之一，咖啡豆的烘焙水準並不差，然而由於大多數咖啡館仍愛用傳統的濾泡法來沖煮咖啡，已習於義大利濃郁咖啡風味的我，喝起荷蘭咖啡館裡的標準熱咖啡，每每有不夠香醇之憾。（韓良憶〈啜飲陽光與和風〉）

量詞

【盅】沒有把手的小杯子，用以盛裝茶酒。

【甌】盆、盂等瓦器。

【壺】小口大腹的容器，通常用來盛裝酒漿、茶水。

【斛】古代計算容量的單位。十斗為一斛。

【醆】通「盞」字。

【罈】口小肚大的瓦製容器。

【半打】一打十二瓶，半打為六瓶。

這一頓飯吃了一個多時辰，我也等於上了一堂茅臺新解的品酒課。加上他令弟雲伯兄在旁加枝添葉的一敲邊鼓，害得我饞涎三尺，可是聽醪畫餅，既不能止渴充，有徒殷遐想，有一天能踐後約一解萬斛的渴塵罷了。（唐魯孫〈白酒之王屬茅臺〉）

與啤酒同樣引人入勝的，是那些忙碌穿梭的女侍，我必須雙手合持方能舉起的一公升啤酒節馬克杯，她們渾厚的胸脯，起碼能挺住半打以上。那頭有酒客滿臉驚歎地輕觸啤酒小姐的酥胸玉臂——醉翁之意大約是有的，但更為折服的，恐怕是何等強健的胸肌臂力，一口氣撐起十公升啤酒的份量。（林郁庭〈慕尼黑啤酒節〉）

2 感官

香氣

【聞香】用鼻子感受香氣。

【賞茶】品味茶的滋味。

【溫潤】溫和溼潤。

【回甘】回味甜美。滋味由澀變甜。

【香韻】香氣。

【清逸靈通】清新舒適，美好通暢。

【甘味深沉】甘甜滋味深厚。

【清冽】氣味清淡、清醇。

【清雅】清新、淡雅。

【清芬】清香。

【清甘】清冽甘甜之味。

【淡雅】清淡高雅。

【寒香】清冽的香氣。

【澹香】淡淡的香氣。

【清淡芳甜】淡雅美好的香味。

【沁香】透出香氣。

【暗香浮動】飄著清幽的花香。

【芬芳】香氣。

【芬馨】芳香。

【芳菲】芳香。

【芳蘭】香氣。

【舒坦】舒服。

【飽滿】充足、豐富。

【解膩】解除食物中的油脂。

【中和油膩】以茶的苦味去除油脂。

【刮油】解除食物中的油脂。

【香澤裛裛】裛ㄧˋ，香氣襲人貌。

【噴鼻】香氣撲鼻。

【馡馡】ㄈㄟ，香氣四處散逸。也作「菲菲」。

【撲鼻之香】香氣衝鼻而來。

【異香】濃烈奇特的香味。

【濃郁】香氣濃厚。

【濃馥】濃郁香味。

【膩香】濃郁的香氣。

【馥郁】香氣濃厚。

【馥馥】香氣濃厚。

【味濃猶清】濃郁的香味中還帶有一股清新的芳香。

【餘香】殘留的香氣。

【野氣】山野氣息。

【香留舌本】香氣停留在舌根久久不散。

【放肆】本指放縱、不受約束。也可形容香氣任意飄散。

【果香濃郁】酒香味帶有水果香氣。

【森林苔蘚】清新有木頭的味道。

【苦清】苦澀清香之味。

【濃馥】香氣口感濃厚。

【佳茗】好茶。

【臭青味】腥味。

茶店裡經常是茶香花香，郁郁菲菲。父執有名玉貴者，旗人，精於飲饌，居恆以一半香片一半龍井混合沏之，有香片之濃馥，兼龍井之苦清。吾家效而行之，無不稱善。茶以人名，乃徑呼此茶為「玉貴」，私家祕傳，外人無由得知。（喝茶〈梁實秋〉）

茶碗懷念烈火之前的陶泥／茶葉嚮往尚未烘焙的滿山綠意／水，想重溫雲的飄逸／我則躲在你舌尖的回甘裡／淺淺呼吸（蕭蕭〈茶與呼吸〉）

然而在喝過的茶中，某年的冠軍茶，傳統的貢茶，極難得的陳年普洱茶等，都是感官的宴饗，包種茶的清逸靈通，鹿谷茶的甘味深沉，都有一種難言的美感悸動。然而極令我難忘的，卻並非這類色味傾城的名茶，而是一杯平凡、卻讓我對飲茶一事有了另一種見解的粗茶。（徐國能〈飲饌之間〉）

於是我只好捧著那碗幾乎有一噸重的二十四味，站在那裡一口一口喝，每啜一口就覺得骨節縮了一寸，終於瑟縮到地底下去了。可是地底下冒出一種奇異的陰涼幽黯，厚重強勁的苦楚之後，徐徐升起一股舒緩溫柔的清甘，滲入五臟六腑，把骨節一寸寸推回原位，腦中混沌的白翳漸漸消散，眼前霍然清亮起來，三魂七魄又慢悠悠齊全歸位了。（蔡珠兒〈涼茶鋪〉）

茶的部分，我們一時玩心大起，像在正式餐廳裡和葡萄酒侍酒師討論佐餐酒一樣，請餐廳經理根據菜色為我們做搭配建議；結果配出來的都是一些如大吉嶺、越南等不過於濃烈但芳香的茶類。尤其用

Mariage Freres非常專業的手法與壺具沖泡出來，滋味舒坦飽滿，十分宜人。（葉怡蘭〈巴黎Mariage Freres茶店的早午餐〉）

普洱富茶鹼，口味乾澀，的確能中和一嘴油膩。入腹之後如何，就不得而知。如果能說刮油，那未免有點像浴廁裡使用的除垢劑。（盧非易〈尋找杯底的祕密〉）

據傳沅老說，西南出產的茗茶，沱茶、普洱都能久藏，可是沱茶存過五十年就風化，祇有普洱，如果不受潮氣，反而可以久存，愈久愈香。等到沏好倒在杯子裡，顏色紫紅，豔瀲可愛，聞聞並沒有香味，可是喝到嘴裡不澀不苦，有一股醇正的茶香，久久不散，喝了這次好茶。才知道什麼是香留舌本，這算第一次喝到的好茶。（唐魯孫〈談喝茶〉）

品酒家自有一番形容酒的說詞，有的是很抽象的形容，像是「有若既柔軟又緊緻的肌肉」、「微妙優雅的潤飾」、「豐富、平衡而多層次的潤飾」、「絕佳而有礦物質味地彷若壽司刀般銳利的果味」等等。談酒有若作詩，辭藻意象豐富，但到底是什麼意思就要靠讀者自己思量了。有的則很白描，像是「果香濃郁」、「暗藏有梨子汁味道的乾澀果味」、「成熟的櫻桃香」等等。（迷走〈玩葡萄酒的方式〉）

一飲入口，柔和清新的口感，以及覆盆子、烏梅、與森林苔蘚般的獨特芳香，搭配所點的，烤得皮酥肉嫩多汁可口的鵪鶉佐無花果大茴香果醬與炸春捲，二十幾個小時飛機舟車往返疲憊，彷彿剎時消逝大半……（葉怡蘭〈沉醉，加拿大酒鄉〉）

風韻

【前味】酒剛進嘴裡的味道。

【主味】真正喝酒時的味道。

【後味】酒吞下後留在口中的餘韻。也作「尾韻」。

【醇厚】濃厚的。

【醇醪】濃烈精純的美酒。醪ㄌㄠˊ。

【純醪】醇厚的美酒。

【沁人心脾】指喝了清涼飲料時，感到舒適、愉快。

【清爽】清淡、爽口。

【爽口】清脆、可口。

【清韻】清雅的韻味。

【瑰麗】奇特、絢麗。

【成熟】溫和平衡不青澀。

【高雅】高貴、風雅。

【優雅】優美、高雅。

【細緻】細密精緻。此形容口感細密。

【溫馥】溫暖濃郁。

【豐潤】豐美、潤澤。

【飽滿】豐滿；充實。

【像蜂蜜一樣】此形容水果流出的汁液如蜂蜜一樣的甜稠。

【濃烈】氣味厚重強烈。

【濃異】氣味厚重特異。

【氣息橫溢】味道充分散發出來。

【深沉】深邃厚實。

【平凡】普通；平常。

【淺薄】輕微；微薄。

【乏層次】形容口感單調、平淡。

【了無餘韻】一點餘留的韻味都沒有。

【祛寒保暖】酒氣去除寒意。

【陳腐】因時間過久而腐敗。

Barolo是酒名，指的是用內比奧羅葡萄在Barolo村莊釀造的酒，Barolo酒一直被酒界人士形容為口味很高尚的酒，酒齡不夠的Barolo會有單寧硬口之感，但經過時間的沉澱與催化，味道會變得柔美、溫和，此時入口就會感到如義大利北方的仕紳般有種成熟、優雅的風韻。（韓良露〈義大利皮埃蒙特：

美食美酒之鄉〉）

波爾多也許是全世界最知名的紅酒產區，但如果要論優雅細緻，布根地產的黑皮諾（Pinot Noir）紅酒毫無爭議的，是全球第一。（林裕森〈布根地式的美味〉）

我素來不喜甜酒。品酒學稱糖分較高為「過熟」（surmaturite），這種酒的氣味通常比較淺薄，平凡，乏層次，了無餘韻，像滿嘴甜言蜜語的人，很容易擄獲人心。（焦桐〈論酒食〉）

索諾瑪並不小，整個面積和東岸的羅德島差不多，說起來索諾瑪也像個半島，她的西邊有長長海岸線臨東太平洋，鹹溼的太平洋海風與潮水，也豐厚了索諾瑪獨特的風土，釀出的葡萄酒裡會帶種深沉的韻味。（韓良露〈索諾瑪之約〉）

英國咖啡沒落，愛爾蘭倒還保留一點成績，至少翻開飲品單，還可以發現「愛爾蘭咖啡」。「愛爾蘭咖啡」的特色在加入一小杯的威士忌，想必是強調祛寒保暖的功用，就連特別盛用的高腳杯也都是先溫過的。（盧非易〈尋找杯底的祕密〉）

他的酸梅湯的祕訣，是冰糖多、梅汁稠、水少，所以味濃而釅。上口冰涼，甜酸適度，含在嘴裡如品純醪，捨不得下咽。很少人能站在那裡喝那一小碗而不再喝一碗的。（梁實秋〈酸梅湯與糖葫蘆〉）

口感

【甘甜】甜美。

【甘芳】芳香甜美。

【沁涼】透出涼意。

【舌有餘甘】舌頭留有淡淡的甜味。

【輕盈靈巧】口感輕爽。

【乾瘦】帶酸且清爽的口感。

【酸瘦高挺】低酒精、酸度高，口感清爽。

【厚實澀口】酒體厚，帶有單寧的澀味。

【澀】味道微苦不滑潤。

【生澀】形容辛麻苦澀的味道。

【青澀】生澀尚未成熟。

【苦澀】既苦又澀。

【濃苦如飲藥】形容苦味極濃。

【澀刺刺】形容味道苦澀。

【辛】辣味。或含有刺激味道。

【辛烈】辣味強烈。或帶有濃烈辛辣刺激味道。

【辣實】辛辣。

【辣絲絲】形容味辣。

【燒喉嚨】灼熱辣喉。

【舌尖發麻】舌頭的尖端部分產生麻木的感覺。

【像酒精點了火般】形容喝酒後興起燃火般的灼熱感。

【沖鼻竄肺】形容酒味刺激直衝鼻腔肺腑。

【穠纖合度】大小、胖瘦適中。

【肥潤】酒體厚實。

【甜潤圓碩】酒精度高而且酸味極低帶甜味。

【絲滑勻稱】酒剛進嘴裡的味道。

【味濃而釅】酒味濃醇。

【在味蕾上跳躍】形容氣泡在口中滾動。

如果你也嘗過了一些葡萄酒了，喝上一口，酒液含在口中，如此親密相接的時刻，也能分得出它們之間的不同體型嗎？或如酸瘦高挺的夏布利Chablis白酒那般輕盈靈巧又如甜潤圓碩的阿根廷Malbec紅酒那般高大肥壯。並不需要體重計或量尺，僅只是稍稍注意酒裡的幾個味覺元素，葡萄酒的各色體態也能在溜滑過口中，在嚥下之前立時具現。（林裕森〈葡萄酒的重量感〉）

產自西班牙南部的Fino類型雪莉酒，雖是酒精度15%的加烈酒，卻是我心中僅次於香檳的最佳開胃選擇，雖屬個人偏好，但亦非無所本，其培養過程中有稱為flor的酵母菌，吸收酒中大部份的甘油，酒喝來特別乾瘦，不帶肥潤，且相當均衡爽口，帶有優雅的杏仁與flor酵母香氣。（林裕森〈Bon appetit最開胃的葡萄酒〉）

Colheita就不一樣了，釀成之後會一直存在橡木桶中培養，幾十年的時間，氧氣不斷地從桶壁滲入酒中，透過氧化的過程熟化單寧，口感質地變得絲滑勻稱，且常散發乾果與香料的豐盛酒香，風格較Vintage細膩許多，而且一上市就已經是適飲陳酒，完全無經年等候之苦。（林裕森〈時光交錯的波特滋味〉）

誰知道一口就叫我作聲不得。這酒像酒精點了火般，直向我喉頭燒過來。一時舌尖發麻，七竅冒煙似的，不好意思吐出來，但又怎麼咽得下去呢？（陳若曦〈酒和酒的往事〉）

家家都自製米酒。有一斤穀加一斤水的烈酒，有兩斤穀兌三斤水的家釀，還有一斤穀加兩斤水的寡湯。用錫壺燙得熱氣騰騰，白米湯似的沖鼻竄肺，順喉豪灌，只覺痛快。後勁上來，該唱的，只差把屋蓋都掀了，該笑的咳得上氣不接下氣，該睡的就蒙頭昏天黑地。我屬於後者，為了不必下到河溪去洗碗涮鍋。（舒婷〈醉人的酒，養人的飯〉）

我想大多數人小時候都有這納悶：有時它看起來色如蜜糖，有時偽裝成琉璃露水那樣清涼，有時冒出歡喜踴躍紛紛氣泡，但總是只有看上去是那樣。其實味道從來不真的好，燒喉嚨，聞上去也嗆，血壓升高，眼裡麻痹不清醒，真不懂大人們何必自取其苦？後來才知道倒不是它苦，只是童年太甜。我也是開始喝一點之後才知道，長大成人，自取其苦的時候多著呢，也不差這一時一刻。（黃麗群〈喝一點的時候〉）

這是我第一次喝香檳，傳說中極為昂貴的頂級酒款，對一名初學者來說，實在是過於奢侈的經驗，冰涼的香檳入口後，微微的果香酸味和鮮活優雅的氣泡彷彿在味蕾上跳耀，閉上眼睛，一幅幅電影中描寫西方上流社會派對的情景如幻燈片一般在腦海中掠過。（杜祖業〈滋滋作響的微醺記憶〉）

余向不喜武夷茶，嫌其濃苦如飲藥。然丙午秋，余游武夷到曼亭峰、天游寺諸處。僧道爭以茶獻。杯小如胡桃，壺小如香櫞，每斟無一兩。上口不忍遽咽，先嗅其香，再試其味，徐徐咀嚼而體貼之。果然清芬撲鼻，舌有餘甘，一杯之後，再試一二杯，令人釋躁平矜，怡情悅性。始覺龍井雖清而味薄矣；陽羨雖佳而韻遜矣。頗有玉與水晶，品格不同之故。故武夷享天下盛名，真乃不忝。且可以瀹至三次，而其味猶未盡。（袁枚《隨園食單．茶酒單》）

色澤

【盈盈】水清澈的樣子。
【純淨】無汙染的。
【透明】能透過光線的。
【清冽】清澄而寒涼。亦作「清洌」。
【清澄】清澈、明亮。
【清瑩】潔淨、透明。
【清澈】清淨、透明。
【湛湛】清明、澄澈。
【澄湛】純淨、清晰。
【澄瑩】清澈、透明。
【澄澈】清澈、明亮。
【清洌】清澈晶瑩的樣子。
【洌】清澈。
【透亮】明亮。

【晶瑩剔透】光亮透明的樣子。
【金黃】黃金般的色澤。
【深黃】較深的黃色。
【橙色】橘黃色。
【琥珀】形容像是松柏等樹脂的化石的顏色，大多為淡黃色、褐色或紅褐色。
【橘紅】像橘子黃裡透紅的顏色。
【血紅】鮮紅。
【猩紅】鮮紅。
【茜紅】絳紅色。
【殷紅】深紅。
【絳紅】深紅色。

【緋紅】深紅色。
【赭紅】紅褐色。赭ㄓㄜˇ。
【紅彤彤】形容顏色極紅。也作「紅通通」。
【紅豔豔】形容紅到鮮豔奪目。
【豔紅】形容紅茶茶湯深紅清澈的色澤。
【豔俏】形容紅極近豔的色澤。
【紅寶石光】色澤豔紅而透亮。
【淡紫羅蘭色】一種如紫羅蘭花的淡紫色。
【暗濁】形容昏暗不清。

【暝暗】顏色暗沉。
【漠楞楞】模糊不清的樣子。
【黯】深黑色。
【烏黑】純黑。
【漆黯】漆黑昏暗。
【黝黑】青黑色；深黑色。黝ㄧㄡˇ。
【黑沉沉】形容黑暗。
【黑黝黝】黑到發亮
【黝黑如暗夜】形容咖啡的深黑色澤。

我試嘗了才剛剛蒸餾完成的酒液，透明如水嗆辣無味，真真是要等到注入木桶，等待木桶裡長時間的漸次催化作用後，才竟然能夠一點一點散發出如是迥然不同的、美麗的金黃顏色，綻放出如是複雜而多元多樣多手姿的香醇。（葉怡蘭〈蘇格蘭Speyside酒鄉之旅〉）

我常喝日月老茶廠產製紅玉紅茶「台茶18號」，乃臺灣原生種山茶和緬甸大葉種育成，發酵夠，收斂佳，入口微現澀感，瞬即轉化為甘潤；茶湯明亮，清澈，豔紅；韻味沉穩而含蓄，若沖泡得宜，更能表現淡淡的薄荷和肉桂氣息。（焦桐〈日月潭味道〉）

有人認為這裡出品的黑皮諾是紐西蘭最優秀的，釀出的酒帶有高雅華麗的黑皮諾風味，色澤泛紅寶石光，帶紅醋栗、覆盆子等紅果氣息，如絲綢般的口感是紐西蘭黑皮諾的特徵。（韓良露〈紐西蘭長相思的魔力〉）

父親釀酒的過程看起來挺戲劇化，因為當年的葡萄比較酸，便以三斤葡萄一斤糖的比例，一層層鋪進罈裡，盛裝七分滿之後，加入適量的高粱，給葡萄一些提示，這是要釀酒的，可不是擺著腐爛的。緊緊密封之後，約莫等待半年以上才開封，用紗布過濾，將酒液分裝在玻璃瓶中。這些酒汁晶瑩清澈，有著琥珀的色澤，香味四溢，朋友來我家酌一杯，臉上便綻出幸福的微笑。（張曼娟〈葡萄成熟時〉）

在紐約的一些頂級法國餐廳，我輕易可以點到單杯香檳。望著高腳水晶杯中或略帶橙色、或淡紫羅蘭色的香檳，細密的泡泡串串上升，含到嘴裡，綿綿的細氣泡布滿嘴裡，嗯！所謂的瓊瑤玉露，大概就是如此吧！（李昂〈醉愛香檳〉）

西方人在提到他們的日常飲料時，有一句俏皮話形容咖啡應有的面貌說，它應該「黝黑如暗夜，炙熱如地獄，甜蜜如愛情。」這裡說的是，當咖啡烹煮調理恰適時，水熱、色黑、味甜，缺一不可。（詹宏志〈咖啡應有的樣子〉）

酸梅湯料其實很簡單，基本上是烏梅加山渣，甘草可以略放幾片。但在臺灣，卻流行在每付配料裡另加六、七朵洛神花。酸梅湯的顏色本來只是像濃茶，有了洛神花便添幾分豔俏。如果真把當年北京的酸梅湯一盞來和今日臺灣的並列，前者如俠士，後者便是俠女了。（張曉風〈戈壁 酸梅湯 和低調幸福〉）

3 品味

美酒

【醑】ㄒㄩˇ，美酒。

【佳釀】好酒。

【芳醴】芳香的美酒。

【綠蟻】一種美酒。蟻ㄧˇ。

【歡伯】酒的別名。《易林·坎之兌》：「酒為歡伯，除憂來樂。」

【金波】泛指美酒。

【般若湯】僧徒稱呼酒的隱語。

【三酉】《留青日劄·酒名》：「今人稱酒曰三酉，皆言三點水加酉也。」

【凍醪】冬季釀造、及春而成的酒。

【瓊漿】香醇的美酒。也有「瓊漿玉液」、「瓊漿玉露」。

【金波玉液】名貴的美酒。

【杜康】酒的代稱。因周代杜康善於釀酒，後人以其名代稱酒。

【黃湯】指酒。

【杯中物】指酒。

【白乾】白酒。酒精含量高的蒸餾酒。

【二鍋頭】酒在蒸餾時，除去最初和最後流出的酒，留下的中間部分，也是酒的精華部分。

【開瓶】意指喝酒。

【醒酒】葡萄酒透過快速氧化，讓口感柔和。

【單寧】英文Tannin的譯名。是葡萄酒中所含有的二種酚化合物其中的一種物質，尤其在紅葡萄酒中含量較多，有益於心臟血管疾病的預防。一般是由葡萄的皮、籽、梗浸泡發酵而來，或是因存於橡木桶內而萃取橡木中的單寧而來。

中國的酒有很多綽號：歡伯、杯中物、金波、忘憂物、般若湯、三酉、綠蟻、杜康、凍醪、狂藥，從名稱看來，大抵具正面意義。也許酒能暫時忘憂解煩，帶來歡樂，所以叫「歡伯」、「忘憂物」；酒在杯中浮動小波，色澤如金，遂稱「金波」；新釀未漉的酒漿上，漂浮著渣滓，狀若螞蟻，故名「綠蟻」、「浮蟻」、「素蟻」；寒冬釀造供來春飲用的春酒喚「凍醪」；和尚不好意思直呼酒名，隱語「般若湯」，其實出家人將自己的一生奉獻給神，需要讓奉獻的身體喝點佳釀，才夠敬意。（焦桐〈論醉酒〉）

但性格上，蘇格蘭人是較英格蘭人純樸、堅定。強烈的民族性令他們釀出強烈的酒，加上高原的清泉，蘇格蘭威士忌迷倒眾生，如果你是個酒鬼，不管你在哪裡出生，喝慣任何佳釀，到了最後，總要回到蘇格蘭的單麥芽威士忌的懷抱。我們這次要經驗的，就是這種威士忌之旅。（蔡瀾〈威士忌之旅〉）

如果你歡喜／請飲我／一如月色吮飲著潮汐／要多少次春日的雨／多少次／我原是為你而準備的佳釀／請把我飲盡吧／我是那一杯／波濤微微起伏的海洋（席慕蓉〈佳釀〉）

你看紅酒文化在臺灣成形不過是最近兩、三年的事，但已經有人刻意用昂貴的年分的酒在做政治饋贈，豪飲之際，餐桌上的紅酒才開瓶，還來不及透氣甦醒過來，便被乾杯到肚子裡去了。（林詮居〈煲湯〉）

富有的買家標下這意義非凡的酒，舉辦一場盛大的餐宴，遲了將近一世紀的開瓶，蜷伏在750ml的玻璃空間的液體，接觸到新鮮的空氣，像是睡美人般，膠捲格放式地甦醒過來，一層一層的氣味如同滴入水中的水彩顏料，姿態優雅地暈染開來，像是某種無以名之的舞蹈，氣泡不再青春活躍，取而代之的是光陰流逝的華麗嘆息。（杜祖業〈滋滋作響的微醺記憶〉）

沒事喜歡喝兩盅的朋友，不管南路也好，北路也好，（北平白酒分南路北路兩種）一定要喝白酒的二鍋頭，酒是醇厚湛洌，好在酒不上頭。再不就是海蓮花白，同仁堂的綠茵陳啦，夏天喝這一白一綠兩

種白酒，既過酒癮、還帶療疾。（唐魯孫〈白酒之王屬茅臺〉）

醒酒的過程，葡萄酒將與大量的空氣接觸，透過氧化，可以讓口味堅硬的葡萄酒變得更柔和順口一些，透過快速的氧化，酒香較封閉簡單的年輕酒款也常能散發出較多樣的香氣。醒酒是英文decant或法文décanter的中文譯名，直譯的話應該是換瓶，翻成醒酒確實很傳神，彷彿葡萄酒在瓶中沉睡着了，需要讓氧氣來喚醒它。（林裕森〈醒酒的意義〉）

單寧是紅葡萄酒的主要成分之一，來自葡萄的皮、籽、莖梗和橡木桶，它能引起口腔組織的收斂感，在波爾多、勃艮地、隆河河谷的名酒中含量偏高，葡萄酒醞釀陳年時，酒變得越來越精緻，單寧也會因沉澱作用而變得柔和。（焦桐〈論酒食〉）

飲酒

【啜飲】 小口吸、喝。

【小酌】 少量飲酒。

【淺酌】 同小酌。

【淺嘗輒止】 稍微嘗試一下就停止了。

【當壚】 煮酒；飲酒。也作賣酒。

【獨飲】 一個人喝酒。

【獨酌】 獨自飲酒。

【行酒】 酌酒奉客。依次斟酒。

【對酌】 相對飲酒。

【會飲】 聚飲；一塊喝酒。

【酬酢】 筵席中賓主互相敬酒。泛指交際應酬。酬，向客人敬酒。酢，向主人敬酒。

【行酒令】 古代宴席中助酒興的一種遊戲。常是以輪流說詩詞或做動作，違反規定或依令該飲者都要飲酒。

【勸酒】 勸人飲酒。

【佐歡】 助興。

【侑酒】 勸酒。

【佐觴】 勸酒。

【灌酒】 強迫他人喝酒。

【酒勁】 酒力；酒意。

【暢飲】 盡情地飲酒。

【牛飲】 狂飲。

【狂飲】 縱飲。

【痛飲】 盡情的喝酒。

【酣飲】 痛飲。

【豪飲】 縱情飲酒。

【杯觥交錯】 酒席間舉杯互敬暢飲的情形。形容酒席的氣氛熱烈。

【酒酣耳熱】 指酒喝得意興正濃的暢快神態。

【觥籌交錯】 酒器和酒籌錯雜相交。比喻暢飲。

【飛觥走斝】 不斷傳杯。比喻暢飲。斝ㄐㄧㄚˇ，古代盛酒的器具。

【貪杯】 貪戀杯中之酒。

【嗜酒】 酷愛喝酒。

【酗酒】 飲酒無節制。

我遺傳了父親的易醉體質，酒量很差，再醇再香的美酒，都只能淺嘗輒止。出外用餐時，菜慢慢吃，酒慢慢喝，兩三個小時下來，最多能喝兩三杯葡萄酒，再多肯定醉，搞不好還會皮膚過敏，弄得渾身發癢，不抓難受，抓了難看，實在兩難。（韓良憶〈酒是為了食物而存在〉）

其實啤酒之為物，人多一起暢飲為佳，和一二良朋對酌也有其無窮的趣味，等而下之才是獨飲。在西雅圖，暢飲的機會不多，和友人對酌的機會可待而不可求，無奈只好一邊看書一邊自斟，是為獨飲。（楊牧〈六朝之後酒中仙〉）

吃的人也言笑晏晏，神態如常，就像普通的宴席聚餐。忽然傳來哄堂大笑，繼而是吆喝和碰杯聲，轉頭看看鄰座那幾桌，已吃到杯觥交錯，酒酣耳熱，嘻哈笑鬧，推來搡去的，簡直像喜宴，有個女人甚

至穿著棗紅套裝。這裡不太講究服色，除了黑衣，還可穿著青藍黃綠等色，看來更不像弔喪。（蔡珠兒〈他吃大豆腐去了〉）

話說劉姥姥兩隻手比著說道：「花兒落了結個大倭瓜。」眾人聽了哄堂大笑起來，於是吃過門杯。「門杯」是行酒令的時候，每人面前擺一杯酒，輸了就要喝掉。我覺得劉姥姥聰明極了，就是民間常說的「傻人有傻福」的那種。憨憨的，可其實憨裡有一種福氣，憨裡也有一種通達。所以在這樣一個大場面裡，她很清楚自己扮演的角色，從賈母到傭人都在她有趣的逗笑中開心得不得了，因為他們忽然覺得好像來了一個跟他們完全不同調性的生命。（蔣勳〈說紅樓夢〉）

老兵們諄諄告誡，睡前飲一小杯高粱可祛風溼，防關節炎，我因此在那十八個月的坑道生活，養成睡前小酌的習慣，不知不覺遂與高粱結下感情。高粱這種酒，性情不很友善，容易讓初嘗的人膽怯，但唯其酒勁十足，更見飲者的豪邁，豪邁中的深情；（……）（焦桐〈論飲酒〉）

醉酒

【醉】飲酒過量以致神志不清。

【醺然】感覺微微的酒意。

【微醺】輕微的醉意。

【薄醺】輕微的醉意。

【酩酊】大醉貌。

【爛醉】大醉。也有「爛醉如泥」。

【發酒瘋】喝了酒後而言行失常。

【不醉不歸】酒興大發，一定要喝醉。

【宿醉】酒醉隔天仍未清醒。

【醒酒】解酒；使酒醉清醒。

【解酒】解除酒醉的狀態。

【解醒】消解酒醉的狀態。

【戒酒】戒除喝酒的嗜好。

【止酒】戒酒。

【斷酒】戒酒。另有禁止造酒之意。

每到夏天，我就會喜歡喝白酒，總覺得白酒讓夏天變得特別清涼明亮。尤其喜歡在夏天的午後，躺在大樹下，看著白花花的光影和樹葉嬉戲著，微風吹起，此時從野餐籃中拿出冰鎮的白葡萄酒，配上乳酪、水果，覺得幸福無比。入夜後，喜歡在正式的晚餐前，喝上一杯透涼的白葡萄酒，站在有風的陽臺上，享受夏日的醺然。（韓良露〈德國萊茵高和莫塞爾河：尋覓莉絲玲情人〉）

蒸餾過的紹興酒酒質透明，沒有黃酒特有的酸味。古城區倉橋直街上有幾處可以品嘗多種黃酒的小酒館，我們逛了一圈後，選了狀元樓歇歇腳，因為狀元樓一面臨小街，一面臨水，波光瀲灩的午後，不喝酒已微醺。（楊明〈微醺紹興〉）

酒徒求醉無非希望暫離現實，轉換觀看的態度和角度，或解除情感上的戒嚴，那是一種茫茫惘惘的境界，適合遺忘，適合吐露真性情。真正懂酒者都有高度自制力，懸崖勒馬般止於酩酊之前，免啟悲懷。（焦桐〈論醉酒〉）

吳漢魂走到街上，已是淩晨時分。芝加哥像個酩酊大醉的無賴漢，倚在酒吧門口，點著頭直打盹兒，不肯沉睡過去，可是卻醉得張不開眼睛來。街上行人已經絕跡，只有幾輛汽車，載著狂歡甫盡的夜遊客在空寂的街上飛馳而過。（白先勇〈芝加哥之死〉）

中國人之間很少有真正怪癖的。脫略的高人嗜竹嗜酒，愛發酒瘋，或是有潔癖，或是不洗澡，講究捫虱而談，然而這都是循規蹈矩的怪癖，不乏前例的。他們從人堆裡跳出來，又加入了另一個人堆。（張愛玲〈洋人看京戲及其他〉）

啤酒節（Oktoberfest）自九月底開跑，逐步邁入尾聲，一天比一天白熱化，幾百萬公升泛著乳白泡沫與麥香的流金深棕歡愉，源源泉湧而出；這幾天秋老虎大發威，不醉不歸的更多了，不少也真的一如所願，醉死了就沒再醒來，加入祭典上愈堆愈高的啤酒屍（Bierleichen）行列。（林郁庭〈幕尼黑啤酒節〉）

「西班牙酒就像西班牙男人一樣，入口時強烈帶勁，喝完後卻頭痛欲裂。」這是什麼道理？原因是當年西班牙酒不注重品質，大部分酒的雜質太多，才會造成痛苦的宿醉。（韓良露〈里奧哈的新與老〉）

我戒除溫柔的方式按部就班，腳踏實地，正如戒酒戒藥戒哀愁，一分一分算，一秒一秒計，戒一天是一天。今天可以自主不依賴，或者這一秒想念顫抖抽搐，仍能堅持自己，不要伸手找你。一日的最後一秒滑過，躺在床上輕輕撫著自己，這次我又多戒了一天。（李維菁〈小小六月〉）

三 飲食情狀

1 吃相

進食

【吃】口中咀嚼食物後嚥下。

【服】吃；進食。

【咬】用牙齒切斷、壓碎或夾住東西。

【噬】ㄕˋ，咬；吞。

【茹】吃；咀嚼；吞咽。

【啃】吃。

【嗑】用牙尖咬裂硬物。

【啖】ㄉㄢˋ，吃。

【噉】ㄉㄢˋ，吃。通「啖」字。

【啜】吃；喝。

【嗑】ㄎㄜˋ，用上下門牙咬有殼的或硬的東西。

【舔】用舌頭觸碰或沾取東西。

【舐】ㄕˋ，用舌頭舔東西。

【餔】ㄅㄨ，吃。另有傍晚進食之意。

【餐】吃；食。

【嘗】以口辨別滋味。

【餵】將食物送進人的嘴裡。

【饌】吃喝；飲用。

【嚼】咬碎食物。

【咀嚼】用牙齒咬碎與磨細食物。

【細嚼慢嚥】把食物嚼碎，慢慢吞下去。

【挾】從兩旁鉗住。通「夾」字。

【拈】夾取、捏取。

【搛】ㄐㄧㄢ，夾取。

【落箸】用筷子夾食物。也有「下箸」。

【扒飯】用筷子把碗裡的飯往嘴裡送。也有「扒食」。

【扒拉】迅速撥進。也有「扒摟」。

【爬拉】用筷子將食物快速撥入口中。可形容吃飯極迅速草率。

【划】原指撥水前進。此指用筷子迅速地連湯帶料撥入口中。

【用膳】吃飯。

【進餐】用餐；吃飯。

【沾牙】飲食。

【品味】品嘗食物的味道。

【品嘗】辨別品評食物的味道。

【淺嘗】稍微的品嘗。

【捲舒舞動】形容舌頭品嘗食品的動作。

【染指】品嘗某種食品。另有分取非分之利的意思。

【嚥】吞食。

【下嚥】吞下去。

【吞咽】吞食；不加咀嚼而吞下。

【爆撮】形容毫無節制地猛吃。

【生啃活吞】形容不論是看到未煮的或活體的都拿來食用的樣子。

【囫圇吞棗】吃東西不加咀嚼直接吞入肚。

【狼吞虎嚥】形容吃東西急猛、粗魯的樣子。

【粗獷】粗野狂放。

【粗野】粗魯。

【大吃大嚼】大口吃，大口咬。

【大塊吃肉，大碗喝酒】形容吃喝時的豪邁情狀。

【覓食】找食物吃。

【打油飛】閑逛、滿街找食物。

【搶吃】搶食物吃。此形容店家的生意好到顧客必須眼明手快，先搶到座位後，才有坐下來點菜吃的機會。

【秒殺】本指以壓倒性的優勢，在極短的時間內贏過對手。此形容菜餚一上桌便立刻便搶空。

【一掃而光】全部清除掉。也有「一掃光」。

咬到蘋果的人，一時也說不出什麼，總覺得沒有想像那麼甜美，酸酸澀澀，嚼起來泡泡的有點假假的感覺。（黃春明〈蘋果的滋味〉）

眾人七手八腳搬開桌椅，在靈位前騰出老大一片空地。眼見好戲當前，各人均已無心飲食，只有少數饕餮之徒，兀自低頭大嚼。（金庸《飛狐外傳》）

何平叔美姿儀，面至白，魏文帝疑其傅粉；正夏月，與熱湯餅，既噉，大汗出，以朱衣自拭，色轉皎

然。（南朝宋・劉義慶《世說新語・容止》）

回到自己的孤零世界，啖畢早餐，咬下最後一口棗泥酥，酥皮零零落落地掉在木板上，飽食後睡意才來，倒頭昏睡一陣，再醒已是陽光滿室。（鍾文音〈咿咿呀呀吊著嗓〉）

有時還可回得早一些，偷偷地在廚房的蒸鍋裡端出一小碗豆鼓蒸肉，趁大家還沒回，關起門來吞咽。（韓少功〈藍蓋子〉）

捧上沾露滴翠，現摘現做的鮮蔬，舉座翹首以待，落箸紛紛如急雨，歡嚼快啖，風捲殘雲，我這農婦兼廚娘最樂，笑不攏嘴，飄飄然差點飛起來。（蔡珠兒〈紅鳳碧荽〉）

照片這東西不過是生命的碎殼；紛紛的歲月已過去，瓜子仁一粒粒嗑了下去，滋味個人自己知道，留給大家看的唯有那滿地狼藉的黑白的瓜子殼。（張愛玲〈對照記〉）

第二節下課，休息二十分鐘，值日生收取便當盒，準備送到伙房蒸飯。「鬼頭」叫我跟他學——別送便當去蒸，要善用時間吃飯。眾目睽睽下扒飯之際，「鬼頭」瞅一眼我的飯盒，不以為然的撇撇嘴，挾了一大筷子榨菜炒肉絲給我。（李繼孔〈三「菜」一生〉）

土魠魚粥以抹鹽煎炸過的土魠魚剁碎一起入飯下湯，上頭再灑一點炸透的蔥酥或芹末韭末油條末，感覺上，似乎又多了一點噴香的油鑊氣；更不用像吃虱目魚時得要時時留心著以筷子剪拈魚肉剔挑魚刺，只消一手捧起大碗，一筷子連湯連料連飯划入口中，酣暢淋漓痛快爽氣，〔……〕（葉怡蘭〈台南人的鹹粥早餐〉）

接著，她坐在餐桌前，細緻地品嘗每一道菜的滋味，用嘴唇測溫，放入嘴裡，咀嚼，吞嚥，感受食物滑入體內，沿著食道進入胃所引起的那股電流；她完全熟悉胃部蠕動的節奏，有時像被微風拂動的一只絲綢小袋，有時——特別貪婪的時候，她覺得自己的胃不僅安了磨豆機，而且還帶了齒輪。（簡媜〈肉慾廚房〉）

其實彈丸之地的曼哈頓，竟然涵括了全世界，以其飲饌之博大精深，同理，人的一根小小舌頭在捲舒舞動之間，也不斷吞吐著整個世界的物質精華與文明。一顆芥子能納三千大千世界。我們多麼渺小，又多麼偉大。（陳建志〈紐約，美食共和國〉）

不僅市場有現成的佛跳牆，各大觀光飯店也推出各式的佛跳牆，有藥膳佛跳牆、養生滋補佛跳牆、九華佛跳牆、魚翅佛跳牆，名目繁多，售價驚人，一罐售價竟至兩萬五千元，就不是我們小民可以染指的了。（逯耀東〈「佛跳牆」正本〉）

中午的一頓飯他們是以品味為主，用他們的術語來講叫「吃點味道」。所以在吃的時候最多只喝幾杯花雕，白酒點滴不沾，他們認為喝了白酒之後嘴辣舌麻，味覺遲鈍，就品不出那滋味之中千分之幾的差別！（陸文夫〈美食家〉）

那次，記憶猶新的是，課堂上做好了蛋糕，捨不得一頓吃完，切一點帶回家去，隔日午后，冬日難得的晴天氣裡，沏一壺茶，細細品嘗著戚風蛋糕極素樸卻也極細緻的風味，那樣淡泊清雅的閑情，今日回想來，仍舊刻骨銘心。（葉怡蘭〈雲朵般的戚風蛋糕味兒〉）

在她的半脅迫下，我也曾「捨命陪君子」的數度光顧那家排骨麵店「搶吃」。說「搶吃」是一點也不過分。前去吃麵的人，非得眼明手快難為功。進得門來，先精光閃閃地掃射全屋一番，當機立斷的認定目標，進行緊迫盯人戰術，緊挨著據判斷可能領先吃完的客人身邊，並藉著各種肢體語言如眼神、手勢、站姿等以傳達後繼的姿態，嚇阻別人和你覬覦同一目標。（廖玉蕙〈排骨麵的魅力〉）

德國人大塊吃肉，大碗喝酒，令人驚訝的是那裡的女人纖秀嬌小，身高不足一百六十公分，體重不足一二〇磅。（周芬娜〈德國菜之旅〉）

挨餓的味，可不好受，心裡油煎火燎，坐也不是，站也不是，睡也不是，走又走不動，餓得前胸貼後心，不是人受的。見啥吃啥，生啃活吞，草根、柳葉、樹皮、老鼠、知了猴（蟬），沒有不吃的，到

過後連人都吃。（逯耀東〈臉膛〉）

大吃大嚼的人速度太快，他的味覺其實十分混亂，所以給他再好的食物都沒有用。有時候在一個宴席當中，你會看到大家在狼吞虎嚥的狀況，我們說狼「吞」虎「嚥」「吞」跟「嚥」都沒有咀嚼的過程，所以缺乏了品嘗食物本身的一個美感。（蔣勳《天地有大美》）

「像你這麼老實巴交的，安安頓頓的在這兒混些日子，總比滿天打油飛去強。我一點也不是向著他們說話，我是為你，在一塊兒都怪好的！」她喘了口氣：「得，明兒見；甭犯牛勁，我是直心眼，有一句說一句！」（老舍〈駱駝祥子〉）

從前菜滑嫩粉肝到皮爽肉滑蔥油雞和香Q彈牙的香蒜中卷，肥美汁甜的炒海瓜子，更不得了是華麗高調的紅蟳米糕，一登場就秒殺的烏魚子炒飯，還有姍姍來遲但也一掃光的皮脆肉滑的燒豬腳——儂來這名字也夠台的，生猛鮮活自有勢頭。（歐陽應霽〈好呷台菜〉）

飲用

【喝】飲用液體、飲料或流質食物。

【吮】ㄕㄨㄣˇ，用口吸取。

【呷】ㄒㄧㄚˊ，喝。

【咂】ㄗㄚ，品嘗，吸吮。

【啜】ㄔㄨㄛˋ，吃，喝。

【嗍】ㄕㄨㄛˋ，以口吸吮。

【酌】斟酒、飲酒。

【斟】往杯盞裡注入飲料。

【汲飲】吸取而飲。

【乾杯】飲盡杯中的飲料。

【呼乾啦】閩南語意指將杯子裡的酒喝光。

【酒到杯乾】酒剛倒入杯中便立刻一飲而盡。

【滑入咽喉】快速飲用。

還記得小時候吃完荔枝捨不得，就把子放在桌上，沒事拿來吮一吮。圓圓的荔枝子在桌上排成一整列，媽媽看到還以為是德國蟑螂。（郝譽翔〈餓〉）

當店員為我捧上一大碗正油叉燒麵時，我想起了伊丹十三的電影《蒲公英》中，日本人對於拉麵近於瘋狂的執著，於是也不禁嚴肅了起來，啜麵，呷湯，深深吸一口氣，感覺氤氳在蒸氣裡的湯頭的甜味與青蔥微微的辛香，默想一萬遍記憶裡味覺的歡樂與苦痛，然後在瞬間的接觸裡，用力忘掉一切。（徐國能〈旅次偶札〉）

報名處的兩個老師坐在一扇開著的窗戶前面，每人面前放著一杯茶。「外地來的？」其中一個慢吞吞地呷了一口茶，然後客客氣氣地問那藍布小褂兒。（徐星〈無主題變奏〉）

談到羊肉，所有飯館子的羊肉片，都是口外（張家口）來的大尾巴肥羊，不但肉質細嫩，而且不覺膻腥。……所以天津人冬天吃羊肉涮鍋子，必定要到北平買羊肉片，雖然看起來有點像故意擺譜兒，可是細一咂滋味，天津的羊肉確實比北平膻味重呢！（唐魯孫〈貼秋膘・螃蟹・爆烤涮〉）

我恆探險於幽古的井底，汲飲著清冽冽的，冬暖夏涼的井水，吐些餘瀝，用多耳聽取它神妙的叮咚。（司馬中原〈黑陶〉）

初夏，站在鶴之城上，想像小武士自殺前，互斟清酒的模樣。即使日本再也沒有年輕武士，但小酒藏新一代釀酒人的企圖心，在臺北日本料理店想找就找到了。藏の町的酒香，也讓一期一會，又到終局的旅程，有了「呼乾啦」的心情。（蕭蔓〈一期一會，呼乾啦〉）

長大以後進了中文系，雖然還是覺得這個東西甚是難喝，但是吟風詠月之餘，不免在它身上裝飾了無數浪漫的聯想。每遇有喝酒的場合，總忍不住要練習一下酒到杯乾的豪氣。可是結果總是慘不忍言。（柯翠芬〈酒與補品的故事〉）

有酸梅湯？我一激靈，不信今天的上海居然還能喝到這老古董級的經典冷飲。馬上要了一杯，一咂嘴，果然是久違的滋味，那種熟悉的冰涼的酸甜感一下子滑入咽喉，直沁肺腑，渾身舒坦，於是大家伙每人都要了一杯來喝，喝了一口也像我一樣尖叫起來。（沈嘉祿〈大隱於市的酸梅湯〉）

貪吃

【饞】貪吃。

【口滑】因口味適合而飲食無法自我控制。

【好吃】饞嘴。

【狂吃貪食】好吃不知節制。

【啖啖】貪吃的樣子。

【流涎】流口水，比喻嘴饞。

【老饕】貪吃的人；講究美食的人。饕ㄊㄠ。也作「老饞」。

【饕餮】比喻貪吃。饕，貪財。餮ㄊㄧㄝˋ，貪食。

【饕饕】比喻貪吃。

【饞嘴】貪食、好吃。

【咂嘴弄舌】形容好吃貪嘴。

【垂涎三尺】口水流下三尺長，形容貪饞的樣子。也有「垂涎欲滴」、「饞涎欲滴」。

【唾沫直嚥】形容嘴饞想吃東西。

【暴飲暴食】飲食不知節制。

【促進唾液分泌】此形容增加想要吃東西的渴望。

【著魔似的停不了嘴】此形容食物好吃到無法控制讓嘴巴中止下來。

【食髓知味】食過一次骨髓，便知曉其美味。也可比喻人得到一次好處後便貪得無厭。

從來不知道賣餛飩的車停在那兒，卻永遠聽得見那有韻律的敲擊節奏，更驚於那總是熱騰騰、香噴噴的餛飩。常常熬到很晚都不肯去睡，為的就是饞那碗熱餛飩……（楊小雲〈時代的軌跡〉）

幾天不見肉，他就喊「嘴裡要淡出鳥兒來！」若真個三月不知肉味，怕不要淡出毒蛇猛獸來？有一個人半年沒有吃雞，看見了雞毛帚就流涎三尺。（梁實秋〈男人〉）

我不必被送去戒勒爆米花，可是在技術上，已經觸犯了七宗罪裡的饕餮罪，用狂吃貪食來轉移煩惱，填補壓力在生活中碾出來的坑坑洞洞。我很內疚，向朋友告解，卻惹來她一陣狂笑，說我發神經小題大作，如果吃零食是饕餮罪，那麼除了喝奶的嬰兒，全世界都是罪人慣犯，末日審訊要大排長龍，這輩子可能還輪不到我，光一個美國就夠上帝忙了。（蔡珠兒〈我們的饕餮時代〉）

夜幕低垂，華燈初上，整條永康街擁擠了起來，人潮與車潮是九十年代的繁華風景，「西雅圖咖啡」的濃香盤據街口，日式迴轉壽司的火車響起了氣笛，雲滇料理的門口聚集了一群年輕人，顯然對重口味有一試的決心，而隔壁越南館正有上了年紀的老饕杓起一匙清淡甘醇的牛肉湯汁……（徐國能〈石榴街巷〉）

饕餮心起時，不畏迢遞走過數百階克難坡、穿行燈紅酒綠的仁愛街英專路，拐進車水馬龍的老街渡船頭，搭乘渡輪直奔河彼岸，只為飽餐一頓孔雀蛤料理。尋常是選定一家老字號快炒店，找一個看得見夜景的位置，不用搭配白飯，也能一人嗑完好鹹好辣的一整盤。飽足之際，海風微微吹來，帶點鹹味，是家鄉的召喚吧。進餐完畢總是長長舒了口氣為小小盛宴畫下句點，內心對這般生活頗為滿意。（蔡佩均〈人間食客〉）

鹹菜滷對味蕾的刺激是終生難忘的，我至少有十次懇求妻子去菜場討一碗鹹菜滷來，她堅決不肯，理由是現在的鹹菜大都是民工在地下工廠醃製的，時間短而求成色好看，故而加了做傢俱的黃鈉粉，吃進肚裡對健康大大有害，嚴重的話，兩三天後眼珠子都黃了。那麼，鹹菜滷與土豆、與花生、與

豆腐、與烏賊魚以及它的蛋共煮一鍋的美味就只能在童年的回憶裡咂嘴了。（沈嘉祿〈頹廢的鹹菜滷〉）

我照著美食推薦的各種品類來點菜，不知不覺就擺滿一桌子，最後，「松鼠黃魚」上桌了，外表看起來就是一隻金黃色頗有精神的松鼠黃魚，我的筷子破了魚身，外酥內軟，連觸感都這麼神似，放進嘴裡一嘗，外面是類似豆皮炸透了的酥脆，內裡則是細膩到極點的芋泥，竟有著鮮美如魚的滋味。我就這麼著魔似的停不了嘴，吃到頭暈眼花，席末，學佛的同事諄諄告誡，吃素的目的就是要清簡，絕不是鋪張，這是罪孽，我只能腆著肚子，傻傻地笑著，用力點頭，表現出自己還有一點點慧根的樣子。（張曼娟〈甜蜜的毒藥〉）

中國文人吃魚以白居易最獲我心，他也有南人「飯稻羹魚」的飲食習慣，並留下許多吃飯配魚的詩，讀了會促進唾液分泌，諸如〈舟行〉：「船頭有行灶，炊稻烹紅鯉」；〈殘酌晚餐〉：「魚香肥潑火，飯細滑流匙」；〈飽食閑坐〉：「紅粒陸渾稻，白鱗伊水魴，庖童呼我食，飯熱魚鮮香，箸箸適我口，匙匙充我腸，八珍與五鼎，無復心思量」……（焦桐〈論吃魚〉）

挑食

【挑嘴】偏食特定喜好食物。

【挑剔】對食物吹毛求疵。

【偏嗜】嗜好。特殊的偏好。

【刁鑽】嗜好習慣怪僻。

【嘴刁】味覺敏銳，不易滿足。

【刁嘴尖舌】挑吃揀食。

【揀飲挑食】挑嘴。

【上癮】特別喜愛某種事物或食物而成了癖好。

【中蠱】受了以毒蟲咒詛害人的巫術，形容受到控制，難以自拔。

【用情之專】意指一心一意的喜愛。

【情有獨鍾】特別鍾愛某一事物。

我記得幾乎不下廚的媽媽為小時候因挑嘴而任性著不想吃飯的我親手下廚煎的那一枚蔥花蛋，台南本色，加了許多糖，是一種甜滋滋的溫暖。（葉怡蘭〈那一道飲食記憶的長河〉）

喜歡蘇活的理由有很多，最主要的一個理由是，這兒有太多太多的美味小餐廳，可以讓人任意挑選，要吃義大利菜、法國菜、日本料理，甚至希臘餐、古巴菜，應有盡有，全看個人口味偏嗜。（韓良憶〈蘇活的提拉米蘇〉）

至於菜色，蟹黃湯包不錯，其他只是持平，只記得湖州粽子做不過台北九如。這是因為自己懂得中國菜嘴就刁了，也許在此間能維持這種水準已非易事了。（陳建志〈紐約，美食共和國〉）

超市有各色現成的湯塊粉粒，罐頭和鋁箔湯包，牛羊雞魚俱全，滋味飽和鮮明，我偏要捨易就難，究竟是閒得發慌，還是刁嘴尖舌，追求味覺的優越感？唉，只能說，是為了一種光。現成的湯底，被調料和味精霸實了，鮮麗但暗啞，劍拔弩張而底蘊空蕩，只有表層沒有景深。自熬的湯汁看似虛渺，但能潛入滋味的地底，深密紮下堅實的基樁，以此砌造食味揑雕色香，營建出豐盈繁複的層次面向，吃到嘴裡悄然不覺，只感到有一種光，溫潤瑩澤曖曖內含光。（蔡珠兒〈鬱藍高湯〉）

真的，人的感情往往並不持久，上個月猶深愛著某一個人或某一種食物，這個月忽然移情別戀了，毫無歉疚地愛上另一個人或另一類食物。可我對虱目魚用情之專，似乎歷久彌堅。（焦桐〈論早餐〉）

口味習慣和一個人的母語一樣，永生難忘，全然不會因為環境、文化改變而忘記；它可以像多元聲帶，能講各國語言，能吃各種菜餚，但對它最草根性的家鄉菜，則情有獨鍾。因這彷彿與生俱來、如影隨身的「胎記」，才致使生活增生許多的情趣與記憶。（心岱〈口味胎記〉）

芸以箸強塞餘口。余掩鼻咀嚼之，似覺脆美；開鼻再嚼，竟成異味，從此亦喜食。芸以麻油加白糖少許拌滷腐，亦鮮美。以滷瓜搗爛拌滷腐，名之曰「雙鮮醬」，有異味。余曰：「始惡而終好之，理之不可解也。」芸曰：「情之所鍾，雖醜不嫌。」（沈復〈閨房記樂〉）

浪費

【奢侈】揮霍浪費。

【豪侈】豪華奢侈。

【鋪張】布置、張羅。

【揮霍】恣意浪費，毫無節制。

【暴殄】不珍惜，任意糟蹋。

【暴殄天物】比喻蹧蹋食物，不知珍惜。

【鋪張揚厲】張大其事，講究排場。

【朱門酒肉】形容富貴人家的奢華。

一整櫃子一整櫃子的紅底鞋或柏金包不是奢侈，那只是買了很多東西。沒落的少爺在過年時，傾其所有，講講究究，跟家裡人吃一頓好飯，算是奢侈。奢侈不一定是壞事，好比一個孩子小時候，坐在父執輩的膝上學認字，長大後才明白那是一代大儒。（黃麗群〈有點奢侈的事〉）

奢侈帶來奢侈，願意花兩到三百歐元吃一餐的客人，當然希望美味精緻的菜餚是放在最昂貴的名牌骨磁餐盤裡端上桌的；昂貴的五大酒莊當然要斟在璀璨閃亮如鑽的水晶杯裡喝才過癮；地毯要綿厚軟柔，窗簾要華貴沉重。巴黎的餐廳還有足夠的國際客源，位在法國其它鄉間的餐廳，則要想辦法讓飽餐一頓的貴客可以留宿過夜，就近高枕安眠，甚至多留兩天。（謝忠道〈米其林之後〉）

京都食之慢味中的第一折是時間緩慢的滋味。京都人特別喜歡需要花長時間手工做出的手前膳，食材不必太昂貴鋪張，重要的是過程的心思，像京菜中重要的流派惣菜，即一物有一心，京都不少古老料亭，不管是平野家、美濃吉、和久傳、飄亭等等，都以自家拿手的惣菜自豪。（韓良露〈京都尋慢

味〉）

可見瓜子不是食物，是種計時單位，自古至今、各處遍地的瓜子殼，是天文數字的時間碎片，如果可以提煉再製，不知可以循環回收多少年月。但覆水難收，流失的光陰也不可能回頭，達觀的中國人也許早就想通，既然生命避不了浪費，與其被人虛擲，還不如自己下手，痛快揮霍。（蔡珠兒〈瓜子與時間〉）

暴者不恤人功，殄者不惜物力。雞、魚、鵝、鴨自首至尾，俱有味存，不必少取多棄也。嘗見烹甲魚者，專取其裙而不知味在肉中；蒸鰣魚者，專取其肚而不知鮮在背上。至賤莫如醃蛋，其佳處雖在黃不在白，然全去其白而專取其黃，則食者亦覺索然矣。且予為此言，並非俗人惜福之謂，假使暴殄而有益於飲食，猶之可也；暴殄而反累於飲食，又何苦為之？（袁枚《隨園食單．戒暴殄》）

又譬如說你喫的太慢，許多冰淇淋融成液狀流於盃底，那平口匙是絕對撈不起來的，這時為了不暴殄天物，你也不用不好意思，儘管伸長舌頭去舔，這樣才能享受那種快樂，得到那層滋味。（徐國能〈街角的冰淇淋小店〉）

白食

【白嚼人】白吃白喝。另有胡亂批評人之意。

【吃白食】吃東西不付錢。

【抹嘴吃】比喻白吃一頓。

【抹油嘴】白吃。

【浮頭食】不固定的、白吃的飯食，閒飯。

【拖狗皮】比喻吃白食。另有糾纏不休、死皮賴臉之意。

【白吃白喝】吃喝東西不給錢。

【到處打游擊】形容飲食或住宿沒有固定的處所，四處混吃混住。

【嘴上抹石灰】白吃。

有一孫真人，擺著筵席請人，卻叫座下老虎去請。那老虎把客人一個個路上吃了。真人等至天晚，不見一客到。人都說，你那老虎都把客人路上吃了。不一時，老虎來，真人便問：「你請的客人都到哪裡去了？」老虎口吐人言：「告師父得知，我從來不曉得請人，只會白嚼人，就是一能。」（蘭陵笑笑生《金瓶梅》）

有一富豪請客，我吃白食，當每人一盅由香港廚師做的蟹粉魚翅上桌時，服務小姐發現少了一份。富豪笑著說：「沒事，我要一碗正宗的陽春麵。」並再三關照：「一定要放豬油！」據說這個富豪小時候家境貧寒，常常吃了上頓沒下頓，進縣城讀中學時還穿了一雙「前露腳趾像生薑、後露腳跟像鵝肫」的布鞋。（沈嘉祿〈偷吃豬油渣〉）

不久高媽媽的「小上海」被拆了。所有植物園門前兩旁的違章建築全被拆了，我失去固定吃飯的地

方，只好東一頓西一頓到處打游擊。（隱地〈餓〉）

最初太監時常把這種「體己」送給王公大臣，勳戚親貴嘗嘗新，可是誰又能嘴上抹石灰白吃呢，往往厚賞有加，變成了太監們一項大的收入，有一班好擺譜的朋友，總要走走門路掏換點太監們曬的所謂「宮醬」來吃菜包，吃春餅，才算夠譜呢！（唐魯孫〈白菜包和生菜鴿鬆〉）

乞食

【討飯】乞討飯食。

【討吃】向人乞食。

【討口】乞食。

【托缽】手托缽盂。指僧人赴齋堂吃飯或向施主乞討食物。缽，出家人的食器。

【乞食】乞討食物。

【丐食】向人乞討食物。

【抱瓢】舊時乞丐行乞時，手裡經常拿著瓢，故稱之。

【假食】乞食。

【叫街】在街上大聲喊叫向人乞討食物。

品味人和貪吃人不同，貪吃的人只用一張嘴到處乞食，只是囫圇吞味，眼鼻心都忘了開。味道，是品味的旅途，也是品味的驛站。（游惠玲〈美食，不只吃而已〉）

沿街托缽，呼天搶地也沒有用。人都窮了，心都硬了，耳都聾了。偌大的城市已經養不起這種近於奢侈的職業。不過，乞丐尚未絕種，在靠近城根的大垃圾山上，還有不少同志在那裡發掘寶藏，埋頭苦幹，手腳並用，一片喧逐。（梁實秋〈乞丐〉）

聲音

【呼呼】形容喝東西的聲音。

【噓噓】形容喝東西的聲音。

【唼唼】ㄕㄚˋ，形容吃東西的聲音。

【咕嚕】形容滾動聲。形容飢餓時腸子所發出的聲響。

【唏哩咕嚕】此形容大口吞食時所發出的聲音。

【嗞嗞咂咂】形容吃東西所發出的聲音。

【喀哩喀啦】形容吃酥脆食物所發出的聲音。

【嘎繃嘎繃】此形容吃酥脆食物的聲音。

他老人家喜食佳餚，而魚翅軟、羹湯鮮，甚得父親鍾愛。我有時特別為他留存一碗孝敬，看老人家呼呼地食畢不留一絲餘翅，心中便有很大的安慰。（林文月〈潮州魚翅〉）

煮一壺黑糖薑湯，燈下，噓噓地喝出一身汗及淚花。那種暖和是農村時代的，彷彿老朋友坐牛車來看你。（簡媜〈肉慾廚房〉）

此外，大凡美食，多需細嚼慢嚥，才能品味，似乎只有吃麵，從食具到吃相都不必追求細緻，恐怕得唏哩咕嚕大口吞食，大汗淋漓才是吃麵的文法，一口未嚥，急嚼第二口，一碗又一碗，吃到滿頭熱汗，鼻子暢通。（焦桐〈論吃麵〉）

有人拿了一條巧克力來，剝去半段金紙，塞到孩子的手裡。果然，這孩子拿了就往嘴裡送，吃的嗞嗞咂咂地流口水。（陸文夫《美食家》）

我最快樂的，是看著乾如木屑的棕色蝦片，經油一炸，快速的膨脹開來，顏色變淡，如一朵迸裂的鮮花，在熱油裡綻放。撈起來瀝乾油，便送上桌了，大人小孩都搶著吃，喀哩喀啦的聲響，此起彼落。（張曼娟〈蝦餅的膨脹儀式〉）

在水餃還未煮熟前，G拿出兩包科學麵，跟女兒先「嘎綳嘎綳」的吃起來。（李昕〈尋常食物好氣味〉）

2 食欲

胃口

【開胃】 增進食欲。

【醒胃】 幫助消化，增進食欲。

【口福】 飲食的享受。

【飯欲】 形容對米飯的食欲。

【勾引饞念】 挑動食欲。

【垂釣食慾】 引起飲食的欲望。

【蠢動】 本指像蟲子一樣蠕蠕爬動。後多指意圖搗動為亂。此指食欲受到撩撥而興起。也有「蠢蠢欲動」。

【口腹之欲】 飲食的欲望。

【食指大動】 預感將有美味的食物可吃。也可形容看見美食而食欲大增。語出《左傳・宣公四年》：「楚人獻黿于鄭靈公，公子宋與子家將見，子公之食指動。」

【解饞】 滿足口腹之欲。

【差堪入口】 略可讓人有

胃口吃得下去。

【吃膩】厭煩不想再吃。

【反胃】咽下食物後，胃裡不舒服，出現噁心、嘔吐等症狀。也可比喻膩煩、厭惡。也作「翻胃」。

【胃呆】沒有食欲。

【膩口】因過油或太甜而讓人不想多吃。

【膩味】多油的食物讓人毫無胃口。

【食慾不振】沒有進食的胃口、慾望。

【作嘔】噁心欲吐。

【發嘔】感覺要嘔吐。噁心、厭惡感。

【噁心】想吐。厭惡到難以忍受。

【難以下嚥】食物雖在口中但吞不下去。

【食不下嚥】食物雖在口中但吞不下去。多形容憂心忡忡，不思飲食。

【茶飯不思】沒有胃口。

【茶飯無心】心思煩亂而無意於飲食。

原來，鹽沁是紅燒的一種，主要調味是醬油和糖，不可或缺的佐料則是薑，或者還可以添上蔥段。切片的薑加上醬油與糖燒煮，見湯稍沸欲滾立刻將魚肚氽入醬汁，中大火燜滷至醬濃香稠，約莫十分鐘即可。這滋味，非常近似日本薑燒料理。而因為汁香鮮甜，不僅掛醬著味的魚肚好吃，醬汁拌飯更讓家中孩童多添了好多飯。倘若夏季嫩薑當令，燜滷過的薑片更是開胃聖品。但這味，絕對不可以全魚來做。多刺的背脊不易入味又不容久煮，更不如無刺魚肚這般入口即化，可以拋開顧慮豪爽大啖。

（傅士玲〈鹽沁虱目魚〉）

許多黃豆芽，配上胡蘿蔔、芹菜、金針花、香菇、冬筍，加上蔥、薑和其他的調料，總之是要湊成十樣燴炒在一起，討個吉利。這是一道素菜，在年菜油膩塞胃的時刻，人們便要尋一點如意菜來醒胃了。（張曼娟〈棉花上的沉睡者〉）

領薪日來臨，父親跨上自行車直奔夜市，用生平第一次掙來的錢，品嘗了當時被視為莫大口福的魷魚羹——「可是袋裡的錢剛好只夠一碗，怕它掉了，就這樣緊緊捏住，等到吃完，五毛錢都冒汗啦。」

（高自芬〈地圖〉）

例如〈義大利魚市場〉，是一篇優美的散文，描寫黎明前的威尼斯市場，場景恍如「欣賞一齣前所未有的精采芭蕾舞劇」，各種活蹦亂跳的海產，魚身的條紋、色澤，閃著新鮮的光芒，我們彷彿聽聞嘈雜的吆喝、交易，與海洋的氣味，不僅令人食慾蠢動，也令人精神感動。（焦桐〈論廚師〉）

從烏油、蜜褐、金紅到米黃，棕色食物牽動火燄的記憶，勾引饞念垂釣食慾，各種焦糖色素構成美味光譜，模擬出釀造、熬煮或者烤炙的色香，配製愉悅幸福之感。（蔡珠兒〈慾望焦糖〉）

我堅信不能煮出一鍋靚飯的餐館絕非好餐館；然則大多數的餐館已經忽視煮飯了。開口跟服務員討飯吃，有點像擲骰子，幸運時會碰到差堪入口的；運氣背的話，會遭遇已然面貌模糊的飯粒，非但不忍多看一眼，也無心再吃菜餚。（焦桐〈論吃飯〉）

描寫餚饌之美有各種各樣詩文成語形容詞，天女散花似的。就算是醜陋也有恆河沙數說法。可是難吃這回事，講來講去，竟也就是兩字「難吃」，頂多加一句食之無味，或再加一句難以下嚥（若說粗茶淡飯，就不能算。粗茶淡飯有時最好味），它從舌尖起就全面解散了想像的可能，慾望的反高潮，所

有人的不屑一顧，當然也從沒誰費事寫一本《某城難吃指南》。（黃麗群〈難吃〉）

炎炎長夏，茶飯不思，只能以粥度日。週一苦悶，要吃粥解壓；週二下暴雨，要吃粥去溼熱；週三中午有餐會，晚上要吃粥消膩；週四買到鮮嫩蠶豆，燒雪菜下粥最妙；週五有鹽水鴨，怎可不吃粥；好不容易到了週末，更要吃粥消閒，從早到晚都不厭。（蔡珠兒〈一頓喝三碗〉）

見慣看膩，賤就不好，無色無香，再加上家鄉豆腐常有的滷水苦澀味兒，所以我從小就不喜歡吃豆腐。七八歲的時候，聞到磨豆腐的氣味就要發嘔。菜裡有了炸豆腐，一定要一塊塊的揀出來。（梁容若〈豆腐的滋味〉）

飽食

【飫】ㄩˋ，飽食；飽足。

【果腹】填飽肚子。

【粗飽】隨意食用簡單的食物又能感到飽足。

【填填】滿足貌。

【饜足】滿足。

【飽足】充分滿足。

【飽實】飽滿充足。

【飽脹】吃得過多而肚子發脹。

【飫饜】飽食。也作「饜飫」、「厭飫」。

【揎飽】填飽。揎ㄒㄩㄢˊ。

【打飽嗝】吃得太飽，而發出特殊聲音。

【飽嗝兒】橫膈膜間歇性吸氣收縮發出的聲音。

【打牙祭】原指每逢月初、月中才吃到有葷食的飯菜。後泛指偶爾才吃到豐盛的菜餚。

【吃到飽】每位顧客只要付出一個既定的消費金額，即可在一定時間內無限量的享用各種食物。

【腆著肚子】形容吃得很飽的樣子。腆ㄊㄧㄢˇ，凸著、挺著。

【大快朵頤】飽食愉快的樣子。朵，動。頤，下巴。朵頤，指動著腮頰，嚼食的樣子。

【一飽口福】味覺得到充分的滿足。

【酒足飯飽】飯後心滿意足的神態。

【河落海乾】河川流盡，大海枯竭。比喻吃得一點也不剩。也作「河涸海乾」。

【舔嘴咂舌】吃完東西後，伸出舌頭舔嘴，吸取食物的餘味，並發出嘖嘖的聲音。表示吃飽且感到很滿足。

【撫著嚴重腫脹的肚皮】比喻吃得很飽。

【撐破肚皮】比喻吃得極多極飽。

一口咬下去，吃到了肉塊，再一口咬下去，又吃到了香菇或蝦米……那種口腹之饜足與心情的興奮，便即是節慶的歡愉；而如今回想起來，則又羼雜著許多人與事的記憶。流水一般逝去不回的記憶，竟又帶給我甜蜜中羼和著感傷的複雜情緒！（林文月〈臺灣肉粽〉）

也因為這樣，它燒得一手好菜。每次到家裡來，總是大包小包提著榮家的大鍋菜來給我們打牙祭，特別是逢年過節，榮家吃什麼我們也吃什麼。（孫大川〈我們是一家人：Sarumahenan ta〉）

許多商家的老闆欣賞父親的手藝，經常三五結夥來打牙祭，或是預訂一桌酒席，由店裡送達。（賴瑞卿〈新生食堂〉）

鳳姐笑道：「虧了你是個大嫂子呢！這會子你就每年拿出一二百兩來陪著他們玩玩兒，有幾年呢？他們明兒出了門子，難道你還賠不成？這會子你怕花錢，挑唆他們來鬧我，我樂得去吃個河落海乾，我還不知道呢！」（曹雪芹《紅樓夢‧第四十五回》）

食黃皮猶如食厚皮少肉而多核的酸葡萄，然而往日小孩缺乏果物，甘之如飴。黃皮狀如雞心，一手用指拈住，另一手用指甲剔去末端一圈果皮，將黃皮置於齒舌之間，牙齒壓出果肉，鼓腮啜入，舌頭旋即退出三數果核。食來舔嘴咂舌，殊不好看。（陳雲〈黃皮〉）

每隔一段時日，總會刻意到南機場公寓的路邊攤，坐下來痛快地吃虱目魚粥、魚肚湯、滷魚腸和魚頭，才撫著嚴重腫脹的肚皮，步履遲緩地離去。（焦桐〈論吃魚〉）

中國人過節，突出一個吃字。這是長期以來處於落後的農業經濟模式的後遺症，平時沒啥可嚼的，弄不好還要撿點野菜剝點樹皮挖點觀音土對付對付，好不容易熬到過節，就想吃到撐破肚皮。（沈嘉祿〈湯團的手藝精神〉）

飢餓

【餓極了】非常餓。

【塞牙縫】比喻東西小或份量極少，根本不足夠。

【挨餓】受餓。

【枵腹】空著肚子；飢餓。枵ㄒㄧㄠ。

【凍餒】受凍挨餓。

【飢寒】飢餓、受寒。

【飢渴】飢餓。

【食不果腹】吃不飽。

【飢火燒腸】比喻飢餓如火燒肚腸般難以忍耐。

【飢寒交迫】飢餓寒冷交相逼迫。

【飢腸轆轆】非常飢餓的樣子。轆轆，形容空腹的鳴叫聲。

【唱空城計】比喻肚子餓。

【喝西北風】比喻沒有飯吃、挨餓。

【啼飢號寒】因飢餓寒冷而啼哭，極為貧困。語本韓愈〈進學解〉：「冬暖而兒號寒，年豐而妻啼飢。」

【饘粥不繼】形容連粥都沒得喝。饘ㄓㄢ，濃稠的粥。粥，稀飯。

【饔飧不繼】三餐不繼，生活十分困頓。饔ㄩㄥ，早餐；飧ㄙㄨㄣ，晚餐。饔飧，指熟食。

【止飢】進食而解除飢餓。

【解飢】解除飢餓。

【點飢】解餓。

【充飢】吃東西解餓。

【療飢】解除飢餓。

【焦渴】極為口渴。

【解渴】消除口渴。

【望梅止渴】想像前有梅林而可以解渴。典出《世說新語·假譎》：「魏武行役失汲道，軍皆渴，乃令曰：『前有大梅林，饒子，甘酸可以解渴。』士卒聞之，口皆出水，乘此得及前源。」後多用此典故來比喻用空想來安慰自己實不可得。

終極美味是什麼？最重要的條件當然是餓。所有的食物都有可能成為終極美味，只要吃者餓極了。永遠不餓的美食家，其實被剝奪了品嘗食物時最大的樂趣。天可憐他們。（韓良露〈什麼是終極美味？〉）

我也試了只能棲息在非常純淨的河川中的石伏魚生魚片和魚骨清湯，只吃了一小枚魚，連塞牙縫都不夠，但也不想吃太多，只吃個當地還有好河川的心意，畢竟石伏魚很珍貴，少吃多保育。（韓良露〈雅野相融的金澤加賀料理〉）

傳說古早時候有個乞兒，將從富人家分得的殘羹冷炙在抹所佛寺牆角冷僻處生火燴煮起來準備充飢，結果香味溢播，竟引得廟內的和尚垂涎欲滴，翻牆出來向乞兒索食。這個說詞顯然屬望文生義，也無從考查；但這一道菜餚多聚山珍海味之葷食，竟能令「佛」跳牆，可見其味美自有源由了。（林文月〈佛跳牆〉）

往日居家過年，二姊和我時常被指派烤烏魚子。樓上美食盈桌，其餘的家人已多就席，我們倆仍與女傭在廚中慢烤細切，饑腸轆轆，而母親又頻頻催促，心中實在焦急懊惱。（林文月〈烤烏魚子〉）

一說起粥，就不免想起從前北方的粥廠，那是慈善機關或好心人士施捨救濟的地方。每逢冬天就有不少鶉衣百結的人排隊領粥。「饘粥不繼」就是形容連粥都沒得喝的人。「饘」是稠粥，粥指稀粥。喝粥暫時裝滿肚皮，不能經久。喝粥聊勝於喝西北風。（梁實秋〈粥〉）

其實每天的生活也真像一杯茶，大部分人的茶葉和茶具都很相近，然而善泡者泡出更清香的滋味，而善飲者飲到更細膩的消息。依照我的經驗，只有在無事時泡出的茶最甘美，也唯有無事時喝的茶最有味。可惜的是，大部分人泡茶時是那麼焦渴，在生命裡也一樣的焦渴呀！（林清玄〈無事最可貴〉）

暑天之冰，以冰梅湯最為流行，大街小巷，乾鮮果鋪的門口，都可以看見「冰鎮梅湯」四字的木檐橫額。有的黃底黑字，甚為工緻，迎風招展，好似酒家的簾子一樣，使過往的熱人，望梅止渴，富於吸引力。昔年京朝大老，貴客雅流，有閒工夫，常常要到琉璃廠逛逛書鋪，品品骨董，考考版本，消磨長晝。天熱口乾，輒以「信遠齋」的梅湯為解渴之需。（徐凌霄〈舊都百話〉）

3 情感

心情

【安撫】安頓、撫慰。
【犒賞】慰勞、賞賜。
【慰藉】安撫。
【填補】補償。
【彌補】補足。
【排遣】排除、遣去。
【抒解】抒發排解。
【紓解】解除。
【解憂】解除憂愁。
【暖心】安慰心靈。
【君子之交】看起來像水一樣淡的交情，比喻對食物的情感。
【借酒澆愁】借喝酒來排遣愁悶。
【深情】深厚的感情。
【盡情】盡量抒發自己的情感，不受拘束。
【季感心】指對季節感觸的心情。
【優越感】自覺超越他人。
【自暴自棄】本指言行違背仁義。後多指不求上進，自甘墮落。
【墮落感】感覺趨於沉淪。
【聊勝於無】比完全沒有略微好些。

這季節，特別夜深時刻就寢之前，總忍不住想要來一杯甜甜熱熱的什麼，暖了味蕾暖了身體暖了心，方才能夠，安安心心一夜好眠。（葉怡蘭〈懷念肉桂蘋果茶〉）

經濟不景氣讓全民愈發把吃食當作集體紓解情緒的一味良藥！餅的滋味特好，想來也會和其他的普羅美味一般，不但遊走在市井，也會遊走、傳承到下一個世代去，我是真確地如此相信的。（愛亞〈這些那些好吃的餅〉）

還好，近幾年來，大家的吃經越來越細緻，一些五星大飯店，如老爺飯店、遠東飯店的日本料理館，都曾嘗試推出不同的四季饗宴，如春之櫻席、夏之鯛季、秋之楓宴、冬之雪會，雖然價錢不低，但偶爾當我大發「季感心」（所謂對季節感觸的心思）時，就會忍不住去吃一番季節的滋味。（韓良露〈日本料理的四季味覺〉）

高級印度菜如君子之交，那麼較庶民化的印度菜和斯里蘭卡菜，則有如打得火熱的姘頭，當下一口即愛得死去活來。（韓良露〈在台北生活〉）

其實我吃便利商店的便當總是自暴自棄的心情，無奈中帶著墮落感。試想那便當並非即食便當，須經過烹煮、冷卻、包裝、冷藏、運送、上架，再微波後食用，防腐劑的含量令人不敢想像。（焦桐〈論便當〉）

是記憶的「過濾」，還是童年真的是物質匱乏；吃過無數的白斬雞，即使也是母親燜煮的，仍覺得外婆廚房裡那個大鐵鍋的湯汁最香、白斬雞鴨肉質最鮮美。我想，是廚房的大灶，是木塊的樹脂香氣，是混煮了好幾隻雞鴨和豬肉湯汁的濃郁氣味，是渴望大快朵頤的心情；美好的食物，美好的時光，好像總是在孩童，那個遙遠的年代。（方梓〈也是一種後現代飲食——白斬雞〉）

庭前菊花已綻，想起當年東籬賞菊，把酒持螯之樂，心中正感到悵惘空虛，有一種說不出來的滋味在心頭滋擾，忽然想起長腳蝦肉細而甜，拿他蒸熟蘸薑醋來吃，其味可能跟大閘蟹彷彿。……現在既然吃不到大閘蟹，能吃到長腳蝦代替，可算慰情聊勝於無啦。（唐魯孫〈賞菊何需羨持螯〉）

季節的滋味，春夏秋冬，初盛衰絕，其實是一切人事變化、生命無常的滋味，吃季節的滋味也是吃人生的滋味啊！（韓良露〈日本料理的四季味覺〉）

懷念

【回味】吃過之後，回想甘美的味道。

【古意】古代的風格、趣味。懷舊之情。

【懷舊】懷念往昔。

【古早味】多用來形容食物用傳統做法、有傳統風味的意思。

【舊時味】從前的滋味。

【舊時風味】昔日的風情與滋味。

【人情味】人與人之間溫暖情感的流露。

【人情呵護】人與人之間在感情上的照顧。

【悠閒】從容閒適無所牽掛。

【無私的愛】沒有偏私的情感。

【母親的滋味】此形容食物中帶有母親親手烹調出來的味道。也有「媽媽的味道」。

【懷鄉】思念故鄉。

【鄉思】思鄉之情。

【鄉愁】思念家鄉而引起的愁緒。

【蓴羹鱸膾】比喻歸隱故里之思。晉人張翰因見秋風起，乃思念起家鄉吳中的菰菜、蓴羹、鱸魚膾。

【家鄉味】帶有故鄉口味的食物。

【家鄉俚味】形容帶有家鄉一般食物的質樸味道。

【故鄉的風味】家鄉食物特有的滋味。

【味覺上的還鄉之旅】吃到家鄉的食物，就像回到家鄉一樣。

【貧窮的滋味】童年缺乏飲食的味道。

中國之吃，恆與記憶相佐，頗賴一種叫「回味」的東西。即使這當兒下口的是酸豇豆炒辣椒，是饅頭就著鹹菜，是薄餅夾大蔥；然那松江鱸魚、陽澄湖蟹、關外口蘑、北京燒鴨這類大夥習有見聞，早成了埋涵在中國人胸腹內共擁的消化酶。（舒國治〈粗疏談吃〉）

八〇年代雅痞風起，飲食日漸精細，連對臺灣味的品嘗也是如此，朋友之中有不少身家職業都是高薪雅痞者，都紛紛開始吃起「古意」的臺灣料理，尤其是那些經日據影響及日本觀光客濡沫的和漢料理。（韓良露〈臺灣之味〉）

「小時候，我喜歡吃蛋和魚丸。然而飯桌上這兩樣東西，卻經常是看得多，吃得少。」原來，她想把從前只能「看在心裡」的東西吃得夠。這也算是另一種懷舊吧！（顏崑陽〈魚丸、煎蛋與夢想〉）

媽媽住在醫院的最後幾天，我在榮總的餐廳裡慢吞吞地吃飯，彷彿這麼做，就可以再留住媽媽一會兒。我邊吃邊想人生的飄忽和無常，突然想念起咖啡又黑又苦又悠閒的滋味，於是點了一杯睽違已久的咖啡。經過這麼多年，媽媽終於教會我了我喝咖啡的道理。（陳文玲〈台北廚房筆記〉）

其實，現時未必要等到過年才能享食蘿蔔糕。在港式茶樓飲茶之際點叫一份，甚至市場上也有家庭式的製品可以買回，何須如此費時費神自己操作呢？日本有諺語云「おふくろの味」（意即母親的滋味），雖然我已經略微改變了母親所製蘿蔔糕的滋味，但是，我喜歡在年節慶日重複母親往昔的動作，於那動作情景間，回憶某種溫馨難忘的滋味。（林文月〈蘿蔔糕〉）

我成長的環境是艱困的，因為有母親的愛，那艱困竟都化成甜美，母親的愛就表達在那些看起來微不足道的食物裡面；一碗冰糖芋泥其實沒有什麼，但即使看不到芋頭，吃在口中，可以簡單的分辨出那不是別的東西，而是一種無私的愛，無私的愛在困苦中是最堅強的。（林清玄〈冰糖芋泥〉）

唐代歐陽詢的《張翰帖》裡說到大家熟悉的一個人「張翰」——「因秋風起，思吳中菰菜鱸魚，因命駕而歸」。張翰當時在北方作官，因為秋天，秋風吹起，想起南方故鄉的鱸魚蓴菜羹，因此辭了官職，回到了南方。因為故鄉小吃，連官也不做了，張翰的掙扎比較大，我慶幸自己可以隨時去台南吃虱目魚腸。「鱸魚蓴菜」因為張翰這一段故事成為文化符號，一千多年來，文人做官，一不開心就賦詩高唱「蓴菜鱸魚」。（蔣勳《手帖：南朝歲月》）

在兩岸還未開放之時，南門市場裡販售的不只是南北家鄉食材食物，其實賣的是抒解慰藉遊子鄉愁的良方妙藥。（歐陽應霽〈戀戀菜市場〉）

我想凡是從大陸來的老鄉，而且在北平住過的人，一提起北平的點心來，大概都有一種說不出的滋味，好像一種淡淡的鄉思。（唐魯孫〈故鄉的奶品小吃〉）

這次我們真的要在異域建立廈門基地了。第一個條件是吃家鄉味。我們到唐人街去買香菇、蝦米、金針、木耳等，這些在國內很普通的東西突然變得很寶貴。（林太乙〈母愛拌在肉鬆裡〉）

傳統食家喜歡追根究柢，尋脈絡，不肯隨便造次，那是一種修行，也是一種深情，屬於一種官能記憶，儲存在味覺神經裡；一個經年離家的人，在嘗到純正的家鄉口味之後，味覺記憶的甦醒喚回過往的感情，在靈魂與肉體之間引發一場激蕩，正是味覺上的還鄉之旅。（黃寶蓮〈腸胃走私〉）

他家的燙麵餃兒，尤其做得精巧，皮薄邊窄，鮮腴可口，頗有故鄉的風味。我們夫婦每周至少要去一兩次。入座以後，不論想吃什麼，總是先要一盤燙麵餃兒（北方的燙麵餃不用小籠），一快朵頤，並慰鄉思。（馬逢華〈餛飩，燙麵餃兒，粉漿麵〉）

有此馬薩拉甜酒，有黑手黨的操控，香軟滑膩的提拉米蘇，挑起了味蕾中的甜蜜與慰安，是遙遠故鄉

的永恆召喚，終極的「媽媽的味道」，安撫了多少「漂泊𨑨日𨑨人」。愛慾死亡，又不在話下！（李昂〈黑手黨與提拉米蘇〉）

那湯味濃稠、黏膩，略了帶苦澀，現在的孩子恐怕不會喜歡。它卻是童年的代表食物，貧窮的滋味，一輩子都提醒自己來自那裡。這種感覺是如此深刻，以致於年紀大了，緬懷特別深。只是現在想要喝一碗麻嬰湯，在北部就是遍尋不獲。（劉克襄〈黃麻〉）

食趣

【助興】提高興致。

【慶祝】對可喜或值得紀念的事進行某些活動以表慶賀祝福。

【樸趣】簡單、純樸的樂趣。

【酣暢舒爽】舒暢愉快。

【歡樂的滋味】形容歡喜快樂的感受。

【無肉不歡】形容嗜食肉類食物，沒有吃肉便感到不快樂。

【放縱的樂趣】放任而不受拘束的快樂情趣。

【甜蜜溫暖如光暈層層擴散】食物帶來的美好久久不散。

【柔美的陷阱】比喻食物的誘人。

【耽溺的幸福喜感】內心沉溺在一種感到舒暢滿足的喜悅。

【快樂指數忽然上升】形容歡樂愉悅的程度突然升高。

熱飲的蘋果茶，在暖烘烘的濃濃蘋果香裡，還透著絲絲馥郁的肉桂氣息；山中難免的早晚微寒天氣裡來上一杯，真有說不出的酣暢舒爽。（葉怡蘭〈懷念肉桂蘋果茶〉）

沒有東西像焦糖，如此平易簡單，不過是把糖水煮成稠漿，卻帶來巨大的幸福之感，甜蜜溫暖如光暈層層擴散，由口腔溢滿身心，在周遭氤氳飄盪，把人領回童稚的初始時光。（蔡珠兒〈慾望焦糖〉）

或者因為麵包店的燈光太柔和，佈出了柔美的陷阱，它使得任何事物在這種光底下看來都散發奶油的光澤，飽滿而且秀色可餐。女孩又指著紅豆麵包說：「這個是本店招牌喲，只剩兩個了。」那紅豆麵包看起來也乖巧得不能拒絕，像是冬天午後可以規規矩矩泡一杯熱茶在書桌前看書的點心。（柯裕棻〈奶油麵包〉）

因此只有在旅行的時候，我會比較放鬆，或者應該說是放縱自己，盡情大啖美味又「罪惡」的炸薯條。或許，吸引我的，其實不是炸薯條，而是放縱的樂趣。（韓良憶〈放縱的樂趣〉）

但是我依賴烤箱，因為酷嗜甜點，喜歡動手烤蛋糕，讓夏日午後的空氣瀰漫著蘋果派的月桂香，冬夜濃郁的巧克力甜馨，有些事關於食欲，有些事關於記憶，所有的甜食給我耽溺的幸福喜感。（黃寶蓮〈司命灶君〉）

我通常點食「青蟳套餐」或「小牛排套餐」，那蟹、蛤蜊十分新鮮，小牛排的油脂分布如霜花，非常美麗，滋味自然鮮嫩至極，力追日本的神戶牛。一種套餐吃了一半，快樂指數忽然上升。（焦桐〈論火鍋〉）

貳・飲食文化

一 飲食與生活

1 饗宴

宴會

【燕】宴飲。通「讌」、「宴」字。

【筵】鋪設坐席。

【饗】以盛宴款待賓客。泛指供人享用。

【饗宴】招待賓客的宴席。

【酒筵】酒席。

【飲宴】設宴飲酒。

【盛宴】盛大的宴會。

【開宴】舉行宴會。

【遊宴】嬉遊宴飲。

【歡宴】愉快地宴請。

【宴饗】古代天子大集群臣賓客宴會。或作「燕享」。

【流水席】酒菜不斷供應，客人隨到隨吃，吃飽便離開的宴客方式。

【瓊林宴】宋代皇帝於瓊林苑設宴款待進士。後泛指在禮部宴請新科進士的宴會。亦稱為「恩榮宴」、「聞喜宴」。

【千叟宴】始於清朝康熙年間，盛於乾隆時期，是宮廷中規模最大、與宴者最多的御宴。

【鹿鳴宴】舊時科舉考試後，由州縣長官宴請主考官、學政及中式考生的宴會。因在宴會上歌詩經小雅鹿鳴篇，故稱為「鹿鳴宴」。

【精饌華宴】精美的飲食，華麗的宴席。

【滿漢全席】清代宮廷最隆重的公宴。

【派對】一種非正式的舞會或聚會。為英語party的音譯。

【辦桌】閩南語意指請外燴者到家裡掌廚，宴請客人。

【外燴】設宴款客的一種做菜安排，請專人到家中做菜，所有食材由外燴服務供應者包辦。

【排席】 排下筵席。

【席面】 酒席。也指筵席上的酒菜。

【氣派】 表現出來的氣勢、派頭。

【架勢】 場面；擺出的樣子。

【排場】 鋪張奢侈的形式和場面。

【體面】 格局漂亮、好看。

【擺門面】 講究排場，追求氣派或體面。

【壓桌】 宴席中預先擺定的菜，多為冷葷之類。也作「押桌」。另指人在宴席上最後離開，用來譏其貪吃。

【菲酌】 粗劣的酒餚。

【酒過三巡】 宴會中向同桌的人敬酒三遍；意謂宴會已進行一段時間。

【杯盤狼藉】 形容宴飲完畢或將畢，杯盤散亂的情景。

【殘餚將盡，杯盞狼藉】 比喻筵席將要結束之時。

【完席】 吃完宴席。

【打包】 客人在餐廳用餐完畢後，請服務生將未吃完的菜餚包好帶走。

在廚房轉來轉去，等著酸菜黃魚起鍋的一瞬間，噴發而起的熱騰騰香氣。黃魚的鮮美與酸菜的醒胃，加上蠶豆的清潤，混合成不可思議的美味。多年之後，父親才說那時候黃魚多半不新鮮，只好這樣做來吃，酸菜和蠶豆也都是很便宜的，正好可以遮掩魚的腥味。但我總以為，那是我吃過最豐盛的黃魚饗宴。還記得那時候，我津津有味的配著白飯吃，心中想著，這些小黃魚到底聽過雷聲沒有？（張曼娟〈黃魚聽雷〉）

在北方除了燕菜席、魚翅席、海參席等高貴的酒筵之外，最起碼的有種「九大件」，窮一點的人家，紅白事情，多所採用。而這九大件也有粗細之分，細緻的包括全鴨全魚，粗糙的菜餚原料大都是出自豬身上，故又有「豬八件」之稱，豬八件的音一轉也就成了「豬八戒」了。（劉枋〈豬八戒〉）

那時候，兩位老師都還健壯，常參與我們的宴會，他們智慧而雋永的言談，有如今版《世說新語》，令人百聞不饜。而今，臺先生離去已經五載餘，孔先生深居不甚參與飲宴之事。美和那一晚到底做了多少嘉餚呢？我反而只記得她那一道不小心燒糊了的蹄膀的美味，以及那一晚師生不醉無歸的情誼興致。（林文月《飲膳札記》）

考中的人，姓名一筆一劃寫在榜單上，天下皆知。奇怪的是，在他的感覺裡，考不上，才更是天下皆知，這件事，令他羞慚沮喪。離開京城吧！議好了價，他踏上小舟。本來預期的情節不是這樣的，本來也許有插花遊街、馬蹄輕疾的風流，有衣錦還鄉袍笏加身的榮耀。然而，寒窗十年，雖有他的懸樑刺股，瓊林宴上，卻沒有他的一角席次。（張曉風〈不朽的失眠〉）

那種長夜不斷的喫食，從薄暮時分開始，隨著夜氛愈深，興致愈濃。自敞開的門戶窗口飄出食物的香味，猜酒拳與主客互喚之聲，喧喧嚷嚷溢出街頭；而街頭則見步伐不穩的醉客三五蹣跚。那種長夜飲宴，稱為「流水席」。（林文月〈五柳魚〉）

趙不爭師傅說：「滿漢全席，真正是靈困蟠木，山珍海錯，包羅萬有，以類別來分，大致可分為『飛』『潛』『動』『植』四大類：『飛』是飛禽，包括有白鶴、鴛鴦、山雞、水鴨……『潛』是指海產，包括龍蝦、大蝦、網鮑、排翅……潛類裡最難得的是鱘龍魚，而且是滿漢全席裡的必需品，因為菜式裡有道菜叫龍運吉祥，是用巨大的鱘龍的腸子做的。」（唐魯孫〈華嚴餕餘〉）

凡是大辦桌的時候，眾食客的來歷、身分地位、行業、素質或身段，在桌上桌間大概沒啥緊要，來了就是要吃，喧鬧開講的愛呷氣氛要共同營造。當然，在辦桌場合，也有人會預想或意外見到仇家，那就另當別論，頂多背對著背呷辦桌罷了，食慾還是挺重要的。（梁正居〈辦桌〉）

辦桌是臺灣特殊的外燴文化，連接著風俗禮儀和人情掌故，無論結婚、滿周歲、生日、新居、尾牙、選舉……都要辦桌，它能有效營造歡喜鬥鬧熱的氛圍，親和力強強滾。辦桌不講究用餐環境的氣派或雅緻，用心計較在菜餚的貨真價實，頂級的筵席一桌六千元就包含了龍蝦、鮑魚、干貝、海參、佛跳牆、明蝦。（焦桐〈永寶餐廳〉）

同樣的，如果館子對氣派和排場的重視超過了對烹飪水準的要求，也不足取。法國菜之精緻是不容置疑的，可是帳單可怕，跑堂的嘴臉尤其可厭，領教了幾次，胃口倒盡，如今是每逢閏年光顧一次，聊饗饞蟲罷了。（遠人〈口腹〉）

她上桌進食，通常是別人已酒過三巡，但她飛紅酡頰，彷彿偷喝過半瓶紹興。她坐下來第一個聲息，往往是嘆一口大氣，欸，人是會老的，說一些蒙田或培根說過的陳腔雋語。只有積勞的農夫，抱著秋天金黃色的麥穗，才會出現的疲憊夾雜喜悅。（莊裕安〈野獸派丈母娘〉）

主人笑著說我們這裡的羊肉最好吃，沒膻味，因為喝的是天山的礦泉水，吃的是天山的草藥。接著又輪番上菜，麵條、馬奶、八卦雞肉、野味、自種的韭菜、豆子、青椒，痛快地喝當地伊力老窖濃香白酒，觥籌交錯，杯盤狼藉，一片歡樂。（張輝誠〈遙遠 特克斯〉）

宴請

【接待】招待。

【款待】殷勤接待。

【餉】送食物給人。

【餉客】以食物款待賓客。

【餉饋】贈予糧食。

【請客】宴請賓客。

【洗塵】設宴招待遠來或歸來的人。也作「洗泥」。

【接風】設宴款待遠來或歸來的親友。

【做東】作主人或請客。

【設宴】設置宴席請客。

【敦請】誠懇的邀請。

【款留】殷勤留賓客。

【好客】喜愛接納和款待客人。

【公請】大眾聚資宴請。

【饋饌】進獻尊長飯食。

【候光】敬候光臨；為邀人前來的敬語。

【賞光】請求對方接受邀請的客套語。

【光顧】賞光照顧；為歡迎顧客的敬語。

【餞行】設酒食替人送行。

【回請】受人招待後還請對方。

【還席】受人邀宴後，設酒席回請對方。

等到請客當天，客人陸續來到，這才是硬仗，上完幾個冷碟後喝湯，接著一道道端出熱炒，先濃後淡，抑揚有節，等到吃甜點時，我已蓬頭垢面。然而看到客人臉上露出熏熏然的滿足笑意，我就覺得幾日的辛苦不值一哂。（蔡珠兒〈打一場Party的硬仗〉）

他目送著他太太那肥胖碩大的背影，突然起了一陣無可奈何的惆悵。要是雅馨還在，晚上她一定會親自下廚去做出一桌子吳柱國愛吃的菜來，替他接風了。那次在北平替吳柱國餞行，吳柱國吃得酒酣耳熱，對雅馨說：「雅馨，明年回國再來吃你做的掛爐鴨。」哪曉得第二年北平便易幟了，吳柱國一出國便是二十年。（白先勇〈冬夜〉）

我天生好吃，在三十年前，便組美食會，到處品佳味。當時，以京點為號召的「京兆尹」初張，大夥每次吃完大餐，必來此嘗點心，討論下回由誰做東，並點些自己愛吃的玩意兒。飯量極大的我，於飽餐一頓後，最思一品金糕，其果香飽滿、酸中帶甜的滋味，常令我神魂顛倒，一入口就難罷休。（朱振藩〈食積胃呆宜金糕〉）

從什麼時候起，在我的生活項目中，多了一項雞尾酒會的點綴，已無從稽考，但總之是件十分不幸的事。點綴云云，是聊備一格的意思，是指次數並不多。然而「區區此數」，已足夠令人煩惱和不快，偶爾有個把月，未見到「五時半至七時半酒會候光」的傳票，心中不免有如釋重負的感覺，好像這世界光明多了。（吳魯芹〈雞尾酒會〉）

但是我們中國的一切禮節都把「吃」列為最重要的一個項目。一個朋友遠別，生怕他餓著走，餞行是不可少的，恨不得把若干天的營養都一次囤積在他肚裡。（梁實秋〈送行〉）

2 用餐環境

人潮

【客滿】 人數已經額滿，無法再容納多餘的人。

【洶湧】 喧鬧。

【熙攘】 人來人往，熱鬧擁擠的樣子。

【簇聚】 簇集會聚。

【車水馬龍】 形容人潮紛雜眾多。

【人馬雜沓】 形容人潮紛雜眾多。

【人聲鼎沸】 人眾會聚，喧嘩熱烈，像水在鼎裡煮沸一般。

【人潮洶湧】 人潮眾多喧鬧。

【賓客如雲】 形容來客很多。

【門庭若市】 來往的人很多，像市集一般熱鬧。

【坐無虛席】 坐滿了人。

【戶限為穿】 踏穿門檻。形容來訪人數眾多。

【往來如織】 往來頻繁。

【大排長龍】 形容隊伍排得很長。

【川流不息】 連綿不絕，往返不斷。

【絡繹不絕】 往返不斷。

【接踵而至】 一個接著一個，形容連續不斷。

【紛至沓來】 接連不斷的到來。

【熙來攘往】 連綿不絕，往返不斷。

【門庭冷落】 人潮稀少冷清。

【稀疏】 稀少疏落。

【寥落】 冷清，不熱鬧。

【零落】 稀疏零散樣子。

【門可羅雀】 門前冷落，可張網捕雀。

燈節期間，南門市場旁一家小吃店生意興隆，客滿了，桌椅竟排到人行道上，恐怕同時有七十、八十個客人在用餐吧。其實我常散步來這裡吃滷肉飯和鼎邊趖。這晚也許客人太多了，店家應付的能力未逮，侍者個個臭著一張臉，好像被所有上門的顧客得罪了。（焦桐〈論餐館〉）

已婚的朋友說起買菜，都有些無奈。在大賣場或超市採購固然還不至於弄得灰頭土臉，但提提拎拎的也很費力氣。而有些食物就是要在人馬雜沓的傳統市場才買得到，魚蝦未經保麗龍包裝，也才看得出是不是真的新鮮。（劉靜娟〈上市場的好男人〉）

葛元祥聰明機敏，在王府傳統技藝的基礎上，大膽創新，精選五花三層大肉，切成五分見方，佐以優質香料，再加豆腐乳等，旺火煮開，文火慢燉，炭火均勻，以致肥肉不膩，瘦肉不柴，腴香適口，味醇而正。一家不起眼的小館子，居然天天人聲鼎沸，聞者紛至，門庭若市。（朱振藩〈罈肉燜餅風味足〉）

貓下去開幕時期就座無虛席。其實一家餐館不論大小，經營者是否用心客人真的吃得出來。把每一位客人當做貴客般尊重，才更能尊重自己的作品。（王宣一〈貓下去 MEOWVELOUS CAF：有靈魂的小餐館〉）

半年以後，店門關了幾天，貼出了條子：修理爐灶，停業數天。重新開張後，飯鋪氣象一新，一早上就坐滿了人，人來人往，川流不息，揚州人聽從有人的建議，請了個南京的白案師傅來做包子下麵，帶賣早晚市了。（汪曾祺〈落魄〉）

微雨從福德祠往南一路飄落／閭巷內仍微溫著百年前的香火／簷下的石獅炯炯注視／頭圍第一街熙來

攘往的商販／幾步路就進入了十三行／烏石港運來絲羅綾緞瓷器雜貨／蘭陽平原生產的稻穀苧麻樟腦／都在行倉內論斤論兩價售／嘉慶年間十三行前的門庭／連土地公都得歎羨〔……〕（向陽〈頭城十三行〉）

轉角咖啡館的落地窗上寫著店名：「熱鬧」。為了找到那間沒有明確地址、沒有名字的秘室，我步入店內，卻發現門可羅雀，酒保不停地擦拭啤酒杯以打發時間。「馬爾卡德街237號？」酒保停下手邊的工作，做出往右的手勢：「往那個方向前行兩個路口就到了！」語畢，又低頭繼續擦起酒杯。（彭怡平〈絲襪雞尾酒爵士俱樂部〉）

氛圍

【時髦】 今稱趨於時尚、流行。
【時興】 流行。
【流行】 盛行一時。
【摩登】 現代的、時髦的。
【現代感】 切合當代。
【親和】 親近和諧。

【居家感】 像在家裡的感覺。
【溫馨可喜】 親切溫暖，令人喜歡。
【醒目】 形象鮮明，引人注意。
【淡雅】 清淡高雅。

【典雅】 高雅而不鄙俗。
【雅緻】 美觀而不落俗套。
【大雅之堂】 高尚雅緻的地方。也可借指高雅的境界。
【優雅】 優美高雅。
【豪華】 富麗堂皇。

【富麗】 盛大而華麗。
【華美】 光彩美麗。
【美侖美奐】 華美壯觀。
【傳奇】 超乎尋常。
【市井小攤】 城市中一般的小攤販。
【小家碧玉】 原指小戶人

家的美貌少女。此可形容規模雖小但使人感覺美好的店家。

【食肆比鱗】形容餐廳排列密集。

【紙醉金迷】本指絢爛奪目、繁華富麗的境況。後多用來比喻豪奢享樂的生活。混合著市井與貴族氣質的迷幻氣氛。

【簡樸】簡單質樸。

【陽春】沒有多餘的裝飾或配件。

【其貌不揚】本形容人的相貌醜陋。此形容店面外觀簡陋。

【老舊】年久陳舊。

【破舊】老舊、破爛。

【土】不合潮流的。

【落伍】跟不上時代潮流。

【老土】土氣；不合潮流的。另指沒見過世面的人。

【沒落】消逝、落伍。

【衰落】沒落。

【式微】衰微。

比方說，美食的氛圍。店貌**時髦優雅**服務無微不至料理新奇大膽是一種氛圍、路邊攤轟轟作響的火爐邊揮汗大快朵頤是一種氛圍、又舊又小又難找老闆脾氣又大但料理超級好吃也是一種氛圍……每一種，都一樣迷人一樣引人入勝。（葉怡蘭〈乘著味蕾自在飛〉）

不多時，便忽然發現一家帶著一點點**現代感**、卻十分**溫馨可喜**的小餐館「CASCABEL」。從大面玻璃窗往內張望，少少不過七、八張桌子，卻有將近一半的空間留給了半開放的廚房以及陳列著各種冷盤前菜、麵包、火腿與甜點的外賣區。（葉怡蘭〈哥本哈根的無國界美食饗宴〉）

果真如朋友所說，小店從裝潢、氣氛、待客之道到飲食口味，都沒有任何矯飾，講求料好實在，處處洋溢著豪爽中不失親切的**居家感**，有十足十的羅馬媽媽味。（韓良憶〈羅馬媽媽的味道〉）

連忙拾步向希望之地走去，一連經過好幾家大紅燈籠高高掛、活像武俠片佈景的豪華餐廳，我都不為所動，直到來到一家門面看來小家碧玉的館子，我才停下腳步。（韓良憶〈給我一碗牛肉河粉〉）

這幾年，食養山房在兩岸已成為一個傳奇的人文空間。傳奇來自它的訂位，例假日都說要兩三個月前才訂得到位；傳奇也來自它的菜餚，複合式的料理幾乎沒有哪道有固定的名字，卻清爽而豐富；傳奇更來自它的地理位置，總離人居有一段長距離，也總讓人初次找路很難一步到位，餐館怎會開在這麼遠離人煙的地方？傳奇，還因在此佇足，一不小心就會碰上傳奇的人物，那在桌上靜靜飲食的，說不定就是個大隱。（林谷芳〈一方天地〉）

這間擠在蛇店與藥店中間的豪華餐廳，除了供應美味的海鮮，還提供了一種混合著市井與貴族氣質的迷幻氣氛。在這個紙醉金迷的餐廳裡（這一點是從價格看出的），什麼都很放肆，什麼都有可能——蒜茸龍蝦上桌之前可以先來一碗擔仔米粉；裝扮俗麗養眼的小姐，端上來的是整套的英製瓷盤；精緻璀璨的水晶燈，冷眼旁觀著或盛裝打扮、或衣冠不整的客人；兩杯柳橙原汁以後可以叫一打台啤、兩瓶紹興或者一杯白蘭地對咖啡……（陳文玲〈台北廚房筆記〉）

起菜了，當季最佳食材靈活搭配出的招牌絕活怎會讓大家失望：清水筍爽脆鮮甜、炸蚵酥香、白斬雞別有鹹香、開胃下飯的薑絲炒小卷、白菜滷材料豐盛飽滿，最後來一盤軟韌多汁炒米粉——其貌不揚的五十年老店果然厲害！（歐陽應霽〈好呷台菜〉）

但以今日標準來看，「隆記」實在是很老土的店，但由於保持老土，今日看來卻十分好看，有老式的純正簡單的風味，不像一般不新不舊的店，常常佈置得很俗氣。（韓良露〈西門町飲食記憶〉）

3 餐飲行業

買賣營生

【市集】在固定時間、地點，進行貨物買賣的場所。

【食肆】飲食店。

【賣油湯】閩南語，意指做餐飲的小店。

【糴】ㄉㄧˊ買入穀物。

【糶】ㄊㄧㄠˋ，出售穀物。

【交易】泛指買賣。

【販賣】商人買進貨物再轉售賣出。

【外送】提供客人將貨品送達指定地點的服務。

【外賣】餐廳提供客人購買餐點而後帶走的服務。

【行街】香港語意指外賣。

【開市】開始營業，進行買賣。

【開張】商店開始營業。

【招攬】吸引兜攬。

【招徠】招引延攬。

【吆喝叫賣】高聲呼喊著招攬生意。

【促銷】企業運用廣告宣傳、減價、附贈物品等各種方法，刺激消費者的購買意願，進而促成其產品大量銷售。

【賣點】商業經營或廣告訴求的重點。

【逢迎】接待。另有奉承討好別人之意。

【滯銷】不易銷售。

【打烊】商店晚上收市。

【收攤】收起販賣的物品。

【歇業】停止營業。

【倒閉】因經營不善或財務虧空而停業。

國中畢業後，我離家去幫傭，因為做不慣，幾個月後返家。父親在夜市賣油湯，我日夜幫忙出攤、掌

攤。一日在家中裝填筒仔米糕，父親、祖母、母親一起忙碌著。（楊索〈惡之幸福〉）

這一天的生意，總算不壞，到市散，亦賺到一塊多錢。他就先糴些米，預備新春的糧食。（賴和〈一桿秤仔〉）

鎮上有一家羊肉店叫「戴長生」，這個買賣已經有一百多年歷史，算是鎮上最具規模的羊肉店，他家從上代流傳下一個不成文的規定，每天只宰二十頭湖羊，絕不多殺，每天清晨一早開市，賣到日將近午，大概就盆空釜淨，清潔溜溜，後來的顧客只好空手而回，明日請早啦。（唐魯孫〈湖州的板羊肉和粽子〉）

海南雞飯是新加坡而非海南島的特產，但卻被海南拿來大做旅遊招徠。香港人常吃「馬來炒貴刁（粿條）」、「星洲炒米（粉）」，去了新加坡卻遍尋不著，而新加坡人吃慣的「香港炒麵」，在香港也不存在。福建人對香港的「福建炒飯」、「廈門炒米」十分陌生，而這「福建炒飯」的確也與他們無關，指的是和揚州炒飯相對的溼炒飯，臺灣叫燴飯，上海叫「蓋澆飯」。（蔡珠兒〈炒飯的身世之謎〉）

當我還不是一個成年人，最喜歡陪母親去市場買菜了，看著菜販與顧客熱烈的交易，聽著聲嘶力竭的吆喝，黏在母親身邊，把乾乾的錢遞出去，再接過溼溼涼涼的錢幣來。（張曼娟〈上好大白菜〉）

一晚倦遊歸來，已近午夜，想喝杯鴛鴦，進得茶餐廳，竟座無虛席，祇好對坐在檯裡的老闆說：「鴛鴦行街，走糖。」此處行街是外賣，意思是鴛鴦外賣，不要加糖。（逯耀東〈飲茶及飲下午茶〉）

若非身上背負著失戀的傷感，她也會像其他人一樣匆匆來去，不會留到餐館打烊後，看見那一整個無人聞問、像被失約了的藍莓派。最終是人與人、或人與物，種種設定之間的交互折射與繞射，形成了故事。藍莓派也有它的戲份。（張惠菁〈一塊藍莓派的戲份〉）

一日，唐嗣堯先生招余夫婦飲於其巷口一餐館，云其佛跳牆值得一嘗，乃欣然往。小罐上桌，揭開罐蓋熱氣騰騰，肉香觸鼻。是否及得楊三郎先生家的佳製固不敢說，但亦使老饕滿意。可惜該餐館不久歇業了。（梁實秋〈佛跳牆〉）

服務態度

【殷勤】懇切、周到。

【親切】和善熱誠。

【熱情】待客真摯熱切。

【體貼】體貼。

【周到】面面俱到；周全。

【賓至如歸】本指客人來此，就如同回到自己家裡一樣舒適。後多用來形容招待親切、熱情周到。語本《左傳・襄公三十一年》：「賓至如歸，無寧菑患，不畏寇盜，而亦不患燥溼。」

【店大欺客】店家的生意好、勢力大後，開始不尊重或欺負客人。也可比喻商業活動中財勢大的往往欺壓財勢小的。

【不周】不周到。

【冷落】冷淡、不親近。

【臭臉】擺出令人厭惡的臉色。

【傲慢】驕傲無禮。

【無禮】不懂禮法、禮數。

【挨宰】比喻購物或接受服務時被索取高價而遭受經濟損失。

就像法國許多知名老牌餐館一樣，侍者亦是餐館文化與氣氛的一部份，眼尖的顧客會發現，巴黎廳有許多資深的侍者，他們與老客人的互動，除了具有亞都麗緻飯店聞名的殷勤有禮外，還有一種體貼的互動，他們會知道老客人喜歡或不喜歡什麼，他們會記得老客人特別的需要，這種人的交流才是老字號餐館最令人動心之處。（韓良露〈向美食致敬〉）

吃完了鹹粥，再到孔廟對面的藥膳香腸店吃烤豬腸。店主很熱情，又帶著我，經過旁邊的一條古老幽靜的小巷，當今已開發成旅遊區，食肆林立，到了大街，又有一家人，專賣虱目魚魚丸。魚丸湯上桌，先喝一口湯，很甜。再吃魚丸，像台語說的，很Q，那是爽脆彈牙的意思。（蔡瀾〈虱目魚〉）

池波正太郎偏愛創業立號的第一代，尤其老闆終生經營的老店，愛它時光深刻的滋味，我有同感。第一代都最勤奮工作，也最珍惜創業成果，他們總是努力營造賓至如歸的用餐條件。（焦桐〈論廚師〉）

我們雖然口袋裡確實無誤地揣著足夠買碗大光麵的錢，但走到它那紅漆的大門口還是有點氣餒，俗話

說店大欺客，真是一點都不錯！（莫礪鋒〈朱鴻興的麵條〉）

服務是文化水準的指標。除非大飯店，臺灣的小吃店通常這樣無禮；只要生意稍微興隆，店家的態度總是傲慢的，忘了自己從事的是服務業。反而食客多相當溫順，謙卑而沉默地低頭嚼食，我尚未見過有人因遭店家怠慢而掀桌咆哮。（焦桐〈論餐館〉）

風評

【道地】真正是有名產地出產的。真實的。也作「地道」。

【正宗】道地的。

【著稱】著名；出名。

【號稱】以某種聲名著稱。

【標榜】提出某種好聽的名義加以宣揚。

【火紅】比喻人氣旺盛。

【通灶】指名氣高且身兼數家餐廳的大廚。

【老字號】開辦多年，聲名遠播且著名的商店。

【重量級】比喻有極重的分量、地位。

【赫赫有名】形容聲名顯著。

【名震四方】名聲威震四處各地。

【如雷貫耳】像雷聲傳入耳朵那樣響亮。比喻名氣很大。

【聲勢烜赫】名聲或威望盛大。

【聞名遐邇】形容聲名遠播，遠近皆知。

【遠近馳名】在相當大的範圍內非常有名氣的。

【聲譽鵲起】聲望突然崛起，如鵲驚飛。

【譽滿天下】美好的名聲，天下皆知。

【驚人口碑】使眾人驚奇的議論或口頭讚頌。

【獨占鰲頭】泛指在競賽中獲得第一名。舊時科舉時代，進士在中狀元後，立於殿階中浮雕巨鰲頭上迎榜，故稱之。

【獨領風騷】形容表現特出，超越群倫。

【傲視群倫】指人才華出眾，成就非凡。

【碩果僅存】 僅存留下來的大果實。多用來比喻經過長時間淘汰而仍然存在的極少的人或物。

【朝聖地一般】 此形容店家的食物好吃到讓客人又敬又愛，想去吃的心情就好像是信徒至宗教聖地朝拜一樣。

【折服】 心服、信服。

【差強人意】 勉強說得過去。

【說得過去】 差強人意。

愛麗斯在我的國中母校任教，對我是件美事，每逢過年前夕校工陳先生照例送給愛麗斯一些自製的花生糖，她總會借花獻佛，寄一點來給我。多麼珍貴的禮物，用道地澎湖花生做的花生糖，這是僅存於記憶中的絕版品了。（陳淑瑤〈花生糖〉）

他們的菜羹是非常地道的鄉土口味。前去吃飯的都是些附近上班的人。三十年後這家小館還在，卻被擠到附近的一條巷子裡去，在一個違章建築裡撐挺著。（逯耀東〈祇剩下蛋炒飯〉）

週末晚上帶父親去近幾年好久不曾去過的西門町的老福州菜館，這家開了六十年的老飯館，在我的飲食記憶中也已存在了四十多年了，從六、七歲開始，是每個月都至少會和父母去外食的地方，這家以標榜正宗閩菜的餐廳，和另兩家賣淮揚菜和平津菜的餐廳一直是我的時光旅社中記憶最深的地方。（韓良露〈城市是我們的時光旅社〉）

稍具規模的餐廳都有大廚，有些名氣高的廚師身兼數家「大廚」，謂之「通灶」，曾先生不是「通灶」，但絕不表示他名氣不高。「健樂園」的席有分數種價位，凡是掛曾先生排席的，往往要貴上許多。外行人常以為曾先生排席就是請曾先生親自設計一桌從冷盤到甜湯的筵席，其實大非，菜色與菜序排不排席誰來排席其實都是差不多的，差別只在上菜前曾先生是不是親口嘗過。（徐國能〈第九味〉）

母親說這些往事時，我們已從「高記」出來，口中茶香未散，正準備去嘗一嘗近年來聞名遐邇的芒果冰。（徐國能〈石榴街巷〉）

姑姑做的蘿蔔乾遠近馳名，以前日子壞，鄉下女人都學會曬蘿蔔乾、豆腐乳、醬瓜的手藝。現在不需要咬蘿蔔乾了，吃膩大魚大肉，反而分外懷念清粥小菜。（簡媜〈古意〉）

康氏品嘗之後，不禁拍案叫好，稱其「骨酥肉爛，香味醇厚」，乃引漢代名饌「五侯鯖」作比喻，即興題寫了「味烹侯鯖」的條幅，贈給店主錢永陞留念，以示對味美的讚賞。更破天荒地邀黃廚小敘，並贈題寫「海內存知己」的摺扇一把，聊表感謝之忱。此菜從此聲譽鵲起，盛名迄今不衰。（朱振藩〈煎扒鯖魚的傳奇〉）

後來那老闆的確不做了，將招牌頂給別人，又因為原地改建，遷到旁邊巷子裡去了。我曾去吃過一

次，真的已非舊時味了。去時正是晚飯上座時分，但座上只有愚夫婦二人，不似當年火紅了。（逯耀東〈也論牛肉麵〉）

後來，則愛上了對於酸菜白肉鍋愛好者來說簡直朝聖地一般的「勵進」。記憶裡，勵進似乎是永遠都得排隊的。還記得有回寒流來襲，一路瑟縮冒著冷雨趕到現場，晚上九點時間，門外頭依舊一片黑壓壓的人群，撐著傘發著抖誰也不肯離去。（葉怡蘭〈最愛酸菜白肉鍋〉）

價格

【天價】 極高的價格。

【不菲】 不微薄；不便宜。

【昂貴】 價格很高。

【高貴】 高超珍貴。

【高檔】 質好而價錢貴的。

【豪奢】 豪華奢侈。

【公道】 公平；公正。

【檔次】 品質的高低。

【中檔】 品質與價格中等的。

【平價】 不高不低的普通價格。

【平易】 平實近人。

【平實】 平易實在。

【合宜】 合適；恰當。

【低廉】 價位低。

【便宜】 價錢低廉，尤指與現行價格或實際價值相比較時。

【廉宜】 便宜。

【廉美】 便宜又質量好。

【價廉物美】 價格低廉，品質又好。

【經濟實惠】 耗費少而利益多，具有實際的好處。

【俗又大碗】 閩南語意指價錢便宜量又多。

【大碗閣滿墘】 閩南語意指物美價廉。也可指人心不足，貪得更多。

【賤賣】 低價出售。

【跌價】 價格降低。

有一段相當長的時間，吃黃魚總令我有一點罪惡感，因為牠是那樣昂貴的食材。……那尾黃魚確實很好吃，筷子一下去，魚肉便崩裂開來，充滿彈性，大約是我兩隻手掌長度的魚，竟然吃得只剩魚頭和魚骨。買單的時候，我正好瞄到價錢，乾燒黃魚，二千四百元。不會吧？一條黃魚要兩千多元？就在我微笑著點點頭的剎那，就花費兩千四百元？（張曼娟〈黃魚聽雷〉）

雖是廢料下貨，亦有檔次之別。若以豬腸而言，較好的部分灌血腸，次等的即廢腸，通常棄而不用。有的小販腦筋動得快，收集這些廢腸，另加些下水料，經煮熟之後，加澱粉勾成滷，多加蒜末，頗引食慾。（朱振藩〈祭肉下貨炒肝兒〉）

在我的感覺，大概很少有一個地方能夠像日本一樣，整國整城無論是高貴是平價、是豪奢餐廳或市井小攤，街巷裡俯拾即是盡是美食的。常常，只要是肚子餓了嘴巴饞了，略一張望，找著一家生意不錯的小店一頭撞進去，照著旁邊桌客人吃的依樣畫葫蘆來上一份，說來總是驚喜的多、失望的少。（葉怡蘭〈東京美食之旅〉）

是以，稍能飲酒的人，到了荷蘭的咖啡館，翻開飲料單，面對這麼多琳瑯滿目的啤酒名稱，哪能不心動？何況啤酒和其他酒精飲品的價格都頗公道，最便宜的啤酒甚至只是一杯濾泡咖啡的價錢，比卡布奇諾還低廉。（韓良憶〈啜飲陽光與和風〉）

不過，經過這十幾年上海的經濟開發與轉變，上海本幫菜也陷入轉變的漩渦中，難以自拔，再去上海老飯店或老正興，已不是上海本幫菜價廉物美、經濟實惠的特色了，而且去吃的也不是一般平常百姓家。因為訂一個房間最低的消費，就是要兩千人民幣，菜色花俏，華而不實，已不是上海本幫菜，現在如果要吃上海本幫菜祇有去德興館。（逯耀東〈來去德興館〉）

那天在夜市，我和朋友吃了好久，「俗又大碗」的炸鮮蚵還沒吃完，我們的讚美聲漸漸沉默，舉箸的速度愈來愈慢，互相推讓，最終全然放棄。（張曼娟〈蚵仔的陽光〉）

二 飲食與健康

1 營養

養生

【保健】保護和增進人體健康。

【養老】適合老人家食用。

【將養】休養身體。

【調養】調理保養。

【駐顏】使容顏不衰老。

【養顏】保養容顏，使保持青春。

【提升免疫力】提高身體抵抗某病原體或毒素的能力。

【祛病延年】去除疾病，延長壽命。

【慢食】放鬆心情，慢慢地進食。也可說是一種生活態度，主張從食物的種植、生產到取得都不追求快速，以及肯花時間和用心來感受美食，並學習和尊重美食背後的飲食生態和文化傳統。

【樂活】意指重視環保和健康，崇尚自給自足的生活型態。樂活為LOHAS的音譯，是英語Lifestyles of Health and Sustainability的縮寫。

【有機】原指與生物體有關的或從生物體而來的。現指除了一氧化碳、二氧化碳、碳酸、碳酸鹽和某些碳化合物之外含有碳原子的。

【五行養生】中醫有所謂五行，是把身體五臟分為金木水火土相生相剋，所以飲食也要以五行的觀點配合。

【五色】此指青、赤、黃、白、黑等五種顏色的食物。傳統中醫認為食五色食物有利於調整體內五種臟器，如青色利肝、紅色利心、黃色利脾、白色利肺，以及黑色利腎。

【彩虹飲食】主張多方攝取各種顏色的蔬果，可改善生理機能和預防疾病。

【忌口】禁吃不相宜的食物。

【禍從口入】意指食物不可多吃。

事實上，蟒蛇滋味甚佳，且富含蛋白質、脂肪、礦物質等多種營養素，印度人至今仍飼蟒以供食用。……由上觀之，遍擦各式各樣的保養品或化粧品，還不如多食蟒蛇肉，一飽口福外，青春永駐顏。（朱振藩〈韓世忠食蟒治瘡〉）

相信粥可以養生，當然不只我的父母而已，數不清有多少華人都深信粥食有益健康。早在夏、商、周三代，中國人便有以粥養老、養生的制度和觀念，《禮記》中即有不少有關粥的記載，好比《養老篇》中就說：「仲秋之月，養衰老，授幾杖，行糜粥飲食。」（韓良憶〈以粥養生〉）

我很確定慢食理念不是提倡慢慢吃飯，因為慢食的英文是Slow Food，不是Slow Eat，一如速食（Fast Food）不是呼籲快快吃，而是一種跨國連鎖全球化的飲食表徵。簡單地說，慢食理念只是宣揚一種不同於速食的飲食態度，認為食物必須符合美好（Good）、安全（Clean）和公平交易（Fair）等三宗旨。（徐仲《知味臺灣・序》）

為何要慢慢種植、養殖、費時製作？因為這需要誠懇、不取巧；因為不用農藥、化學藥物來養育，就是得花比較長的時間與心力。這與速成的加藥食物一比，自然就變成「慢食」了。因此「慢食」有三慢：慢養、慢做、慢吃。（陳建志〈慢食有三慢〉）

考察歷代名人的生卒年表，高僧明顯比帝王長壽得多。這是可以理解的，蓋僧人只吃蔬果，又多幽居深山，環境優美，空氣清新，他們在大自然的懷抱中清修，復參加生產活動，氣血循環、呼吸功能俱佳，身體的新陳代謝也增強，又鮮少惱人的政治鬥爭，自然祛病延年。（焦桐〈論養生飲膳〉）

六月長夏本來就是五行五時之中的土用之時，而在長夏中逢地支丑日，因丑為土，即土用之日，在六月丑日多吃土用之物，如鰻魚，也就成了五行養生的食俗。漢醫的飲食五行之道，是把身體看成一個整體的養生之道，五臟相生相剋，不能單獨看待。吃西藥的人都知道，有的西藥可治某臟器，卻會對另一臟器造成傷害，飲食也同理，某些食物有益於某臟，卻也會傷害另一臟，偏食之弊就在此，而食物若不能和天時地令順應，也會有害人體。（韓良露〈長夏五行養生之道〉）

在政府帶動下，這兩年老店新生的「樂活市場」逐漸在全臺各地熱鬧開張。位於北市忠孝東路一段捷運善導寺站出口的華山市場，就是打破過去傳統市場老舊形象，再現光芒的例子。（張瓊方〈樂活菜市仔〉）

漢學中醫素來講究五色養生，五種顏色的食物利於五種人的臟器：青色，利肝，我們有豌豆仁；紅色，利心，鯛魚排是紅尼羅魚；黃色，利脾，竹筍屬黃色。蛋黃屬黃色；白色，利肺，洋蔥半個啦！還有雞蛋白；黑色，利腎，香菇。呵，胡蘿蔔是橘色，橘色利什麼哩？利眼！身體健康，什麼病都比較不易上身！就養生吧！（愛亞〈葷腥加素意〉）

其實，植化素（Phytochemicals）又稱為植物化學物質或植物化合物，是指天然存在於植物中的一些化合物。植物產生這類化學物質原本是作為自我防禦的功能，這些物質並非人體維持生存所必須的營養素，但最近的研究卻發現這些特殊成分能夠幫助人類提升生理機能或預防、改善特定的疾病。由於植化素是形成植物色彩的主要成分，因此在色彩鮮豔的蔬菜和水果中含量特別豐富，這也就是我們一直強調「彩虹飲食」觀念很重要的原因之一。（楊定一〈彩虹飲食的觀念〉）

酷暑時節一定要忌口，千萬別禍從口入，油炸物、辛辣刺激物、火鍋等一定要少吃，否則等於把熱暑吃進肚，體內一火爐，體外又是火爐，誰人受得了；炎夏漫漫難度過，只能清涼過長夏。（韓良露〈清潔過長夏〉）

瘦身

【養瘦】調養身體以達到瘦身的目的。

【輕食】吃富含高纖維、低熱量且營養的食物。

【高纖】指纖維含量很高的食品。

【低卡】指卡路里很低的食品。

【易飽足】吃一點就能有吃飽的感覺。

【去脂】除去脂肪。

【脫脂】除去脂肪。

【減肥】減輕肥胖的程度。也作「減胖」。

【減重】減去多餘的重量。

【怕胖】擔心肥胖。

【卡路里】計算熱量的單位。

【膽固醇】一種人體內脂肪分解時所釋放的針狀晶體物質，過多則會堆積於動脈壁上，造成血管硬化，有害健康。

【碳水化合物】構成澱粉

的主要成分，是生物體內的重要成分。【代謝】生物體內所進行的物質分解及與合成有關的化學變化。【燃燒】意指將食物轉變為能量的動作。【熱量】食物經消化吸收後，在體內部分轉變為能量，然後以熱的形式，或以能的形式被利用。

我再度看看他，由無奈眼神中，我知道了，要減肥的另有其人，當然我不會點破，因為他的老婆就坐在離我不到三公尺的地方喝咖啡。「試試荷葉白菜？」我這次的回答很具誠意，且沒蠢到提「減肥」兩字，但強調依「規畫性營養分配」的角度，這款蔬菜每一百克含二十五大卡熱量，高纖低卡易飽足，可生吃可熱炒，有趣又美味。（徐仲〈評食材——荷葉白菜〉）

「我相信你們都是好人，都想幫我達成減重的目的，所以我不怪你們早上六點叫我起床運動，不在乎你們帶著微笑叫我多吃蔬菜，然後搶走我的肉排，但是，我絕對無法接受將全脂奶換成脫脂奶，這太超過了。」我憤恨不已，站在超市走道上，指著籃子中的脫脂牛奶抗議。牛奶的美味處就在脂香，在這個美好鮮奶已是稀少食品的年代，何必再和自己過不去。（徐仲〈牛奶〉）

小時候我都拿捏不住包餅的竅門，要不包太大，把餅皮撐破了，要不包太小就沒有豐盛的感覺，但隨著年歲漸長，包多了也包出心得了，懂得什麼是恰恰好的感覺。潤餅是很健康的食品，食材大多是鹹性的，少部分是酸性，蔬菜和蛋白質的比例很符合營養學，澱粉質（薄薄一層餅皮）又很少，對怕胖的人剛剛好。（韓良露〈春天把潤餅捲起來〉）

她減肥。年紀大了比較難，因為代謝緩慢的關係。她吃得非常少，忌澱粉類，忌油脂，忌甜食。她吃纖維素，青菜，熱量低的水果。一個月吃一次肉。為了使自己的身體始終保持在燃燒狀態，她永遠穿著膠皮緊身內衣，只有洗澡和睡眠才換下來。（袁瓊瓊〈發生〉）

文明進步得太快，生活形態像骰子不停翻轉，體質演化遠遠追不上，我們的味覺還眷戀著古老的肥潤，理智卻急忙避禍求生，在卡路里和膽固醇的撕扯中，年味愈發苦澀無奈。（蔡珠兒〈鴨肝肥腸〉）

毛肚、豬腰與豬肝都是昔日沙茶火鍋必備，老西門也沒有捨棄的好東西，只是年輕人都不懂得點，也不會吃，不是把毛肚煮成橡皮筋，就是怕內臟的膽固醇太高不敢吃。（王瑞瑤〈老西門，沙茶火鍋也有春天〉）

就占星學的觀點，二十九歲前後是土星回歸的一年，在這時生命會來一場大總結或大變動。而我在進入三十歲之前，成功拋卻了那個一不留神就會往過多碳水化合物和高熱量食物靠攏、困陷遲緩滯礙情境卻不自知的身體。（劉梓潔〈這不是瘦身指南〉）

2 食療

食補

【補】 添足所缺少的。

【滋補】 供給身體養分。

【滋養】 滋補保養。

【溫補】 用溫性藥物來補充養分。

【補冬】 於冬令時節吃滋補食品。

【冬令進補】 於冬令時節吃滋補食品，藉此增強體力，抵抗寒氣。

【藥膳】 以中醫藥材配合食物調理成的補品。

【增熱】 增強體內氣血循環，使身體感到溫熱而不致畏寒。

【抗寒】 抵抗寒氣。

【散寒】 散除寒邪。

【解寒】 祛除寒氣。

【補血】 使體內的紅血球或血紅素增加，以滋養血氣。也作「養血」。

【活血】 使血脈運行順暢。

【調血】 調理血氣，使運行通暢。

【調經】 調理婦女子宮機能，改善月經失調、經血不順等症狀。

【調氣養血】 調養呼吸，滋養血氣。

【以形補形】 以外形、機能相似的食物來補充人體相對的器官與功能。

【去虛】 消除身體虛弱、四肢冰冷無力等代謝機能不佳的症狀。

【益氣】 增加元氣。

【補充元氣】 增補精氣。

【滋陰】 滋補陰虛。

【強精】 補充使精子活動旺盛的養分。

【補腎】 補益腎臟，以治療腎虛的症狀。也有「益腎」。

【催情】 促使發情。或加速性成熟。

【壯陽】 用溫熱藥物強壯人體的陽氣。

四臣湯是窮人的補品，湯裡的中藥材和那些豬內臟都很便宜。窮人需要滋補，窮人也往往缺乏滋補；貧窮的時候用美味進補，感情特別深刻。很多臺灣人小時候都吃過媽媽煮的四臣湯，每一追憶不免是盈眶的眼淚。這碗湯，給黑白的記憶注入了色彩，給平淡的生活蓄滿感動；這碗湯，帶著健康和祝福，盛入窮人的碗。（焦桐〈四臣湯〉）

先說生蠔，生蠔雖生，食來雖涼，卻是滋補聖品，據說可以「壯陽」，這跟蠔肉的形狀長得像雄性器官有關，所謂以形補形。不過倘若以科學角度來看，蠔含豐富的鋅，而男性要是缺鋅，精子數量便不足，從而影響生殖功能，但不知先民如何察覺這巧妙的關係。（韓良憶〈養生秋宴〉）

立冬又稱交冬，民間有「入冬日補冬」之食俗，像薑母鴨、麻油雞、羊肉爐等等具療效之食物，看重時令時序的人是不會在交冬前食用的，不像現在的人竟會在大熱天身在冷氣房中大啖。（韓良露〈立冬「儒道節氣生活薑宴〉）

原來四川菜其來有自！自古早便懂得拿辣椒增熱去虛除溼產生胃口加強體力，而又因辣太烈便以花椒抑制辣椒，更加散寒除溼之外，還抵制辣椒的傷胃、易產生胃液、氣逆及瀉肚，並且花椒能生麻醉作用，順便止了疼鎮了咳，原來是這樣的，哇、哇！（愛亞〈重慶麻辣菜〉）

其實，「當歸」係由功效得名。宋代醫家陳承說：「當歸」因能調養氣血，使氣血各有所歸，所以叫「當歸」。當歸乃婦科要藥，具有滋養容顏，補血活血，調經止痛等功能。李時珍所著《本草綱目》中說：「古人娶妾為續嗣也，當歸調血為女人要藥，有思夫之意，故有當歸之名。」（王浩一〈當歸

的故事〉）

臺灣的民眾本重食補，故藥膳在其飲食上，一直是重要的一支。時當二十世紀四〇年代，中醫師薛騫為改善體質，在精心研究下，選用二十幾種中藥材調配，久熬成汁，再將之融入食品中，食罷有活筋骨、行氣血之功，加上藥性溫和，即使炎炎夏日，進食調養亦宜，成為家傳藥膳。（朱振藩〈東門當歸鴨一絕〉）

螺頭冬瓜荷葉煲老鴨，夏天可以消暑，小赤豆葛菜煲鯪魚，可以去溼。而且以形補形，北姑花膠煲鳳爪，可以助足勁，腐竹白果煲豬肺，可以化痰潤肺，天麻燉豬腦，可以補腦。港人隔水蒸稱燉，如燉水蛋就是蒸蛋。（逯耀東〈飲茶及飲下午茶〉）

豆油清淡，麻油太補易上火；米酒味道節儉，高粱價高易醉。這是媽媽的主論。爸爸也會說，麻油入肉能強精補腎、補建男人地位；高粱氣味才撐得起舊時面子，米酒只能煮出寒酸湯頭，引不起別人稱羨。（高翊峯〈料理一桌家常〉）

日本有食烤鰻的風俗，日本各大市場、餐館凡有賣鰻者，都會掛上用書法寫的「土丑日の鰻」的布條，據說這一天吃烤鰻，最能增進身體的元氣對抗漫漫長夏。（韓良露〈長夏五行養生之道〉）

療效

【去火】消除體內的火氣。

【退火】使人或動物體內的火氣減退。

【消暑】降溫消熱。

【去暑】去除暑氣。也作「祛暑」。

【清熱】清除體內熱氣。

【解暑】解除暑熱。

【涼血】中醫上指清解血熱的方法。

【生津】分泌唾液。

【明目】眼睛明亮。

【振氣】使精神振作起來。

【提神】提振精神。

【醒腦】使頭腦清醒。

【安神】使心神安定。

【鎮心】使精神狀態安定、平靜。

【助足勁】增加腳的力量。

【淨化】清除不好的使純淨。

【排毒】排除體內的毒素。

【解毒】解除上火、發熱等症狀。

【治瘴】治療罹患了山林間因溼熱蒸鬱致人疾病的毒氣。也有「治瘴氣之毒」。

【以毒攻毒】以含有毒的藥物來治療中毒等疾病。

【利水】通暢小便。

【利尿】用水或其他溶質使排尿量增加，以暢通排洩。

【利溼】促進體內水氣、溼氣排出來。

【消腫】消除腫脹。

【潤喉】潤澤喉嚨，使不乾渴。

【潤燥】用滋潤藥物治療燥症。

【保護氣管】養護氣管，使不受病菌感染。

【鎮咳】抑制咳嗽。

【化痰潤肺】化除痰液，滋潤肺部。

【去痰化熱】去除痰液，化解熱氣。

【去溼】除去體內過多的溼氣。溼，中醫上認為溼氣過甚會阻滯身體氣的活動。也作「除溼」、「驅溼」。

【祛風溼】祛除因風溼而引發肌肉、關節的疼痛。風溼，結締組織呈現發炎的疾病，

【防關節炎】預防因關節發炎而引起疼痛、腫脹等病症。

【降血壓】降低血壓偏高的症狀。

【降低血脂肪】減低血液中低密度的脂肪沉積過多。血脂肪，即膽固醇的俗稱。

【健胃】指加強胃的消化功能。

【健脾】中醫上指治療脾臟虛弱、營養吸收障礙的方法。

【消食去滯】幫助消化，解除身體不通暢的不適。

【下氣】中醫指放屁。

【新陳代謝】生物體不斷以新物質替換舊物質的過程。

【止嘔】停緩嘔吐的現象。

【止痛】使疼痛停止。

【防癌】預防惡性腫瘤發生。

【飲食有節】吃東西有所節制。

【忌嘴】因治療的需要，要求病人不吃某些食物。也作「忌口」。

【戒口】禁食。

【斷食】中斷飲食一段時間。

【食醫同源】醫藥的來源，和食物是如出一轍的，又稱「醫食同源」。

【藥膳同功】藥物的療效，和食物是相同的。

地瓜是早年很多貧窮人家的主食。為了可以長年保存食用，他們會把地瓜刨成絲，曬乾做成地瓜籤。地瓜的營養價值極高，纖維質豐富，近年已成為防癌的健康食品，很多醫生都鼓勵病人早餐時以地瓜配蔬菜與水果。很多實例也都證明地瓜可以醫好頑固的過敏體質或宿疾。（任祥〈我的地瓜〉）

從日治時期開始，臺灣糖類都要管制公賣，民間在祭送灶王爺時，已少有人以麥芽糖當祭品了。反倒是拿它當是「藥用」。簡單的做法，就是以麥芽糖沖泡熱牛奶，裡面加顆蛋黃（不能有蛋白），據聞有保護氣管和潤喉之效。（王浩一〈送灶的故事〉）

回台後，稍微查了一下資料，發現二者都有類似消炎、鎮靜、止痛、助消化、安撫心神的療效。想起之前看過的一篇文章，說傳統德國家庭裡，婆婆媽媽們幾乎人人都有一套神秘的藥草配方，健身治病無所不行。（葉怡蘭〈飯後來杯花草茶〉）

蘇東坡深諳飲食之道，對食物療法也很內行，偶爾也親自製作食療菜餚，尺牘〈與徐十二〉告訴朋友如何煮薺菜羹，以治瘡疥、養肝；〈與王敏仲十八道〉之十三也說，「治瘴止用薑、蔥、豉三物濃煮熱呷，無不效者」，僅僅用三種調味品煮濃湯，竟可治瘴氣之毒。（焦桐〈論養生飲膳〉）

除了美味，杏仁頗有養生功效，《本草綱目》說此物：「潤心肺。和酪作湯，潤聲氣，除肺熱」。最近去新加坡，杜南發宴於「THE PINES」，餐後甜點「杏汁燉白果百合天山雪蓮」，杏汁內添加白果、百合、雪蓮，充滿養生的暗示。多年不見，南發、正鏞竟都動過心臟手術，難怪他在信中的祝福語總是：平平安安，硬硬朗朗。（焦桐〈杏仁豆腐〉）

各家治癌各家偏方，由「喝癩蛤蟆尿」到「百花蛇舌草熬半支蓮」由「蜈蚣熬蠍湯以毒攻毒」到「斷食只飲清水菜湯餓死壞細胞」……我們選取或許一試的辦法，數種併用，除醫藥之外，飲食力量是驅走癌病的一劑好方！在這期間一再閱讀的書籍及一再耳聞的語言都說：起碼生食、素食可以洗淨全身的血液、血管、肌肉及感覺。（愛亞〈生素情事〉）

在禮記月令中小滿的三候現象為「一候苦菜秀，二候靡草死，三候麥秋至」，夏天苦菜盛產，因苦菜可清心明目，是解夏熱的當令食物；而夏陽充沛，喜陰的各種野草此時開始枯死，要小心引發野火，但來年春風吹又生，展現大自然的循環現象；早收的麥子此時快要收割，小滿也有心靈小小滿足之意。（韓良露〈小滿〉）

原來老天爺自有其安排，從食補的角度來看，當令的農產往往是最適合那個季節攝取的食物。好比說，秋冬天乾物燥，芒果、漿果和西瓜等水果退場，取而代之的柿、蘋果和柑橘等水果，不是有生津、潤肺之效，就是可以清熱降火、化痰止咳，正是秋冬餐桌上的聖品。而我打算用來煮湯的南瓜亦可防燥，也是秋季恩物，它金黃帶橘紅的色澤和樸實悠長的滋味，不也正代表了秋天？（韓良憶〈養生秋宴〉）

春天時日頭回到人間，大地百草回生，都需要日光之善；春膳亦可從自然生態的觀點來看，就是要善食，所謂食之有善即依節氣而生長的食物，一定符合天地之膳，例如春天宜種豆，因此吃各種的豆芽，如黃豆芽、黑豆芽、蠶豆芽、綠豆芽都有利於身體的平衡，春天生長的薺菜、馬蘭頭、枸杞菜、香椿頭、蒲公英都是可以清熱解毒、滋補肝腎、涼血明目的春之善食。（韓良露〈春饍〉）

蜈蚣曾是粵式滿漢全席的一道前菜，不僅生吃，而且講究。其長短有一定規格，以每條五寸為合度，食客每人兩條。上席之前，先用一個紅紙封，將其套住密封，放在白瓷碟上，接著由老經驗的堂倌捧進，聲明這是蜈蚣。客人想吃的話，便取出套封，置桌面上，用手按定，讓蜈蚣擺正伸直，隨即捂住其頭尾，以超熟練的手法，扣緊蜈蚣之頭骨，用手一扭，頭即分離；再用手一捏，尾節立斷。就在這時候，封套露出小孔，堂倌輕輕一扯，肉即脫殼而出，光滑透明，晶瑩如蝦，置寸蝶內，即可奉客。這種食法，鮮活耀眼，驚心動魄。但一想到它能通瘀、散熱、解毒，且「內而臟腑，外而經絡，凡氣血凝聚之處，皆能開之」，我就朝思暮想，頗欲一嘗為快。（朱振藩〈趁著龍年食補療〉）

寒露天氣多變，正是古人所言多事之秋，要多食潤肺祛燥與活絡心腦血管的食物，最宜多食秋果，如大棗、銀杏、山藥、桂圓、核桃、栗子、柿子等等，這些溫平型的秋果，富含不飽和脂肪酸，對血液的淨化與暢通頗有療效，秋日微寒，煮些核桃栗子粥、百合銀杏粥、山藥桂圓粥，當成朝粥喝一碗，有益于精氣神之滋養。（韓良露〈寒露〉）

薄荷也是好東西，酒足飯飽吃完甜點，沖一壺新鮮薄荷茶，沁碧清芬，最能消食去滯，漱齒滌心。而且是好玩的餐後餘興，挽個小籃，去菜園折枝現採，客人好奇跟來，幫手掐摘，馨香盈袖沾身，沖出來的薄荷茶，就更香美有味。（蔡珠兒〈紅鳳碧荽〉）

飲食直接關係健康，甚至壽命；飲食失當，將導致各種疾病。正確的飲膳有養生保健的功能，「食醫同源」、「藥膳同功」的道理人盡皆知，神農嘗百草即是以人體實驗各種植物的療效。（焦桐〈論餐館〉）

疾病

【藥引】 輔助主藥的副藥，能調節藥性，加強藥效。也作「藥引子」。

【飣】 ㄉㄧㄥˋ，堆積食物。

【噎】 食物塞住了喉嚨，使氣透不過來。

【哽】 噎住。

【鬱燥】 感到煩悶熱燥。

【心悸】 因病理或過度勞累而引起心臟跳動加速、心律不整等症狀。

【流鼻血】 鼻子因外傷、腫瘤或發炎等情況，導致出血的現象。

【衄血】鼻出血。也可泛指人體各部位的出血。衄ㄋㄩˋ。

【喉痛】喉嚨疼痛。

【口乾舌燥】嘴因缺乏水分而感到乾燥口渴。

【過敏】對某些物質，如細菌、藥物或食物等，所產生的不正常的反應。

【反胃】食物咽下後，胃裡難受，出現噁心、嘔吐的症狀。也作「胃反」、「翻胃」。

【噁心】感覺反胃想吐。

【傷胃】損傷胃部構造和機能。

【胃絞】胃部產生劇烈疼痛。

【腹瀉】因大腸感染，消化機能障礙引起糞便迅速排出的現象。也作「拉肚子」、「拉稀」。

【上吐下瀉】嘔吐和腹瀉同時發生的病症。

【氣逆】氣上衝而不順。

【脹氣】胃內充滿氣體而膨脹的現象。

【便祕】糞便在大腸停留時間過久，以致大量乾硬糞便堆積在降結腸，造成大便不暢。也作「便閉」。

【食而不化】吃了東西而無法消化。

【消化不良】由於飲食過度或消化機能衰退等因素，導致消化功能無法發揮，造成噁心、腹瀉、脹氣或食慾不振等。

【病灶】疾病的始發部位。

【痛風】由於體內尿酸生成過多，或尿酸排泄受阻，以致有過多的尿酸、尿酸鹽等結晶體積存在關節或血液組織中，進而引發關節腫痛。

【高血脂】血液中低密度的脂肪沉積過多，容易發生動脈血管硬化。

【高血壓】血壓偏高症。成年人的收縮壓及舒張壓若超過160/95Hg，即可診斷為此症。患者容易產生疲勞、頭昏、心悸等症狀，進而引發腦血管硬化、心冠狀血管硬化等併發症。

【慢性病】病理變化緩慢且在短時間內不易痊癒的疾病。

【厭食症】由於病患對自我形象的扭曲，或在心裡上產生障礙或鬱結，無法排解，故而排斥飲食的病症。

【暴食症】由於病患對自我形象的扭曲，或在心裡上產生障礙或鬱結，無法節制飲食的病症。

端午節前幾天，我家前後就飄著一股粽葉香，記得有一年我帶了兩串粽子去學校送給老師。不料第二天老師慎重地把我找去，說她婆婆吃得極合口味，趁大家不注意多喫了兩個，一時間不消化，飣了

食，老人家竟送了急診。（徐國能〈媽媽的竹葉舟〉）

錦荔枝或癩葡萄其實都美，一個外在美，一個內在甘甜。苦瓜既然解暑，怎麼會食之多衄血？衄血是流鼻血的毛病，吃多了苦瓜是否會流鼻血？恐怕就要問中醫師了。（方梓〈錦荔枝與癩葡萄〉）

這種香辣的上乘功夫，就像吃最好的、全由中藥食材提煉的麻辣火鍋，雖然舌頭辣，但入喉卻十分潤滑，食後也不會鬱燥；反之，碰到不好不純的麻辣鍋或冬蔭功湯，食後卻會全身不安，口乾舌燥、喉痛、心悸、胃絞。（韓良露〈吃香喝辣泰菜迷〉）

我從小就崇拜紅肉西瓜，崇拜他曲線完美巨無霸，紅通通透心涼，像一座行動水庫，救片天下口乾舌燥之人。（簡媜〈好一座浮島〉）

福州人是「重湯」一族，閩菜中最具代表性的「佛跳牆」不就是湯菜？外來客遊福州喝下一肚子湯湯水水，很容易感到胃脹或胃酸過多，這時只要來上一顆青橄欖，脹氣全消。（蘇冠昇〈福州古早味〉）

作為香藥，丁香可以消炎止痛，治療牙疼，風溼，關節炎等症狀。它的抗毒性強；據說，荷蘭人燒燬了印尼諸島的丁香樹後，傳染病在當地急遽上升。丁香屬溫性藥物，對消化不良，腸胃虛弱，嘔吐惡

心等症狀皆有助益。飲酒前嚼一粒丁香，可以增加酒量，不易喝醉。（奚密〈丁香〉）

我阿母牙齒掉得只剩四顆，偏偏戴不慣假牙，加上愛吃雞肉，便祕情況嚴重程度日甚一日。為了不讓我阿母患上痔瘡，我便擬定各種「便宜之計」。（張輝誠〈阿母的便宜之計〉）

那湯頭香郁濃厚，乃是用雞骨、豬骨熬製，我明明知道罹痛風的人不宜輕嘗，每次還是把湯喝光。（焦桐〈論吃麵〉）

廣東人不說「肝」，因為乾巴巴沒油水，要改叫「潤」，過年吃鴨潤腸，意味「家肥屋潤」，財源滾滾；然而財源未到，肥油和膽固醇已經盆滿缽滿，還有陰森的亞硝酸鹽，會伺機挨上蛋白質，轉化成致癌的亞硝胺，留下禍根後患。以前只圖痛快，肆無忌憚滿嘴油光，現在貪生怕死，面對濃肥美物，不免左右躊躇，天人交戰，其間劇烈的掙扎與罪疚，可能比通姦還厲害。（蔡珠兒〈鴨肝肥腸〉）

其實，獎勵或懲罰，本質上都是同一種儀式，正如厭食症和暴飲暴食乃同一病灶的兩種爆發方式。像已故英國王妃戴安娜那樣同時患上厭食症和暴食症，也並非罕見的病例。厭食和暴食看似自我懲罰，本質上也是社會性的壓迫。人莫不飲食，人莫不受惠同時也受制於飲食。食物的暴力品質若比之於瘋癲，同樣會像福柯所說的那樣，不可能發現在蠻荒狀態，只能存在於社會之中。（沈宏非〈暴力飲食〉）

安全

【衛生】清潔。

【黑心食品】是指原材料有害人體，製作過程不合格，只以大量生產謀取暴利的商品。

【防腐劑】一種殺滅細菌以防止腐敗的藥劑。

【鹼粉】主要成分為碳酸鈉的物質，溶在水裡會成為強鹼。常被添加在中式的麵食、鹼粽、粉粿等食物裡，使口感更加Q彈，但添加過量也會對腸胃造成損害。

【脆劑】可增加食物脆性的一種食品添加劑。

【重金屬】高比重的金屬，如鎘、鉛、汞等。食品中受到天然存有或受土壤、空氣、水所汙染而含有重金屬，若含量輕微，會經由新陳代謝排出，但若含量過高，則難以排出，長期累積體內將形成慢性中毒。

【化學藥劑】運用化學物質、方式所製成的藥物。

【化學肥料】以化學方法所製成的肥料。相對於堆肥、糞肥等天然肥料而言。

【農藥】農業生產過程中所使用的藥劑，用來殺蟲、殺菌、除草等，以促進作物生長。

【有毒】添加了對健康或生命有危害的物質。

【雙氧水】過氧化氫的水溶液，用來漂白食物。

【去水醋酸鈉】防腐劑的一種。

【福馬林】甲醛的水溶液，用以防腐、消毒和漂白。

【黃麴毒素】一種由黃麴黴菌分泌的毒素。性喜高溫多溼，毒性極強，即使少量，也會引起肝功能和中樞神經障礙，為致癌物質。花生、玉米、米、麥等是主要受害的農作物。

【硫化物】硫形成的化合物，因為有燻過硫磺的中藥材顏色會更顯鮮豔，常會殘留有毒物質。

生活的革命，需要的就是一點點的溫柔，將心比心，愛人如己。如此一來，人們慢慢地覺醒了，不再賣黑心油、黑心奶粉、黑心菜、黑心水果、黑心南北貨等等，人們懂得要尊重民以食為天的自然之道。溫柔的生活革命，就從日常生活開始，黑心農產品，那來藍綠顏色的區別，學會對別人一份溫柔

之情，我們社會將減少許多仇恨與對立。（韓良露〈溫柔的生活革命〉）

最近胡天蘭介紹我吃青島東路「中原製麵店」的麵條，說是臺北碩果僅存的手工麵條專賣店，保留純樸古風，沒加添防腐劑、鹼粉、脆劑，或其它化學藥劑。天蘭送我一斤，我當晚即煮來吃，果然好樣的，彈勁中飽含了麵香。（焦桐〈論吃麵〉）

大自然有它的節奏和韻律，萬物生長自有其定時，農民只要順應季節來栽種蔬果，不必施太多化肥、農藥和生長劑，應時的蔬菜水果便生機不絕、欣欣向榮，故而多多食用當令農產，不但省了荷包，而且不會毒害自己的身體和孕育生命的土地。像這樣多少服膺慢食文化的理念，是我近年來在日常生活中儘量實踐的主張。（韓良憶〈季節的廚房〉）

如今食品有毒，即代表人類品格的墮落，不再有崇敬的心思去造物，人品決定食品，現在人們人品不好了，食品也當然跟著沉淪。中國的古諺說民以食為天，不僅在說人不可能餓肚子，也在表明食道和天道的關係。（韓良露〈食品即人品〉）

市場裡到處可見漂白水與防腐劑處理過的食品與食材，泡過雙氧水的磨菇與大腸，漂白又加藥的麵條與魚丸，怎麼煮都不會破、咬下去滿嘴鮮的水餃，放再久也不會長霉的麵包，加了去水醋酸鈉的豆干和豆腐（或是福馬林），另外還有黃麴毒素污染的雜糧，含有硫化物的中藥材，農藥過高的茶葉，

身邊的恐怖食物數也數不完。該怎麼辦？老話一句，千萬不要獨沾一味，否則會比較快死。（王瑞瑤〈請均衡攝取毒素〉）

三 飲食與風俗

1 中外美食

地方名產

【本土】 本地、當地。

【在地】 本地、當地。

【在地食材】 在當地生產的農作物。意即講求環保，以盡量不破壞自然環境的方式購買在地生產的食材。

【在欉紅】 讓果實在植株上成熟紅透後方才採收，此狀態瞬乎即過，故通常只有產地的人有口福享用。

【名產】 著名的特產。

【土產】 本地所生產。

【特產】 某地特有的或特別著名的產品。

【特色】 獨特優異的地方。

【原汁原味】 第一次燉的湯。指味道純正，毫不摻假。

【恪守古法】 謹守前人制訂的方式。

【古法釀造】 謹守前人的方式釀造食物。

【就地取材】 在原處選取材料而不假外求。

【一枝獨秀】 比喻最為傑出。

【獨一無二】 比喻最突出或極少見，沒有可比或相同的。

【魚米之鄉】 盛產魚和米等的富庶地方。

【伴手禮】 是出門到外地時，為親友買的禮物，一般是當地的特產。

【手信】 旅遊時為親友買的禮物，多為當地的特產。

早在二〇一〇年之首度初訪廈門，便已對這兒的在地市井美味一嘗傾心。也許是地緣和歷史因緣的相近，廈門小吃和台南從種類、形貌到材料都頗近似，然同中有異，讓我既親切又新鮮；返家後，偶而

回味起來都覺懷念。（葉怡蘭〈重溫，廈門小吃〉）

沒有任何遠渡而來的水果，可以像在地的、在叢紅的時令鮮果那般地香甜圓熟，那般毫無顧忌地美味多汁。也沒有其他地方，像臺灣這般，在一個狹迫的島嶼上，盛產著如此繁多，跨越緯度、季節與洲際的水果種類。特別是島上超乎想像的多變氣候與果農們奇技般的產季調節，讓島上的住民們有著別處難得的幸福，在一年四季中的每一天，本島特產，正當季的在地美味鮮果都是那般地唾手可得。（林裕森〈遠來水果的臺灣滋味〉）

讓我驚訝的是，原本以為鄉村小店，頂多賣些簡單家常菜或農村菜，可是菜單上卻是「山珍海味」，有秋季當令的野味、鴨胸、本地特產的生火腿、肝醬等，也有大西洋的比目魚和來自挪威的鮭魚，以及這裡盛產的河鱒。（韓良憶〈小村之味〉）

聖芭芭拉（Santa Barbara）有「太平洋的天堂」之稱，這個城的山光水色的確有令人流連低徊之處，但是我覺得這個小城的一個好處是海產豐富：石頭蟹、硬背蝦、海膽、鮑魚，都屬本地特產，尤其是石頭蟹，殼堅、肉質細嫩鮮甜，而且還有一雙巨螯，真是聖芭芭拉的美味。（白先勇〈樹猶如此〉）

肩扛著一袋菜，懷裡捧著一束花，看到水果攤上的的草莓和藍莓，忍不住各買了一盒當飯後水果，再過一兩星期就吃不到荷蘭本土產的新鮮漿果了，這夏季的滋味可得及時把握。（韓良憶〈季節的廚

房〉）

龍井茶不產自西湖龍井，鎮江醋不來自蘇州鎮江，龍口粉絲當然也不見得是山東龍口來的，這些其實都是臺灣土產（除了少數從中國大陸進口外）。也不是只有臺灣複製它地的土產，據說福建也出現凍頂烏龍茶，海南也有玉井芒果。這聽起來像是另一則全球化的弔詭神話：所謂土產或是地方特產可以在任何地方複製，一個知名的地名可以在世界各地被當成商標消費。（謝忠道〈誰的紹興，誰的龍井？〉）

這提醒我們，改善臺灣的鐵路便當首先要加入地方特色，例如基隆站可以賣天婦羅啊；臺北站可賣紅燒牛肉乾拌麵，或加入阿婆鐵蛋；新竹站可以賣炒粉、貢丸飯，苗栗站不如賣一點艾草粿、炒粄條；臺中站可以附贈一塊太陽餅；彰化站的便當內容可以是肉圓；臺南站不如推出肉粽、碗粿；花蓮站的便當則附贈麻糬……我想像車到屏東可以吃到櫻花蝦炒飯、萬巒豬腳；高雄可以選擇金瓜炒米粉；臺南附贈一杯義豐冬瓜茶；桃園品嘗得到大溪豆乾；宜蘭的便當裡有粉肝，或鯊魚煙。那是多麼迷人的鐵路之旅。（焦桐〈論便當〉）

宋五嫂的魚羹是北味南烹。宋室南渡，在汴京經營飲食營生，以調治魚羹著名的宋五嫂，也隨著南來臨安，選了蘇堤熱鬧處，就地取材，用湖裡鮮花魚作羹出售。宋孝宗伴太上皇高宗遊西湖，宣召宋五嫂登御舟調羹，有舊都風味，大為讚賞，賜賞頗豐，因而著名。（逯耀東〈又見西子〉）

眾說紛紜不知孰為可信，但其本質心態則如出一轍，都在爭奪炒飯的歷史詮釋權，透過史料軼聞尋求正當性與「道地性」（authenticity），確立「原汁原味」的真品地位。其實揚州炒飯也就是蛋炒飯的精緻版，粵菜曾經吸收不少揚州菜的技法精神，例如點心，老派的粵式茶樓至今還標榜「淮揚美點」，炒飯亦是向主流「挪借」（appropriate）而來的「偷師」成品。（蔡珠兒〈炒飯的身世之謎〉）

曼谷水果的種類，跟臺灣差不多，可是水份甜度都趕不上臺灣，祇有椰子水是一枝獨秀，那是臺灣萬萬不及的。泰國的椰子於果實並不頂大，可是椰汁之香之甜，真是一口下肚冷香繞舌甘沁心脾。（唐魯孫〈曼谷的水果〉）

鍋巴菜可以說是天津衛獨一無二的一種吃食。不但天津人愛吃，就是外地人在天津住久了，也會慢慢的愛上這種小吃。尤其是數九天，西北風一刮，如果有碗鍋巴菜，連吃帶喝，準保吃完了是滿頭大汗，又暖身子又落胃。（唐魯孫〈津沽小吃〉）

草餅源於中國南方，前身即是艾糕青糰，然而和果子雅潔細緻，後來居上，更勝一籌。東京有家「志滿草餅」，是明治初年的老鋪，迄今一百多年，依然恪守古法，用新鮮艾草揉製，做出來腴軟豐盈，蒼翠芳馨，是我吃過最美味的草餅，那艾香淡苦微辛，幽沁不盡，依稀還在唇邊盤桓。（蔡珠兒〈艾之味〉）

原住民釀小米酒，最初是嚼粟造酒母，《諸羅縣志》載：「搗米成粉，番女嚼米置地，越宿以為麴，調粉以釀，沃以水，色白，曰姑待酒，味微酸」。當然，現在已多用發酵粉攪拌。只有優質的小米才能釀出優質的小米酒。臺灣的小米酒中我最欣賞宜蘭「不老部落」所釀，號稱以古法釀造，百分之百小米釀製三個半月而成。（焦桐〈小米酒〉）

東方社會裡，不論是公事或私人往來，都常要帶一份伴手禮以示友善。如何選擇伴手禮真是一個大學問，有人帶的伴手禮數十年不變，我的一位朋友和日本傳產做生意，每到春天就會收到日本客戶送的家鄉橫濱的名產，一大盒小鳥造型的餅乾，周圍的孩子們也都可以分到幾片，成為一項春天的儀式。（王宣一〈伴手禮〉）

各地風格

【交融】融合一起。

【融合】融化匯合，合成一體。

【混血】由不同民族所生育的後代，代稱不同文化交融的結果。

【混融】混和融合。

【多元】呈現多種的樣式。

【多樣】多種樣式。

【薈萃】匯集、聚集。

【中西兼備】比喻兼有中國與西方的特點。

【中西合璧】比喻在某種事物中，把中國和西方的精華合在一起。

【舶來品】由外國進口的貨物。

【洋貨】外國貨。

【東西攜手】兼有中國與西方的優點

【西風東漸】西方人的流行風潮逐步影響東方社會的現象。

【橘化為枳】比喻同樣的東西會因環境的不同而引起變化。

【飄洋過海】渡過海洋。

【清簡纖細】清新細緻簡

練。

【禪境深遠】如同禪修境界一樣深微遠大。

【陽光般的明亮繽紛】光線充足而繁盛的樣子。

【精工打造的優雅細緻感】比喻極為用心營造的環境。

【不討好】不迎合人意，以博得他人歡心。

【有個性】具特殊的特性。

一派是一九四九年後隨著上海人來台的滬式西餐，這種原本盛行於上海租界的西菜，嚴格來講並非正宗歐陸菜，而融合華人和白俄人的口味，體現了上海昔日華洋雜處的史實。另一派則是從日據時代延續下來的台式洋食，菜式也是中西合璧，既有臺灣味，也有經日本人轉化過的西洋味。（韓良憶〈舊式西餐〉）

臺灣幾乎每一家泰式餐館都供應椒麻雞，很容易誤會它就是泰國菜；其實椒麻雞是出身雲南的混血菜，表現多元文化融會之美。滇、緬、泰、越、寮地理位置鄰近，料理自然而然地互相滲透，彼此影響；這道滇菜傳到泰北，再帶來臺灣，背景是烽火連天的歷史舞台。（焦桐〈逼淚的椒麻雞〉）

比方說，我十分喜歡的日本料理，就處處盡是融合的實例。許多我們根深蒂固地認為絕對原汁原味日本血統、且早已各自發展得自成學問自成體系的食物，例如拉麵（來自中國）、天婦羅（來自從早年從長期上岸的葡萄牙人）、可樂餅與蛋包飯（來自歐洲）……實際上都是混血產物；並因了這些外來新勢力的加入，而使得日本美食因而有了更加創意豐沛、多元多樣的正向提昇。（葉怡蘭〈哥本哈根的無國界美食饗宴〉）

薈萃眾鮮之味，烹出來當然甜冽芳美，但美得渙散凌亂，各種鮮香喧囂吵鬧，紛然雜陳，毫無焦距與光譜，因而也像佛跳牆，發出駁雜傖俗的氣味。以集體主義入廚上桌，少有好下場。（蔡珠兒〈冬瓜盅〉）

香港的茶餐廳中西兼備，以早餐為例是火腿通粉（或雞絲、沙爹牛肉麵、雪菜肉絲麵）、西煎雙蛋、牛油方飽、咖啡、當然也可以換成鴛鴦。下午茶兩點鐘開始，各式麵包與蛋撻隨時出爐，還有燒味、百搭茶餐、干炒牛河、三絲炒瀨粉、雪菜肉絲炆米粉、上海粗炒麵等等，還有年輕人喜食的西煎豬扒、美式牛扒、炸雞翼拼薯條、西多士等，名目繁多，皆奉奶茶與咖啡。（逯耀東〈飲茶及飲下午茶〉）

泉州人是中國人最早愛吃花生的，當年從呂宋傳到中國的花生可是珍貴的舶來品，臺灣人迄今愛喝花生湯也是泉州移民帶來的影響。（韓良露〈泉州既河洛又海上〉）

小時候父親的好友是船員，他來我家做客總會帶着從香港來的舶來品，送給母親玻璃絲襪和香水、圍巾與項鍊；送給我們這些小孩南棗核桃糕和瑞士糖。他會跟我們講述這濱海的港口有許多酒吧，許多蘇絲黃，許多沿山而建的高樓，許多徹夜不熄的燈光，我們一邊聽着他的敘述，一邊播放着鄧麗君的歌：「夜幕低垂紅燈綠燈，霓虹多耀眼，那鐘樓輕輕迴響，迎接好夜晚……HONG KONG，HONG KONG，HONG KONG，和你在一起。HONG KONG，HONG KONG，這是一個美麗晚上，有你在我身旁。」（張曼

娟〈意念已經抵達〉）

讀到這段歷史時，我眼睛突然一亮：一六一五年西班牙安妮公主嫁給法王路易十三，把巧克力正式傳入法國宮廷的同時，是不是也有西班牙軍隊偶然地在船上裝了可可豆運到臺灣呢？或是更有可能的，荷蘭在其殖民地爪哇試種可可樹時，是否也曾想在氣候頗似的臺灣試種呢？（臺灣和可可的祖國墨西哥同樣被北迴歸線劃過！）臺灣人可不可能遠在三百年前就接觸過這個至今我們仍認識不多的洋貨——巧克力呢？（謝忠道〈彰化肉圓與巴黎巧克力〉）

東亞茶裡比例極低的加味、混合動作，一旦飄洋過海來到歐陸，倒是十足風行。例如添了櫻花瓣與莓果香的日本煎茶，添了玫瑰、茉莉、蘋果的龍井，泛著濃重的松木燻香的中國紅茶……。（葉怡蘭〈歐洲茶吹東亞風〉）

也就在這逐一品嘗的過程裡，我越來越覺得，和日本料理的清簡纖細、禪境深遠，義大利料理陽光般的明亮繽紛大相逕庭，法國料理總帶有著一種非常精工打造的優雅細緻感；那種運用完美食材結合絕佳烹調理念和技巧所層層疊疊創造醞釀而成的，非常豐富深刻層次多元、卻又能將材料的本來味道本來面目完整保留傳達出來的奇妙滋味，每一次，都讓我為之震懾傾倒不已。（葉怡蘭〈前進！巴黎大餐！〉）

聖彼得堡這名字顯得嚴肅，列寧格勒則斬釘截鐵，無論哪一個名字，它的氣質都如此陽剛，連黑麵包都是硬的，帶酸，味道和口感一點都不討好。連食物都要磨人。跟黑麵包的初遇在海德堡。老爺第一口咬下時，大喊，什麼怪味道。不僅眉皺，連鼻子也皺了，再也不肯碰這有個性的食物，餿掉了，他說。不知道為什麼，我想起我們家附近的農舍煮豬食飄來的餿水味。從前祖母釀黃酒時，糯米拌上酵母餅，沒多久房子裡飄散著帶酸的氣味。那熟悉的氣味穿越時光隧道，從赤道來到北國。（鍾怡雯〈地鐵與黑麵包〉）

2 節慶婚祭

賀慶

【鄉飲】 周代鄉學三年業成，由諸侯之鄉大夫向其君舉薦賢能之士。將行之時，由鄉大夫設宴並以賓禮相待，與之飲酒。歷朝後來也沿用，成為地方官按時在儒學舉行的一種敬老儀式。也作「鄉飲酒」、「鄉飲酒禮」。

【三朝】 即嬰兒出生三日當天，產家會以油飯、雞酒、米糕等物祭拜祖先，之後再將這些供品分送外家、鄰居跟親朋，告知外家已有外孫的喜訊。

【滿月酒】 嬰兒出生滿一個月所舉行的宴會。亦作「彌月酒」。

【紅蛋】 所謂紅蛋，就是將普通的雞蛋染浸成紅色的蛋（一說為大紅花），又稱喜蛋。紅色表示吉祥喜慶；蛋則有繁殖、圓滿無缺、豐饒和再生等象徵意義之意。

【大拜拜】廟宇謝神或建醮等重要慶典時所舉行的儀式，也多有宴請流水席等。

【吃拜拜】指前去參加祭神節慶並受邀宴。拜拜，祭神節慶所設的筵席。

【豬腳麵線】傳統有吃豬腳麵線去除霉運的習俗。

【祛除晦運】去除不好的運氣。

【去霉運】去除不好的運氣。

【消災解厄】消除災厄。

【祝福】本指求神賜福。今多指希望對方得到福分。

【長壽】長命、高壽。

【長壽麵】過生日時所吃的麵條。

【做壽】舉行生日的慶祝活動。

【做生日】舉行生日的慶祝活動，也做「過生日」。

【慶生】慶祝生日。

【慶生會】為祝賀生日而舉行的慶祝會。

傍晚六點多鐘的時分，三重鎮的大街小巷，老早塞得滿滿的了。吃拜拜的人從各處蜂擁而至。做拜拜的人家，酒菜擠到屋外來，騎樓下，巷子裡，一桌連著一桌，大塊大塊的肥豬肉，顫抖抖的，堆成一座座小肉山，油亮亮、黃晶晶的豬皮，好像熱得在淌汗。（白先勇〈孽子〉）

瑞典語的Kalas打牙祭，完全像臺灣人吃拜拜那樣「澎湃」。我甚至懷疑所有飯店吃到飽的Buffet吃法，分明是維京人集體海航打劫回來以後的盛餐，自然演變為過年與聖誕節的宴儀，絕不是英國人聖誕節的火雞餐，男主人片下十二塊火雞餐，一人一塊標準公平這回事，全看個人真事，你能吃進多少算多少。（陳文芬〈瑞典年菜吃到一月底〉）

為什麼油飯會成為滿月的祝賀食呢？我想是因為糯米是華夏民族最早食用的米，歷史比後來居上的秈稻米更有古意，因此祭祀神明會用糯米，小孩滿月代表不容易被神明收回去了，為了謝神明而蒸糯米吃，糯米又不好單獨食用，加上古代被認為珍貴的油成為油飯好食用，此外，油也有賜福之意，古今中外都有用油塗抹新生兒的風俗，不管是耶穌油膏滴身或彌勒佛油亮的身子，油都具有保護之意，滿月吃油飯也是同理，保護滿月的嬰兒也祝福世人。（韓良露〈小弟的滿月酒飯〉）

都記在帳簿：五席滿月酒，一百粒紅蛋，二十斤糯米油飯。就你媽，吃去三十隻麻油雞（我嚼雞胸脯）喝乾一罈當歸紅棗泡枸杞（我飲藥酒渣）。雖然外婆打了金戒如意鎖，你將來算算，是賠賺？哪哪！小子！別儘瞧你媽，我是你爸。（簡媜〈瓶與罍〉）

除了消災解厄，豬腳還帶著祝福的意思。簡媜二十歲生日時，簡媽媽滷了一鍋豬腳，從宜蘭搭火車提到臺大宿舍，要為女兒「做二十歲」，簡媜不在，簡媽媽就站在外面等女兒回宿舍……我一直忘記問簡媜，究竟如何消化那鍋豬腳？我想像那鍋豬腳的熱度和口感，越想越動容。（焦桐〈論豬腳〉）

我現年近望八，已經是鹹鴨蛋開水泡飯，清淡得接近淡而無味的時光，從童年、中年、老年都是給人張羅做生日，現在垂老之年實在不願做生日，以免打擾親友跟晚輩太多。從前吳稚老在世最怕做生日，他說他是偷生鬼，如果驚動了閻王爺，就要被小鬼抓回去了。他這段說詞，不正是不做生日最好的擋箭牌嗎？（唐魯孫〈過生日漫談〉）

當天晚上，住宿的四組客人都在餐廳裡用餐，電燈忽然熄滅，老闆、老闆娘與他們的兒女和服務生，並排站好，端出兩個蛋糕，說是今夜有兩位客人過生日，要替他們慶生，兩個蛋糕是老闆娘親手烘焙的。燭光中，這一家子捧著蛋糕唱生日快樂歌，那景象彷彿在拍偶像劇。對許多人來說，兩個人共享一個蛋糕也就夠誠意的了，我覺得深深被感動，是因為老闆娘烘焙了兩種口味的蛋糕，如此不厭其煩。（張曼娟〈夢，當然得自己做〉）

老太爺過生日，招待了客人，老太太過生日，也不好意思不招待，可是老太太心裡怨著，面上神色也不對。她以為她這是敷衍人，一班小輩買了禮物來磕頭，卻也是敷衍她，不然誰希罕吃他們家那點麵與蛋糕，十五六個人一桌的酒席？見她還是滿面不樂，都覺得捧場捧得太寃了，坐不住，陸續辭去。（張愛玲〈創世紀〉）

婚嫁

【婚禮】男女結婚時公開舉行的儀式。

【喜酒】結婚時，宴請賓客的酒或酒席。

【喝喜酒】參加結婚喜宴。

【喜筵】為喜慶之事而擺設的筵席。

【喜餅】男女訂婚時，由男方贈送給女方，以分贈親友的糕餅。

【喜糖】訂婚或結婚時，招待賓客或分送親友的糖果。

【送大餅】大餅是六件禮之一，依本省習俗，嫁女兒吃大餅，數量越大越體面。

【姐妹桌】女生出嫁當天，出門前要與姐妹一起吃姐妹桌，是姐妹們歡送新娘的筵席。

【婚宴】結婚時招待親友賓客的酒席。

【奉茶】出門前新人先奉茶女家父母長輩，入門男家再奉給男家父母長輩。

【合巹】婚禮中，新郎新娘兩人交杯共飲。

【交杯酒】舉行婚禮時新婚夫婦飲的酒，把兩個酒杯用紅絲線繫在一起，新婚夫婦交換著喝兩個酒杯裡的酒。

【子孫餑餑】舊時婚禮儀式中給新娘、新郎做的餑餑。舊時以為新婚夫婦食後可多子多孫。

閩西客家人認為雞象徵吉祥，寧化一帶的習俗：婚禮由雞帶路，一隻公雞和一隻母雞走在迎親隊伍的前面，母雞選快下蛋之準雞媽，最好一到男家就下蛋，取早生貴子的寓意；此外，迎親都在夜晚，雞行夜路如同白晝，由雞帶路，可以避邪。（焦桐〈臺灣雞膳〉）

新娘子打扮定當，被伴娘扶到喜筵的首席上。這一晚，她是貴賓，父母都得坐在兩旁次席相陪。伴娘坐在新娘旁邊，每上一道菜，伴娘都得高唱：「請吹打先生奏樂。新娘舉筷啦！」舉酒杯時也一樣要喊。其實新娘心裡悲悲切切，根本吃不下。快樂的是滿桌的少女陪客，真是得吃得喝。尤其快樂的是伴娘，她從緞襖裡取出個大口袋，把所有不帶湯湯滷滷的菜全裝進去，帶回家可以吃好幾天了。（琦君〈故鄉的婚禮〉）

他決定去吃她的喜酒，吃得酩酊大醉。他沒有想到沒有酒吃。俄國禮拜堂的尖頭圓頂，在似霧非霧的牛毛雨中，像玻璃缸裡醋浸著的淡青的蒜頭。禮拜堂裡人不多，可是充滿了雨天的皮鞋臭。神父身上披著平金緞子台毯一樣的氅衣，長髮齊肩，飄飄然和金黃的鬍鬚連在一起，汗不停地淌，鬚髮兜底一層層溼出來。（張愛玲〈年青的時候〉）

換了戒指，在書冊簽名畫押，見證的朋友也簽了，背書連坐，逃不掉了，註冊官闔上姻緣簿，發下一張執照，跟我們握手道喜，貓臉笑咧咧的。接下來可忙了。中午去城裡的「鍋裡一隻雞」，是家我們常去的法國小館，紅酒燴雞做得特棒，八個人痛吃暢聊，就當喝喜酒了。（蔡珠兒〈那一天〉）

今年中秋節前，我接到杜麗電話說是要送餅來給我，忙碌之中我以為是月餅，沒有太在意。結果送餅來的人是春和，他說：「我幫杜麗送喜餅來給老師。」我驚喜的接過來：「杜麗要結婚啦？新郎是誰？」我看見喜餅上的小卡片，寫著春和的名字，一時之間簡直說不出話來。（張曼娟〈只能相信他〉）

台式湯圓較小，無餡料，做法是捏搓糯米糰成小球，有些染成紅色；以紅糖水熬煮成甜湯圓，或加入蔬菜、肉類等材料做成鹹湯圓。閩南人吃湯圓以甜為尚，近年婚宴流行炸紅白湯圓沾花生粉，表示人好事圓。（焦桐〈客家三味〉）

我問阿嬤什麼是姐妹桌，阿嬤告訴我這是台南民間婚嫁古俗，由於昔日女性出嫁都是坐大紅花轎，由轎夫抬進男方家，女方親友怕新娘子嫁過門後會被欺負，就想出了「拱轎腳」的食俗，要在新娘嫁過門前吃一桌，桌上要備有至少四塊豬腳，由女方親友一人挾一塊到女子的碗中，意味不僅做她轎子的轎腳，也當她人生的轎腳，以後過門了被欺負，還有人可以倚靠，真受不了，也有轎腳可抬回。（韓良露〈食姐妹桌〉）

合巹禮開始後，在一旁侍候的福晉、夫人們指導皇帝、皇后一起用膳，要求年輕的夫妻一同舉筷。這種行動的統一，寓有夫唱婦隨之意。當福晉、夫人們送來子孫餑餑後，皇后用筷子夾起一隻子孫餑餑來吃，在一旁的福晉、夫人們大聲地問皇后：「生不生？」皇后應聲答道：「生！」接著，皇帝、皇后再用連著紅絲線的筷子吃長壽麵、飲交杯酒。飲完交杯酒後，合巹禮就可以結束了。（姚偉鈞〈琴瑟和鳴的婚宴〉）

北方新郎新娘拜完天地入洞房，首先要由家人包幾隻餃子給新郎新娘吃，這種餃子用一根筷子填餡，餃子包起來非常小巧，煮熟也不過像大蠶豆一般，北方人叫它子孫餑餑，大概是最小的餃子了。（唐魯孫〈吃餃子雜談〉）

祭祀

【把齋】回教奉行的齋戒。在回教曆九月裡，每日從黎明至黃昏不進飲食。也作「封齋」。

【齋戒】在祭祀或舉行重要典禮之前，沐浴更衣，不飲酒，不吃葷，夫妻不同房，嚴守戒律，以示虔誠莊敬。

【供】奉祀。

【蜜供】一種食品。以麵粉製成小條，油炸後拌以蜜汁，堆積略似塔形，多用為祭供神佛。亦稱為「供尖」。

【擺供】陳列供品。

【供饗】陳列供品，以饗先人。

【供品】祭拜祖宗、神明用的瓜果酒食。

【祭】對死者致敬追思。

【祭祀】禮拜祖先神靈。

【祭品】祀神供祖所用的物品。

【丁祭】舊時於仲春、仲秋的上旬丁日祭祀孔子。

【臘祭】古代於冬至後第三戌日，祭百神。

【路祭】出殯時，在靈柩所經處設祭哀悼。俗語考原路祭：「殯時設於路旁之祭筵也。唐語林嘗記明皇時路祭事，備誌其盛，是唐時已有之。」

【瓜祭】古人於瓜熟將食時，必先以祭祖。因食瓜薦新，以示不忘本。

【上供】用物品祭祖或敬神。

【祭拜】祭祀禮拜。

【祭獻】供奉物品祭祀。

【祭享】陳設祭品，敬神供祖。

【酹】ㄌㄟˋ，以酒灑地而祭。

【胙肉】ㄗㄨㄛˋ，祭拜鬼神用的牲肉。

【尚饗】舊時多用作祭文的結語，表示希望死者來享用祭品。

【酬神】報謝神祇。

【歲時伏臘】夏之伏日及冬之臘日，或曰夏祭與冬祭。

【秋社】古代農家於立秋後第五戊日，舉行酬祭土神的典禮。

【豆腐飯】上海習俗送葬後的喪席。

【食三角肉】臺灣習俗中喪事桌的第一道菜，將肉切成不規則的稜角狀，以示粗簡與哀傷。

【封山酒】四川習俗葬禮完成後，親友會攜帶香燭及酒食，前往新墳致祭，喪家也會帶同酒食過來，雙方同在墳頭飲宴。

【解穢酒】廣東習俗中發葬時舉行法事的喪席。

【英雄飯】廣東習俗中發葬時的喪席。

曾經在齋戒月到土耳其旅行的Fa說：「跟著當地人不吃不喝，特別能感受在地人的心情，不過天一黑，大夥都衝去清真寺，因為清真寺外頭擺滿了食物，像辦桌一樣，免費提供人吃喝。」入夜的齋戒月有如一場嘉年華會，覓食的、逛街的全部出籠，杜拜的購物中心包括世界最大的Dubai Mall，齋戒月期間開到凌晨一點，「要禱告、也要shopping啊！」（黃麗如〈齋戒月遇上鬼門關〉）

摸著滿頭花白頭髮的東坡，看清楚人生如夢的東坡，一杯酒祭奠江水，祭奠月光，詩人以酒還江，以酒還月，也以此身還諸天地。「還酹」，「還」是感恩，「酹」與「淚」同音，詩人有淚，可以祭奠美，也祭奠歲月。感恩之時，詩人也是熱淚盈眶吧。（蔣勳〈多情應笑我「朗讀東坡」〉）

後來「時」也「趨」了過來，他們就成為活的純正的先賢。但是，晦氣也夾屁股跟到，康有為永定為復辟的祖師，袁皇帝要嚴复勸進，孫傳芳大帥也來請太炎先生投壺了。原是拉車前進的好身手，腿肚大，臂膊也粗，這回還是請他拉，拉還是拉，然而是拉車屁股向後，這裡只好用古文，「嗚呼哀哉，尚饗」了。（魯迅〈趨時與復古〉）

中國人嗜好狗肉，蓋有年矣。西周時狗肉已是宴席的常饌，宮廷燕飲，祭祀大典，必有狗肉。天子所食的「八珍」，其中即有一味，以狗網油包裹浸過作料的狗肝，在火上炙之，名為「肝背」，見於《周禮》。春秋戰國時狗彘相連，大夫相見執犬，燕市、邯鄲、大樑、朝歌已有屠狗之輩的專業人士，食狗之風已很普遍。（逯耀東〈不是掛羊頭〉）

北平一般人家到了過年，拿蜜供來上供，可是一樁大事。供灶王，供神佛，供祖宗，最少也要三堂，這三堂蜜供，價錢可相當可觀，所以點心鋪就動腦筋，想出打蜜供會的辦法來。由點心鋪發起，從二月初一開始，出紅帖請人參加，說明您要多少斤重的多少堂，然後按月上會，一直上到臘月除夕之前，會上滿了，您就有蜜供啦。（唐魯孫〈北平的甜食〉）

但是母親的滋味裡有一種儀式，她會特別慎重料理，那滋味卻只是米麥五穀的平淡。每一年過年，母親要蒸一百個饅頭，發麵的麵頭要特別挑選過，蒸鍋裡的水，大火煮沸，蒸氣白煙繚繞，饅頭要蒸得白胖圓滿，用來在年夜祭拜祖先，也象徵預兆一年的平安祥和。母親在揭開蒸籠的蓋子時，慎重莊嚴

肅穆的表情，使我難忘，她沒有任何宗教信仰，但是她有生活的虔誠。（蔣勳〈恆久的滋味〉）

不知是誰發明長年菜，看似迷信，卻是十分的科學；因年節必備整隻雞、整塊豬肉用來祭拜，從除夕到年初五，需要的則是數隻雞、鴨和數塊豬肉，燙煮過的這些油膩的雞湯、肉汁最是適合芥菜來吸油，芥菜的纖維質高，正合適搭配大魚大肉，據說芥菜還有退火、降血壓的功能，的確是年節豐盛魚肉的好搭檔，同時也非常合乎養生觀念。（方梓〈歲歲年年〉）

為了怕瀆犯財神，因此臺灣祭祖先、謝神祇，一律不用烏魚，南部漁村中父老相傳，海裡管理魚類的尊神，就是農曆十月十日壽誕，民間焚香膜拜的水仙尊王，背後也有人稱祂為萬魚王，因為每年歲時伏臘，人人都得購辦年貨，添置衣物，在在需錢。水仙尊王於是在過年前，把大批烏魚趕來，讓漁民盡量捕捉，大家好過個肥年，漁民也為了仰答天庥，選擇水仙尊王誕辰那天舉行大祭，酬神謝臘。（唐魯孫〈北平的甜食〉）

秋社也成了民間祭拜土地公（社公）的日子，後來人們怕土地公寂寞，才又有了土地婆（社婆）的出現，藉著祭拜土地公婆的名目，秋社也成了人們在秋天請客吃飯的日子（否則祭品誰吃？）。（韓良露〈秋分〉）

按照滿洲的習俗，凡是郊天釋奠，享用祭品一律都用刀子，所以吃萬曆媽媽祭肉，也是捨筷子而不用。大陸變色，談到吃胙肉，早已成為歷史名詞，不過偶然在此間四川館吃到大片的蒜泥白肉的時候，又不禁引起思古之情了。（唐魯孫〈乾清門「進克食」記〉）

祭法、祭典除了記載祭祀的儀式，並詳細記載祭祀所用的供品，這些供品最普遍的是食物，多是死者生前嗜食之物，而且四時不同。盧堪有《雜祭法》六卷，其中若干供饗，同時也出現在崔浩的《食經》之中，所以，《崔氏食經》有些菜餚，是祭祀時的供饗。因此，這些菜餚製作過程中，出現與烹調無關的「奠時」或「半奠」的字眼，這些有「奠」字的菜餚都是祭品。（逯耀東〈中國第一本食譜〉）

上海習俗，送葬後要吃「豆腐飯」，宴席就設在館裏的酒樓，幾層樓偌大的地方，十點多已坐滿了人，都是當日出殯的人家。名叫豆腐飯，我還以為是素宴，然而除了素鵝和豆腐羹，還有鹹雞、油爆蝦、糟門腔、煮干絲、紅燒蹄膀、清炒蝦仁、雪菜黃魚、豆板米莧、醬爆青蟹和肉絲年糕；總之，和一般菜色沒有兩樣，飯照吃，酒照喝。（蔡珠兒〈他吃大豆腐去了〉）

節日

【應景】適應當前的節令。

【食尾牙】農曆十二月十六日俗稱尾牙，行號商家此時會宴請員工，用來犒賞過去一年的辛勞。

【刈包】一種小吃。習俗上是在農曆十二月十六日尾牙時吃。將半圓狀的特製包子割開，夾入豬肉、醃菜、花生粉等餡料。也作「虎咬豬」、「割包」。刈，ㄧˋ。

【臘八粥】臘八日時，用雜米豆果所煮成的稀飯。

【圍爐】圍著火爐。也指一家人的團聚用餐；華人社會多指在除夕夜的團圓飯或年夜飯。

【團圓飯】一家人的團聚用餐，多半指除夕夜。

【年夜飯】除夕夜家人團聚所吃的餐宴。

【年糕】用糯米蒸成的糕。是過舊曆年的應節食品。

【包餃子】又名歲更交子，過年時的食物。

【人日】農曆正月初七。

【七樣菜】客家人在正月初七的飲食習俗。在這一天要吃七種不同的菜，不同地區的用料也有所不同，但都是用其諧音以求吉利和平安。主要有芹菜（寓意勤勞）、蒜（寓意精打細算）、蔥（寓意聰明）、韭菜（寓意長久）；此外還有芥菜（寓意長年平安）、芫荽（寓意緣分）、豆腐（寓意富裕）和魚（寓意年年有餘）、肉丸（寓意團圓）等說法。也有稱「七菜」、「七樣羹」、「七菜粥」等。

【元宵】將餡放在鋪有糯米粉的竹籃上，再用雙手搖晃竹籃，使糯米粉均勻的黏在餡上，如此重複數次而製成的球形食品，稱為「元宵」。為元宵節的應時食品。

【中和節】傳統節日之一，流行於華北地區，相傳每年農曆二月初一為太陽真君的生辰，民間習以「太陽鳩糕」祀日，祈求農作物豐收。

【立春】通常在國曆二月三日、四日或五日。

【春盤】古代習俗於立春日時做春餅、生菜。古代帝王於立春日的前一天，會以春盤並酒賜與臣子。

【春餅】以麵糰擀薄烙熟的麵皮，捲包五花肉絲、豆芽、香菜、紅蘿蔔絲、豆乾等而製成的餅。為臘月十六、立春日的應節食品。亦稱為「潤餅」。

【咬春】舊時中國北方等地

在立春日有吃春餅和生食蘿蔔的習俗。

【寒食】吃冷的食物。寒食節約在每年清明日的前一、二日。古時晉文公為求介之推出仕而焚林，介之推抱木而死，舉國哀悼，故禁火寒食。

【清明】二十四節氣之一，國曆四月五日或六日。國人習在此日祭祖。

【清明粿】南方有習俗於清明製作，用以祭祖後食用。以艾草或鼠麴草擣成汁混入糯米為皮，內餡有甜有鹹，甜多為豆沙，鹹的則用菜脯切丁炒成餡。

【端午】端午節為每年農曆五月初五，又稱端陽節、午日節、五月節、五日節、艾節。

【食艾】艾草可清熱解毒，端午民間有「懸艾人，戴艾虎，飲艾酒，食艾糕，熏艾葉」的民俗。

【粽子】用竹葉等包裹糯米和作料，蒸煮熟的角形食品。俗稱為「粽子」。通常在端午節時包食。

【立夏】國曆五月六日或七日，我國以立夏為夏季的開始。《雲林縣采訪冊》：「立夏日，家食麭子和大麵作羹，俗以食之令人肥白。」

【七夕】農曆七月七日夜晚。相傳天上牛郎織女於這晚相會，後世以此日為情人節。

【重陽】九為陽數，俗稱農曆九月九日為「重陽節」。習俗多於此日相率登高、飲菊花酒。

【感恩節】美國人為感謝上帝恩典所訂定的節日，同時也是重要的家庭團圓日，通常會全家共聚吃火雞。

【中秋節】農曆八月十五日。因居秋季三月之中，故稱為「中秋節」，民俗於是日全家團聚，吃月餅賞月。

【月餅】一種包餡的糕餅點心，為中秋節應時的食品。

【祭月】古代重要的祭祀。天子於每年秋分設壇祭祀月神，以表對天地賜與豐收的感恩之心。

【祭灶】五祀之一。古於夏祭，漢改臘祭，民間則習於農曆十二月二十三或二十四日祭祀灶神，賄賂灶神在天帝面前多加美言，以求來年好運，又稱為「送灶神」。

【冬至】傳統節慶之一。南方的應節食物為湯圓，北方為餛飩。

「刈包」又因形狀似錢包，所以象徵發財的意思。包著滿滿的餡料，像一個飽滿的錢包，取其財富滿足的喻意。尾牙吃刈包，象徵來年發大財。錢包滿滿用不完。（王浩一〈尾牙的故事〉）

舊曆年，是華人延續幾千年的無形文化資產。從舊年的十二月十六到除夕，是舊年時光，有食尾牙、送神日、挽面日、小年夜、大年夜，舊年的除夕等，也有不少重要的風俗，如祭祖先、吃團圓飯、發壓歲錢、貼春聯、堆柑塔、守年夜、放鞭炮除舊、敲除夕鐘等等活動。（韓良露〈舊曆年是珍貴的無形文化資產〉）

當年在故都過年，是一件重大的事情，一進臘月門，大家就忙活起來了。北平有一首民謠：「送信的臘八粥，要命的關東糖，救命的煮餑餑。」就是說，一吃臘月初八熬的臘八粥，就告訴您年盡歲逼啦。臘月二十三祭灶王，吃了關東糖，帳單子就陸續而來，您準備還帳吧。（唐魯孫〈談談故鄉的年俗〉）

幾百年來，中國北方人過年，包餃子是一件重頭戲。甚至在比較荒窮困窘的地區，農人們慣說「一年吃上兩三回餃子，便已是極大的滿足」這樣的話。當然，其中一頓，必定是在過年的時候。（舒國治〈過年與包餃子〉）

伺候慈禧吃這頓財神煮餑餑，是由妃嬪命婦拌餡兒擀皮兒親自包小元寶，不假手御膳房的。本來應當包一只財神餃子大家來吃碰碰財氣，可是大家怕老佛爺吃不著不高興，所以一包就是四只，每年這四只財神餃子，都是老佛爺一個人吃出來，所以大家湊趣，都說老佛爺福大財旺，四時吉祥，四季發財（唐魯孫〈南北看〉）

蘿蔔糕是家人團聚的年夜飯不可缺的，而農曆年終日，往往在二十九日，所以我們從小習慣跟著父母稱除夕為「二九暝」。製作蘿蔔糕的時間，最好在二九暝前兩天，以避免與烹調其他菜餚衝突而添加忙碌；太早製作，則又恐放置久而失去新鮮味。（林文月〈蘿蔔糕〉）

過年討吉祥，到處是桔樹，金燦耀眼，屋裡還有年桔桶柑，厚皮粗渣不中吃，也就圖個喜氣。金價飆漲，追不及買不起，擺點黃澄澄的東西也好，況且桔子好意頭，形聲皆吉，口彩響亮，自古即是祥物瑞果。（蔡珠兒〈說桔〉）

而中國人過年，在許多的喫年菜之中，最不可或缺的，恐怕是年糕吧。帝京景物略載：「正月元旦，夙興盥，啖黍糕，曰：年年糕。」又湖廣書德安府云：「元旦比戶，以爆竹聲角勝，村中人必致糕相餉，俗曰：年糕。」（林文月〈蘿蔔糕〉）

其實我們家即連一年一次全家圍坐一桌進餐的圍爐，也越來越吃得並不特別。年味年味，年味的逐漸淡薄，原因之一一定是，過去農業社會只在年節才品味得到的食物，現在隨時，甚至半夜裡也不難吃到了；不再具有獨特性，因此少了許多對年節的期待和回味。我們家圍爐吃的，總是六嬸當天下午拜公媽的雞肉魚肉三層肉，煮得老老的，擺在高低有落差兩張方形摺疊桌上，飯後撤掉食物，一張收起、一張鋪上牛皮紙可以打麻將。而六叔，中午過後就開始自斟自酌，到了晚上也就有點醉意了；而天氣，總是陰寒著一張臉。用餐時只有張小燕在那個小方盒裡嘎嘎嘎地說著笑著鬧著，只有六嬸殷勤

為大家夾雞肉夾魚肉。（王盛弘〈清麋〉）

年菜起於農業社會中一年之終祭天地送神拜祖的祭品，也是家族團圓的年夜飯，準備的都是有吉祥意義的食物，如什錦如意菜、年年有魚（餘）、雞（吉）湯、紅燒元寶（蹄膀）、髮菜（發財）羹等等，都是一些高熱量、高膽固醇、高蛋白質的食物，剛好供農業時代一年吃不到多少油水的農民在年終大補之用。年菜卻不只是除夕的那頓年菜大餐，年菜是貫穿整個春節的料理，這才是年菜文化的精髓所在，年菜文化正可顯示出常民豐富的飲食生活的面貌。（韓良露〈年菜文化生活〉）

話還沒有說完，一刀就把雞頭剁下來，隨即將掙扎的雞向上一舉，雞血濺在門上那張虎畫上，然後將雞向階下一拋，雞還在顫動著，最後兩條腿一挺，靜靜地躺在雪地上，殷紅的血點點滴滴灑在雪地上凝固了。然後又對他的孩子說：「明天初一是雞日，初二是狗日，初三是羊日，初四是豬日，初五是牛日，初六是馬日。這一天就不能殺這種牲畜，還得把灰和著粟豆撒在屋裡，招它們進屋過年。初七就是人日，這一天照理是不能處決囚犯的。」（逯耀東〈稽康過年〉）

正月初七，古稱人日。南朝梁·宗懍《荊楚歲時記·正月》記載：「舊以正月七日為人，故名人日，翦綵鏤金箔為人，皆符人日之意。」按照日子來說，初一到初八，分別是：雞、犬、羊、豬、牛、馬、人、穀之日，如果當天風日晴朗，則該物一年平安豐暢，無病無災。因此在剪裁人形紙片為「人勝」，祝禱遠遊的人平安早歸，是「人日」多情的祈福活動。歲次辛卯，臺北初七的上午多雲時晴，預報為19～24度，降雨機率20％。是的，這麼好的一天，是否預示著今年一整年，都是那麼恬和優美、明淨淡泊呢？（徐國能〈人日〉）

曾經有客家朋友說他故鄉有新年吃七樣菜的習俗，問我我們家鄉可也有這回事？七樣菜指的是舊曆年正月初七，媽媽們以菠菜、芹菜、茴香、芥菜、韭菜、蔥、蒜等七樣蔬菜共煮一鍋，名字就稱「七樣菜」。菠菜讓人精神！芹菜使人勤，茴香吃後身軀清芬，芥菜是長年菜，當然主管年內平安，蔥聰明，蒜懂算計，韭菜麼，長長久久啦！（愛亞〈人日七樣菜〉）

農曆正月十五日上元節，又叫「元宵節」。中國的習俗，從北到南，元宵節那天都要吃元宵，吃元宵來源甚古，據說從北宋時代就頗為盛行，不過最初不叫「元宵」而叫「浮圓子」，到明朝才改叫「元宵」的。（唐魯孫〈談談故鄉的年俗〉）

記得吃潤餅的清明節，不管在彰化或板橋，當我大清早出門排隊買潤餅皮時，母親就開始在廚房動了起來。剁剁的刀切聲，飛舞著母親忙碌的身影，一首繁複的廚房交響樂，如往常般拉開吃潤餅的序曲。五顏六色的菜盤，一盤又一盤，像春天的花朵，盛開在我家的餐桌上。大家隨意的捲，自在的吃。從日正當中到夜幕低垂，邊吃邊聊，愜意的時光輕輕越過萬重山，潤餅在我家就像春光……（陳淑華〈宛如春光的潤餅〉）

清明節除吃春捲外，農村也習慣製做一種「清明粿」，粿如碗面大小，狀如龜背，頗似一個縮小的飛碟。用「艾葉」或「鼠麴草」為粿皮主要原料，製作好的粿品呈綠色，是地地道道的綠色食品。節日前夕，村人將野地的艾葉和鼠麴草採摘回家後，將葉片煮熟搗爛，拌和大米（糯米與秈米按一定的比例混合）磨成的米漿做粿皮。餡料多用綠豆、花生、芝麻、蘿蔔絲等，甜鹹皆可，隨各人喜愛。包好後，放入刻有花草圖案的粿模裡，壓出花紋，然後墊上竹葉，入籠蒸上十五分鐘左右即可食用。「清明粿」吃起來有一股來自大自然的淡淡的、幽幽的清香，放進電冰箱保鮮十天半月也不易變質。（林博專〈清明粿——祭祖饋贈兩相宜〉）

臺灣民間最重要的食饍即清明的潤餅，亦是源自於唐人春日吃五辛春盤的食俗，在春天時吃蔥蒜菭蕎食饍的五辛加上芽菜、高麗菜、豆乾絲、蛋絲、肉絲等等捲起來的潤餅春捲，是最富春天意境的春饍。（韓良露〈春饍〉）

似乎好多年沒吃了，我甚至忘記我們家有這個習慣。昨天，要上市場時，母親突然說記得買顆蒲仔（匏仔）和一些麵回來，明天才可以炒蒲仔麵吃。吃蒲仔麵，難道明天是立夏？以前家在彰化時，每年立夏這天，母親都會用蝦米炒蒲仔麵，大把去皮刨絲的蒲仔炒入麵中，幾隻紅紅的蝦米，點綴在水漾般的綠色蒲仔絲間，淡淡的香氣更襯出蒲仔的清甜無比。（陳淑華〈立夏要吃蒲仔麵〉）

而春夏之交的端午，也要食艾，洛陽人飲艾酒以防暑熱，韓國人吃艾草粥和艾草汁以健腸胃，臺灣人則在門楣懸掛榕樹和艾草。小時候我問媽媽，為什麼要掛草？她總是回答：「插艾卡勇健啦。」但除了諧音，艾草和勇健有什麼相干呢？多年之後我才知道，插艾象徵避毒健身，宗懍的《荊楚歲時記》說，「採艾以為人，懸門戶上，以禳毒氣。」這習俗可以上溯到南北朝，原來還是楚地的古風餘緒。（蔡珠兒〈艾之味〉）

每年端午節接近的時候，外婆就開始忙著做煎餅，她一邊攪著麵泥一邊說：「這是為了補天。」在昏暗的燈光中，幾十年的老廚房於是慢慢地、慢慢地在空間與時間中退去，一座原始的、黝黑的洞穴隱然浮現。我在斑駁的光影中，聽到了這樣的故事：從前從前，幾個野蠻的男性神明互相爭戰，打得天上破了一個洞，就好像有人從天上把一整盆水往下猛倒，整個世界即將滅頂，女媧不捨天地就此滅絕，於是想盡辦法將缺口補起來。作為一位難免要處理柴、米、油、鹽、醬、醋、茶的女性神明，她理所當然地將手上正在做的煎餅，以女性的本能與智慧，往天上的破洞一貼，於是雨也停了，水也退了。從此以後，每年補天節（或稱天穿節）這一天，人間的家家戶戶都會製作煎餅，讓自己在被美食溫暖了的感官中，重新體驗世界重生的喜悅，並紀念女神的恩典。（卓玫君〈食事〉）

過農曆年蒸製「菜頭粿」，端午節包「臺灣肉粽」，遂成為記憶中我家年中行事的兩件要事。我清楚地記得，在上海日本租界的虹口江灣路，雖然我們不諳台語，只會講日本話和上海話，到了農曆五月季節，母親總是會不知從什麼地方弄來一大堆闊大的竹葉，用滬語指揮著兩個娘姨洗曬葉子，再用糯米包裹葷素各種餡料，製成美味的肉粽。那種內容豐饒多變化的鹹粽子，顯然與上海人喜食的只包裹

一塊五花肉的粽子不同。（林文月〈臺灣肉粽〉）

端陽是個大節，也是母親大忙特忙、大顯身手的好時光。想起她靈活的雙手，裡著四角玲瓏的粽子，就好像馬上聞到那股子粽香了。母親包的粽子，種類很多。蓮子紅棗粽只包少許幾個，是專為供佛的素粽。葷的豆沙粽、豬肉粽、火腿粽可以供祖先，供過以後稱之謂「子孫粽」。吃了將會保佑後代兒孫綿延。（琦君〈粽子裡的鄉愁〉）

我的伯母是江南女子，她會做很多好吃的東西，端午節包的粽子裡有一種就是紅豆與糯米混在一起，煮熟的糯米與紅豆，同樣香糯綿密，被粽葉包裹的紅豆，異樣的清鮮，沾點白砂糖吃，口感好極了。因為我是女孩子，伯母與我總有些心結，她過世十年，這滋味在記憶裡發酵，變成一種絕望的美好。朋友問我現在想起她會有什麼感覺？我說我想念她。是的，她曾經料理過的每一道美食，都成為我恆久的安慰，無限的慈悲。（張曼娟〈繁華舊夢一豆紅〉）

在七夕節的前幾天，從朝廷到黎民百姓，都在為乞巧做準備。王公貴戚們都會在樓庭裡張燈結彩，稱之為「乞巧樓」。乞巧樓上擺放著磨喝樂、花果酒宴、筆硯、針線；而一般百姓，雖無錢紮乞巧樓，卻也不甘落後，家家戶戶用竹木或麻稈紮成「乞巧棚」，從自家樹上和田裡採摘來時鮮瓜果，手巧的少女還會在上面刻上和七夕有關的圖案，被稱為「花瓜」、「巧果」，供七夕夜乞巧之用。七夕之夜，一如除夕之夜，到處燃燭舉燈，焚香禮拜織女星。乞巧樓上、乞巧棚內，燭光搖曳、香煙裊裊，

兒童作詩、女兒呈巧，焚香倒拜、望月穿針，自是歡樂不已，有道是「百姓人家歡樂多」。（常書偵〈宋代七夕堪比年〉）

每年的中秋節，我家從城裡朋友送來的月餅，種類繁多。除了面上撒芝麻的月光餅以外，還有蘇式月餅、廣式月餅。哪一種母親也不愛吃。她的興趣是切月餅，厚厚的廣式月餅切開來，裡面是各種不同的餡兒。母親只看一眼，聞一下就飽了。她總是說：「這種月餅，滿肚子的餡兒，到底是吃皮還是吃心子呢？連供佛也不合適，因為都是葷油和的。」所以她都是拿來送左鄰右舍。（琦君〈玉蘭酥〉）

正好在中秋節前後成熟下來，個個大如拳頭。中秋的石榴長熟後，在我們那裡不叫「摘石榴」，而是叫「卸石榴」。語氣加重。卸下的石榴先裝到明淨的盤子裏，上供，祭月。然後，一家再分吃。在鄉村，石榴是吉果，它代表長壽，團圓，多子。它夢幻一樣。我們家院子裏，姥爺先後種有兩棵石榴樹：白石榴，紅石榴。我曾專門寫過一篇晶瑩透亮的「石榴志」。紀念那些飛翔的石榴。石榴來自西方波斯，最後成為東方華夏一員。它年年沉浸在東方月光裏。它在我們村深處的月光裏瞌睡。它在月光的裙子裏。（馮傑〈中秋節的吃與歌〉）

月餅盒是六角型或圓型，一盒大約有十多個，每一隻月餅都襯著一張金紙，金紙上註名內餡口味，外面再用彩色的透明玻璃紙包起來。五〇年代的臺灣，紙張是奢侈品，每回吃完了月餅，姐姐就會很珍惜的把包月餅的玻璃紙一一攤平，最好的方法是將玻璃紙用水洗一洗，再用書或玻璃板夾起來，等紙張乾了，就會變成一張挺挺的彩色紙，姐姐會拿來做書籤或美勞作業，或將玻璃紙剪成紙花或包什麼小東西，因此那年代，一盒月餅是可以被我們從吃到玩，應用好久的，真是一個惜物的年代啊，現在每回看到漂亮的玻璃紙，都會想起那色彩鮮艷如玻璃紙的童年。（王宣一〈失焦的月餅〉）

重陽亦有食花糕之食俗，糕同高音，吃的是菊花糕或桂花糕，吃糕亦有消災之意，但後人逐漸忘了重陽登高吃糕的原意，反而視吃糕可步步高升，熟不知古人官愈大愈危險，步步高升最後反有殺頭之禍。（韓良露〈秋分〉）

一六二一年的這場聚會後來被稱為美國的第一個感恩節。Thanksgiving是thanks和giving兩個字的組合，標誌著感謝印地安人給予生存協助，感恩上蒼賦予土地食物，感激家人合作度過困境。兩百多年後，林肯總統明訂感恩節為國定假日，是要後人永誌不忘感恩之情。（張至璋〈歡樂感恩節，悲情印地安：火雞大餐桌上的故事〉）

我鄉送灶神在廿四夜（杭州是廿三），灶神吃飽了糖果、年糕，上天傳好事，下地降吉祥。母親會念灶神經，我也念，念完一遍，拜三拜，把塵灰滿面的灶神像火化了，待來年迎接它回來時再貼上新的。小小典禮過後，就正式進入年景了。（琦君〈有頭有尾，年年有餘〉）

3 俗諺與詩詞

諺語智慧

【正月蔥，二月韭】出自農諺：「正月蔥，二月韭，三月莧，四月蕹，五月匏，六月瓜，七月筍，八月芋，九芥藍，十芹菜，十一蒜，十二白（指白菜）」，前人累積了長期的農事經驗，依循節氣變化種植蔬果。

【天下無不散的筵席】比喻世事無常，有聚必有散，分離是不可避免的。

【天下沒有免費的晚餐】比喻做什麼事都得付出勞動，不要想著不勞而獲。

【拿人手軟，吃人嘴軟】吃過人家請的東西以後，不好意思說他的壞話；拿了人家的好處以後，受人牽制矮他一截。

【癩蛤蟆想喫天鵝肉】比喻人痴心妄想。

【開門七件事，柴米油鹽醬醋茶】古代中國平民家庭一天正常運作都離不開七件維持日常生活的必需品。

【看菜下碟】指挑人做事。

【巧婦難為無米之炊】即使是聰明能幹的婦女，沒米也做不出飯來。

【生米煮成熟飯】比喻事情已經做成了，不能再改變。

【豬八戒吃人參果】飲食粗魯，不懂品嘗滋味。

【薑是老的辣】人老智慧深。

【蘿蔔青菜，各有所愛】人各有所好。

【偷雞不著蝕把米】前功盡棄、人財兩空。

【吃柿子撿軟的吃】喻人欺軟怕硬。

【吃碗裡看碗外】貪心不足。

【惦惦吃三碗公半】形容人看似平凡，毫不起眼，但卻做出出人意料之外的事情。

【食緊弄破碗】意指吃飯太急，一不小心摔了碗。勸人凡事按部就班，以免得到反效果。

【吃巧不吃飽】意指食物吃得精巧細緻，不是只為了求飽足感。

【酒肉朋友，柴米夫妻】享榮華非朋友，共患難真夫妻。

【狡兔死，走狗烹】狡猾的兔子死了，獵狗就沒用了，被人烹食。比喻給統治者效勞的人事成後被拋棄或殺掉。

【夫妻夫妻，吃飯穿衣】男女結婚成家，就要解決吃飯、穿衣、住房、贍老扶幼等一系列的生活問題。

「**正月蔥，二月韭**」，大自然有著一種和諧的規律，順著時令吃，變成了養生之道。我家特別喜歡吃小韭菜，包在水餃裡細軟而鮮香，但是小韭菜愈來愈難買到，大約就是在春天剛剛開啟之際。我常看見路邊賣小韭菜的老婦人，她們彷彿定格在時間裡，永遠不會改變，也不凋零，臉上和手上都刻著深深的，風霜日曝的痕跡，花布衫褲，塑膠拖鞋，腳根沾著泥土，已經走了三十年、五十年，從一個古老的春天走來。賣大韭菜的攤販可就多了，常常買一把綠豆芽還送幾根大韭菜，伴著一起炒。（張曼娟〈韭韭長長的春天〉）

曹雪芹深知「你怎麼吃決定你是什麼人」的道理，《紅樓夢》的飲食男女，亦是世態、人情、生命的滋味。在《紅樓夢》中，深知「**拿人的手軟、吃人的嘴軟**」三昧的是王熙鳳。雖說王熙鳳是大家管，管的是曹府公資源，但自古以來凡接近公器者，往往也最有機會公器私用。（韓良露〈紅樓夢的美味情事〉）

一九四七年，國民黨競選國大代表時，曾用牛羊肉泡饃拉選票，**吃人的手軟**，應該是有效的賄賂方式。去年在西安和當地作家座談，赫見隔鄰幾家即是張學良公館，西安事變所在地；不知當年蔣介石

被軟禁時，是否常吃泡饃？換作是我，每天吃美味的泡饃，喝西鳳酒，多關幾天也甘心。（焦桐〈西安吃饃〉）

「我家裏下三等奴才也比你高貴些的，你都會看人下菜碟兒。寶玉要給東西，你攔在頭裏，莫不是要了你的了？拿這個哄他，你只當他不認得呢！」（曹雪芹《紅樓夢‧第六十回》）

喫的重要，更可於國人所用的言語上證之。在中國，喫字的意義特別複雜，甚麼都會帶了「喫」字來說，被人欺負曰「喫虧」，打巴掌曰「喫耳光」，希求非分曰「想喫天鵝肉」，訴訟曰「喫官司」……相見的寒暄，他民族說「早安」「午安」「晚安」，而中國人則說「喫了早飯沒有？」「喫了中飯沒有？」「喫了晚飯沒有？」。（夏丏尊〈談喫〉）

品味學在晚明至清初有了廣泛的發展，晚明如張岱《陶庵夢憶》、《西湖夢尋》或明末清初李漁的《閒情偶寄》，不僅對中國的琴棋書畫詩酒茶著墨甚深，且兩人都以吃蟹品蟹聞名，李笠翁的《閒情偶寄》中亦有飲饌部專談飲食。至於盛清時以《小倉山房詩集》聞世的袁枚，對柴米油鹽醬醋茶開門七件事更是講究，使得後代對其《隨園食單》印象更深。（韓良露〈五四文學與當代小品〉）

晨起宿酒猶自胸口塊壘跌撞而出／門外那五株綠柳竟一夜之間／為酩酊秋風所灌醉，而落得／鬢髮零亂，衣衫不整了／獨東籬下眾菊善飲／昨宵俺是獨飲東籬擁群菊而歸的／敗某酒興的依然是拙荊／言道：相公，甕中已無粟，巧婦難為無米之炊。／醉眼中見南山／一團漆黑／悠然何處？／驀見／俺那方紫方巾／尚高掛於柳枝之上。（管管〈五柳先生〉）

俗語說的豬八戒吃人參果，是笑人飲食粗魯，不懂品嘗滋味的意思。本人小的時候被家裡的人笑說是個「豬八戒」，和上面的意思略有出入。也許這樣一說，大家會想到那一定是因為長得醜陋，而有此雅號，其實絕對非也。原來為的是我生來嘴饞，每餐非葷不飽，而又不吃雞鴨魚蝦，專門吃豬之故。（劉枋〈豬八戒〉）

所謂「夫妻夫妻，吃飯穿衣」，張愛玲喜歡洋派肉食，甚至想過去賣肉的鋪子打工，沒事和胡蘭成逛到市場去看看肉販，居然也開心滿意；她又酷食西式奶油甜點，與胡蘭成的鄉土口味自是難以搭調；婚，雖然未必是這樣離的，生活卻有這樣的瑣碎；人世還需有牽繫的情緣，與共守的堅貞。（黃寶蓮〈魚和婚姻〉）

因為強調吃巧不吃飽，所以不是用餐時間，食客也是不絕於途。當點了需要的麵食，坐在小椅凳的師傅，便俐落地抓麵、下麵、起麵，輕巧地不斷用小長匙撥灑上肉臊汁，再加入鮮美的蝦頭湯，湯不能多，否則味道便變淡了。（王浩一〈擔仔麵的故事〉）

狗不再流浪以後，對主人一腔忠誠，俗話說兒不嫌母醜，狗不嫌家貧，自來沒有狗厭棄主人的。於是，狗成為人的好朋友。不過，人有個習慣，歡喜吃朋友，越親近的朋友吃得越香，往往連皮帶骨吞，渣都不吐。當年蒯通說韓信：「狡兔死，走狗烹」，就是這個道理。（逯耀東〈不是掛羊頭〉）

因為同樣好吃的我們，在大啖美食時，都不吝以甜蜜的語言、陶醉的表情和最實際的大吃大喝態度，來鼓勵對方多多享受佳餚，有這樣默契十足的「酒肉朋友」，什麼菜吃起來都特別香。（韓良憶〈河左岸貪吃巷〉）

飲食思想

【割不正不食】 語出《論語・鄉黨》，殺豬、羊時割肉不合常度，是失禮的，食物形態也被弄壞了，所以不吃。

【食不言，寢不語】 吃飯睡覺時不要多說話。

【君子遠庖廚】 比喻君子有仁心。

【食色性也】 人都有最低需求，一個是食欲，一個是男女關係。

【茹毛飲血】 指原始人類不知用火，捕到禽獸便連毛帶血生食。

【民以食為天】 人民以糧食為生存的根本。形容民食的重要。

【飲食男女】 泛指人的本性中含有對食物和性的欲求與需要。語出《禮記・禮運》：「飲食男女，人之大欲存焉。」

【飲食之道，膾不如肉，肉不如蔬】 語出李漁《閑情偶寄》。

【人莫不飲食也，鮮能知味也】 語出《中庸》，意指人們每天都要吃喝，卻少有人能夠真正品嘗滋味。

【飽暖思淫欲】 食飽衣暖之時，則生淫欲之心。

【五味令人口爽】 每天食用各種不同食物，會變得不吃口味更重的食物就覺得食不知味。

【治大國者若烹小鮮】 好比燒煮一條小魚那樣，不可任意翻攪。語本《老子・第六十章》：「治大國者若烹小鮮。」後多用於比喻輕而易舉。

【調和鼎鼐】在鼎鼐中調味。意指處理國家大事，就好像在鼎鼐中調味一樣。多用來比喻宰相的職責。鼎、鼐，古代烹調器具。

【食日萬錢，猶曰無下箸處】滿桌的菜餚，仍嫌沒有好吃的菜可食。用來比喻生活驕奢。語出《晉書·何曾傳》。

【庖丁解牛】指戰國梁惠王時期有位擅長宰殺牛隻的廚師，其技巧極為熟練。後用來比喻對事物瞭解透澈，做事得心應手。語出《莊子·養生主》。

【越俎代庖】指掌管祭祀的人放下祭器代替廚師下廚。後多用來比喻踰越自己的職分而代人做事。俎，古時祭祀用來盛祭品的禮器。語本《莊子·逍遙遊》：「庖人雖不治庖，尸祝不越樽俎而代之矣。」

【肉食者鄙】指有權位的人眼光短淺。肉食者，比喻享有厚祿的高官。語出《左傳·莊公十年》：「肉食者鄙，未能遠謀。」

【刀三火五喫一生】意指刀工或許三年可以學成，但火候的精準則要花至少五年的時間，但能喫出真味，則要用一輩子去追求，不是輕易可以練就的。

【一飯三吐哺】指周公在吃一頓飯的過程中，三次吐出口中的食物，迫不及待的要趕去接待賢士。後多用來比喻求取賢士的心非常殷切。見《史記·魯周公世家》：「然我一沐三捉髮，一飯三吐哺，起以待士，猶恐失天下之賢人。」

【一簞食，一瓢飲】形容讀書人安於貧窮的清高生活。

【其為食也，足以增氣充虛、彊體適腹而已矣】飲食的目的只是為了能夠補氣益虛，強身飽腹罷了。語出《墨子·辭過》。

【食無定味，適口者珍】食物的味道隨個人的偏好，沒有一定的標準。

【咬得菜根，則百事可做】出自宋儒汪革之口「人能夠嚼得菜根，則百事可成。」。比喻一個人如能吃苦，則可成就任何事。

《論語·鄉黨》：「食不厭精。膾不厭細。食饐而餲，魚餒而肉敗，不食。色惡不食。臭惡不食。失飪不食。不時不食。割不正不食。不得其醬不食。肉雖多，不使勝食氣。惟酒無量，不及亂。沽酒市脯不食。不撤薑食。不多食。祭於公，不宿肉。祭肉，不出三日。出三日，不食之矣。食不語。寢不言。雖疏食菜羹，瓜祭。必齊如也。」這一段文字頗為詳細地談論飲食，可見孔老夫子不但喜歡烹調精緻的食物，也講究衛生，他不吃的東西還真不少——飯走了味，不吃；東西不新鮮，不吃；烹飪得差，不吃；非季節性產物，肉沒切得方正，調醬不對，統統不吃；連市面上買的肉，唯恐不夠新鮮，也不吃。（焦桐〈舌頭的旅行〉）

古代祭祀用的豬肉必須切得方方正正，孔老夫子說的「割不正不食」。作法則必須細火慢燉，遵循蘇軾〈豬肉頌〉所示：「少著水，柴頭罨煙焰不起，待他自熟莫催他」。這幾乎就是製作封肉的方程式了，唯有如此，肉質才滑嫩富彈性，肥肉幾乎入口就化，瘦肉也軟爛、不塞牙。袁枚在《隨園食單》記載三種紅煨肉的燒法，類似東坡肉的作法。（焦桐〈客家味道〉）

這在傳統社會頗有一些禁忌，譬如《論語・鄉黨》篇中便記錄孔子「割不正，不食」，一般人妄解切割得不方正，孔夫子便不喫，其實大非，「割不正」者，乃肢解獸體未依禮法，其實就是刀具不對，庖人用了血釁的刀具來分割食材，孔子便不忍下嚥，善哉此心！仁者家風所遺，故孟子見齊宣王才說：「見其生不忍見其死，聞其聲不忍食其肉，是以君子遠庖廚。」（徐國能〈刀工〉）

這平生耗在廚房的時日很多，總被先進的女性主義朋友不齒，以為我耗費心智才智在無益的家事上，還不如讀書做學問，好女子當遠離廚房，如孔老夫子之「君子遠庖廚」。（黃寶蓮〈司命灶君〉）

討論中國人的社會與生活，飲食無疑足一個重要的環節，也就是食的問題。孟子說：「食色，性也。」即所謂「人之甘食慾色者，人之性也」。人的本性都是好吃好色的，食和色是人類基本的慾望。這種基本的慾望是構成人類社會發展的基礎。如果從這個基點出發，討論中國歷史文化的發展，將會發現許多過去忽略，但卻非常重要的層面和因素」（逯耀東〈中國第一本食譜〉）

古人說：「飲食男女人之大欲」這句話證明了飲食在我們日常生活，是佔有極重要地位的。歐美人士，一談到割烹之道，總認為飲食能達到藝術境界，必須有高度文化做背景，否則就不能算吃的藝術呢！世界上凡是講究飲饌，精於割烹的國家，溯諸已往必定是擁有高度文化背景的大國，不但國富民強，而且一般社會經濟繁華充裕，才有閒情逸致在飲食方面下功夫。（唐魯孫〈中國菜的分佈〉）

周作人寫散文喜歡談吃，為自己辯護說「飲食男女，人之大欲存」，但是男女之事到處都是一樣，沒什麼可說的，而各地的吃食不同。這話也有理，不過他寫來寫去都是他故鄉紹興的幾樣最節儉清淡的菜，除了當地出筍，似乎也沒什麼特色。炒冷飯的次數多了，未免使人感到厭倦。（張愛玲〈談吃與畫餅充饑〉）

「民以食為天」，但看大餅油條的精緻，就知道「食」不光是填飽肚子就算了。燒餅是唐朝自西域傳入，但是南宋才有油條，因為當時對奸相秦檜的民憤，叫「油炸檜」，至少江南還有這名稱。我進的學校，宿舍裡走私販賣點心與花生米的老女傭叫油條「油炸檜」，我還以為是「油炸鬼」——吳語

「檜」讀作「鬼」。大餅油條同吃，由於甜鹹與質地厚韌脆薄的對照，與光吃燒餅味道大不相同，這是中國人自己發明的。有人把油條塞在燒餅裡吃，但是油條壓扁了就又稍差，因為它裡面的空氣也是不可少的成分之一。（張愛玲〈談吃與畫餅充饑〉）

在一旁的父親插嘴道：「你這便有所不知了，古人說的：『五味令人口爽』，要矯正那因徵逐美味而差池了的舌頭，便要歸返自然本源，如此便是老莊的道，達摩老祖的禪……」大家都搖頭說這是書生一之見，太過迂腐，有人便問起那婆娘如何能有這層識見、這般工夫？（徐國能〈食髓〉）

如今有時不得已越俎代庖為父親料理食材，我用大碗公注水加鹽，放進文蛤，父親則負責起火熱鍋。文蛤一接觸到鹽水，約莫以為回到天下太平的海中世界，多半立時露出潤白舌頭，貪婪地吐沙、喝水、吐沙，我數著那些從水面下緩緩浮出的氣泡，一顆兩顆三四顆，爐火高溫使廚房裡溫度漸升。（蔡佩均〈人間食客〉）

有回在「健樂園」，酒餘飯後，論起食道，父親說：古代名庖中，取材調味以殺子入菜的易牙排第一，論刀工則屬莊子筆下的無名庖丁，庖丁善解牛的關鍵是「以神遇而不以目視」，這話說穿了並不特別，只是庖丁對於獸類的筋骨結構比一般人了解更多而已，可能是早先研究過牛隻的生理構造，有點像西方文藝復興時代的繪畫，對於人體的肌肉、骨骼了解透澈，所以畫作中的肢幹比例、細部表情能更準確而栩栩如生。（徐國能〈刀工〉）

曾先生好賭，有時常一連幾天不見人影，有人說他去豪賭，有人說他去躲債，誰也不知道，但經常急死大家，許多次趙胖子私下建議父親，曾先生似乎不大可靠，不如另請高明，但總被父親一句「刀三火五喫一生」給回絕，意謂刀工三年或可以成，而火候的精準則需時間稍長，但真正能喫出真味，非用一輩子去追求，不是一般遇得上的，父親對曾先生既敬且妒自不在話下。（徐國能〈第九味〉）

周公一飯三吐哺而天下歸心，自問才幹責任不如周公的人要是也那麼緊張，平白糟蹋一頓好飯而已。老實說，認真吃飯還很有安定社會的功能呢。一個酒足飯飽，正在捫腹剔牙的人，一定對生命充滿了感激，還能起什麼壞念頭？（遠人〈口腹〉）

鐵大人聽說有河豚，說：「那得有炒萎蒿呀！——『竹外桃花三兩枝，春江水暖鴨先知，蔞蒿滿地蘆芽短，正是河豚欲上時』，有蔞蒿，那才配稱。」有有有！隨飯的炒菜也極素淨：素炒蔞蒿薹、素炒金花菜、素炒豌豆苗、素炒紫芽姜、素炒馬蘭頭、素炒鳳尾——只有三片葉子的嫩萵苣尖、素燒黃芽白……鐵大人聽了菜單（他沒有看）說是「這樣好，『咬得菜根，則百事可做』。」他請金冬心過目，冬心先生說：「『一簞食，一瓢飲』，儂一介寒士，無可無不可的。」（汪曾祺〈金冬心〉）

《邵氏聞見錄》：「汪信民常言，人常咬得菜根則百事可做，胡康侯聞之擊節歎賞。」俗語亦雲：「布衣暖，菜根香，讀書滋味長。」明洪應明遂作《菜根談》以駢語述格言……咬得菜根，吾鄉的平民足以當之，所謂菜根者當然包括白菜芥菜頭，蘿蔔芋艿之類，而莧菜梗亦附其下。（周作人〈莧菜

梗〉）

古典詩詞

【一碗喉吻潤，兩碗破孤悶。三碗搜枯腸，唯有文字五千卷】出自盧仝的〈走筆謝孟諫議寄新茶〉「文字五千卷」，是指老子五千言《道德經》。三碗茶後，腹笥所有，唯存道德。

【白雲峰下兩旗新，膩綠長鮮穀雨春】穀雨茶有一芽一嫩葉的茶葉，泡在水裡像展開的旌旗，因穀雨前採摘的茶細嫩清香，最宜品新茶賞新春。出自蘇軾〈白雲茶〉。

【白雲滿碗花徘徊，悠揚噴鼻宿酲散】意指茶香悠揚噴鼻，清峭切骨，連宿醉都醒了。出自劉禹錫〈西山蘭若試茶歌〉

【芳茶冠六清，溢味播九區】西晉張載《登成都白菟樓》詩，稱讚成都茶之美勝過周禮中的六清之飲，香味更遠播各地城鎮。

【試酌百情遠，重觴忽忘天】出自陶淵明的詩〈連雨獨飲〉，意指嚐一小口美酒，一切煩惱俗情都遠離了；再喝一杯，連天地都忘卻了。

【三杯和萬事，一醉解千愁】招人飲酒可以化解不少紛爭，借由酒醉可以忘卻許多煩惱。見元代武漢臣《生金閣・第三折》：「可不道三杯和萬事，一醉解千愁。」

【何以解憂，唯有杜康】語出曹操〈短歌行〉，面對譬如朝露、去日苦多的生命真相，只能飲酒消愁。

【葡萄美酒夜光杯】用上等白玉做成的晶瑩如夜光的酒杯，斟滿了用葡萄釀成的美酒。形容酒杯的高貴以及酒的美好。語出唐人王翰〈涼州詞〉：「「葡萄美酒夜光杯，欲飲琵琶馬上催。」

【酒逢知己少】形容性情相投的人聚在一起總不厭倦。

【玉碗盛來琥珀光】蘭陵美酒散發出醲醇的鬱金香味，用晶瑩的玉碗盛來，呈現出琥珀光彩的色澤。語出唐人李白〈客中作詩〉。

【酒入愁腸，化作相思淚】出自范仲淹的〈蘇幕遮〉。斜陽芳草，明月秋風，隨著舉杯飲入愁腸，一時鄉魂旅思，隨之湧上心頭。

【晚來天欲雪，能飲一杯無】出自白居易〈問劉十九〉，寫出喝酒的情境。

【一觴雖獨進，杯盡壺自傾】出自陶淵明的詩〈飲酒（二十首之七）〉，雖然這樣一壺好酒只有我獨自一個人喝著，卻也一杯一杯地不知不覺中把整壺酒喝光了。

【天若不愛酒，酒星不在天，地若不愛酒，地應無酒泉。天地既愛酒，愛酒不愧天】出自李白〈月下獨酌〉，不光是人喜歡酒，連天地都喜歡酒，否則，天上就不會有酒旗星，地上也不會有酒泉的存在了。天地既然同時愛酒，那麼好酒好飲就自然不愧對天地了。

【豈無青精飯，令我好顏色】青精飯主要是為滋補身體，祭祀祖先，相傳為道家所創。此句意指何不吃青精飯，讓臉色好一些，出自杜甫〈贈李白〉。

【夜雨翦春韭，新炊間黃粱】在夜雨時分剪來春天的韭菜，趁著剛煮好的熱飯食用。出自杜甫的詩〈贈衛八處士〉。

【我得宛丘平易法，只將食粥致神仙】意思是說學道成仙並不難，平時只要多多吃粥便可以了，出自陸游的詩〈食粥〉。

【青青高槐葉，采掇付中廚】樹上的翠綠的槐葉，正好採下做冷淘。出自杜甫〈槐葉冷淘〉。

【芳香獻蘭蓀】出自王禹偁〈甘菊冷淘〉，意指由於麵條已滲進甘菊汁，芳香如蘭。

【亦有和羹，既戒既平】出自《詩經・商頌・烈祖》，和羹指為羹湯調味，要持中庸之道不過量。和羹舊時比喻宰相輔佐帝王處理朝政。

【誰謂荼苦，其甘如薺】誰說荼菜苦？比起我來甜如薺菜。出自《詩經・谷風》。

【薺糝芳甘妙絕倫，啜來恍若在峨嵋】出自陸游的〈食薺糝甚美蓋蜀人所謂東坡羹也〉，這是陸游在四川吃了「東坡羹」所寫，對此羹讚賞不已。

【煮豆為乳脂為酥】出自蘇軾〈蜜酒歌〉意指磨豆煮漿似牛乳，而豆漿做成的豆腐如同酥酪一般味美。

【其蔌維何，維筍維蒲】出自《詩經・大雅・韓奕》意指山餚野蔬，以筍蒲最佳。

【嫩籜香苞初出林，於陵論價重如金】出自唐代詩人李商隱的〈初食筍呈座中〉，形剛挖出的嫩筍鮮嫩，價值千金。又引為年少才高恃才而沾的心態。

【久拋松菊猶細事，苦筍江豚哪忍說】出自蘇軾〈初到黃州〉，詩人愛筍連苦筍也念念不忘。

【可螯可膾最可羹，繞齒簌簌冰雪聲】出自楊萬里〈煮筍〉，說出竹筍可煮粥可炒肉絲，更可以煮成羹，嚼來清脆如夏日冰雪般快意。

【藜藿盤中生精神，珍蔬長帶色勝銀】出自黃庭堅〈謝楊履道送銀茄四首〉，書寫白茄的外觀色澤。

【醉死糟丘終不悔，看來端的是無腸】無腸意指螃蟹，出自陸游《糟蟹》，有酒有蟹，詩人自況醉死又何妨。

【鐵甲長戈死未忘，堆盤色相喜先嘗】出自《紅樓夢》中林黛玉之口，形容螃蟹在盤，一嘗為快的心情。

【眼前道路無經緯，皮裡春秋空黑黃】出自《紅樓夢》中薛寶釵之口，形容被人煮食的螃蟹眼前，橫豎已無路可走，螃蟹雖然詭計多端，也無法逃脫被人煮食的命運。

【味尤堪薦酒，香美最宜橙，殼薄脂胭染，膏腴琥珀凝】出自宋朝劉攽的詩〈蟹〉，形容蟹肉鮮美配酒最佳，佐配香橙味道香美，煮好的蟹 呈胭脂般的紅色，肥美的蟹膏如同凝結的琥珀一般。

【一腹金相玉質，兩螯明月秋江】出自黃庭堅之聯，寫出蟹黃和蟹螯之形色味美。

【執螯更喜桂陰涼，潑醋擂薑興欲狂】語出紅樓夢中賈寶玉之口，吟咏食蟹之樂。

【搖扇對酒樓，持袂把蟹螯】語出李白〈送當塗趙少府赴長蘆〉，寫出飲酒食蟹之美。

【千里蓴羹，未下鹽豉】出自《世說新語．言語》陸機回答王武子的詢問，家鄉千里湖裡蓴菜做的湯，味道鮮美，不必用鹽豉做調味，

【休說鱸魚堪膾，盡西風，季鷹歸未】不要說家鄉的鱸魚膾多麼味美，儘管現在西風已經吹起，張翰可曾歸去?言外之意是：我不願學張翰那樣忘懷時事，心系桑梓，見西風起就棄官歸鄉。出自辛棄疾的詞〈水龍吟〉。

【無聲細下飛碎雪，有骨已剁觜春蔥】出自杜甫〈閿鄉薑七少府設膾，戲贈長歌〉，無聲之間魚肉已用快刀片成細雪片入盤中，骨頭亦剁成像春蔥尖尖的形狀置於盤邊。

【齏臼方見金屑作，膾

盤已見雪成堆】才聽到用來搗碎辛辣食物的石臼搗擊聲，盤中的生魚片已如雪成堆。出自黃庭堅詩〈謝榮緒惠贈鮮鯽〉。

【苦筍鰣魚鄉味美】出自北宋賀鑄的詞〈夢江南〉，見景不禁想起當年家鄉嘗到苦筍鰣魚的美味。

【西塞山前白鷺飛，桃花流水鱖魚肥】西塞山邊，空中有白鷺高飛，而山下的小溪邊，盛開著叢叢鮮豔的桃花，溪水中是一條條鮮活肥美的鱖魚，出自唐朝張志和的詩〈漁父〉。

【江南鮮筍趁鰣魚，爛煮春風三月初】這是清朝著名詩畫家鄭板橋對江陰鰣魚的詩讚，寫出鮮筍燒鰣魚的美味。

【如鬬鱖魚如鮒櫛，鬐張腮呷跳縱橫】出自徐文長〈雙魚〉以詩點題，說出鱖魚直挺的形貌和張口飛躍的姿態。

【湧身既入蓮房去，好度華池獨化龍】出自林洪〈山家清供〉，寫蓮房包魚這道菜，其中另有寓意。鯉魚跳龍門就是所謂的魚化龍，此處蓮房借喻蓮幕，恭賀友人既入蓮幕，不愁無飛黃騰達之日。

【鮮魚臠切矗玲瓏】出自汪兆餘〈羊城竹枝詞〉，形容鮮魚切片的形色。

【蜀酒濃無敵，江魚美何求】出自杜甫〈戲題寄上漢中王三首〉，寫四川當地的酒美魚鮮。

【長江遶郭知魚美，好竹連山覺筍香】出自蘇軾〈初到黃州〉因為長江環繞而想到可有鮮美的魚吃，因當地多竹而猶如聞到竹筍的香味。

【寒夜客來茶當酒】出自杜耒〈寒夜〉，寒冬夜裡，客人到訪，以茶代酒請他品嘗。

【有兔斯首，炮之燔之】《詩經·瓠葉》寫朋友飲酒同樂，並以烤兔肉款待朋友的情境。

【慢著火，少著水，火候足時他自美】出自蘇東坡的〈食豬肉詩〉，也是後世東坡肉做法的由來。

【紅顆珍珠誠可愛，白鬚太守亦何癡】像一顆顆豔紅珍珠一般的荔枝真是可愛啊，但那個白髮白鬚的老太守也未免太癡心了吧？出自白居易《種荔枝》，寫出熱愛荔枝的自況。

【龍綃殼綻紅紋粟，魚目珠涵白膜漿】出自唐人徐夤的詩〈荔枝〉，形容荔枝的外觀和果肉極為傳神。

【皮龍鱗以駢比，膚玉英而含津】出自張九齡的〈荔枝賦〉，外皮像龍鱗一樣緊密排列，內膜像潤潔的玉一樣含著水分。

【剝之凝如水晶，食之消如絳雪】出自蔡襄《荔枝譜》，形容荔枝的形色和味道。

【日啖荔枝三百顆，不辭長作嶺南人】出自蘇東坡的〈食荔枝〉，寫盡對荔枝的偏愛。

【一騎紅塵妃子笑，無人知是荔枝來】出自杜牧〈出華清宮〉打開要塞城牆大門的守衛們，必然以為帶回的是重要軍機密報，無人知道帶回的卻是荔枝。

【無竹令人俗，無肉令人瘦】出自蘇軾的〈於潛僧綠筠軒〉。

【紅豆生南國，春來發幾枝】出自王維的〈相思〉。生長於南方的紅豆，入春以來不知長出多少枝條。

【蓼茸蒿筍試春盤。人間有味是清歡】出自蘇軾〈浣溪沙〉一盤新鮮的蓼茸蒿筍助興，人間的情味正不過如此！

【天下風流筍餅餤，人間濟楚蕈饅頭】出自蘇軾〈約吳遠遊與姜君弼喫蕈饅頭〉。

【鳧茈小甑炊，丹柿青篾絡】鳧茈在瓦甑上炊蒸著，青色竹籃裡還擺著豔豔的紅柿子，出自陸游〈野飲〉。

我在清明前一日，和朋友到西山去賣茶。在鳳凰村一戶茶農家裡，看碧螺春炒製的經過，讓我大有啟發，想起了劉禹錫當蘇州刺史時（公元八三一～八三四）到西山試茶，寫的《西山蘭若試茶歌》；「山僧後簷茶數叢，春來映竹抽新茸。莞然為客振衣起，自傍芳叢摘鷹嘴。斯須炒成滿室香，便酌砌下金沙水。驟雨松風入鼎來，白雲滿碗花徘徊。悠揚噴鼻宿酲散，清峭切骨煩襟開……」我們看到剛採下的茶芽，嫩綠纖幼，真如鷹嘴雀舌一般。茶農就像劉禹錫見到的山僧，滿面笑容，說要炒茶給我們看，炒碧螺春的方法，是一個小炒焙，另一人添柴草管灶。茶農夫婦兩人頗有默契，隔著一面灶壁，炒起清明前一日的新芽。大約十五分鐘左右，經過翻炒，搓揉，碧螺春就製作完畢，滿室芳香。隨即在杯中沖上熱水，再投茶其中，就看到蜷曲的茶芽逐漸展開，還有雲霧一般的白色茸毛在杯中浮

沉上下。輕啜一口，真是悠揚噴鼻，清峭切骨。（鄭培凱〈茶亦有道乎？〉）

西晉張載《登成都白菟樓》詩稱讚川茶說：「芳茶冠六清，溢味播九區」。六清是古代六種飲料。《周禮·天官·膳夫》稱：「膳用六牲，飲用六清。」但其中卻沒有茶。魏晉以後，茶成為六清之外的一種新飲料。（逯耀東〈知堂論茶〉）

雨時節的無邊春色惹人醉，有著說不盡的妖嬈，也有道不完的浪漫快意，採茶煎茶便是。宋代大詩人蘇軾有詩云：「白雲峰下兩旗新，膩綠長鮮穀雨春。」茶煎穀雨春，古人青睞「雨前茶」。穀雨茶也就是雨前茶，是穀雨時節採製的春茶，又叫「二春茶」。民間還傳說真正的穀雨茶能讓死人復活，肯定很多人聽說過，但這只是傳說；不過可想知這真正的穀雨茶在人們心目中的分量有多高。（張海法〈穀雨——雨生百穀喝春茶〉）

「來，一盃和萬事，一醉解千愁！」「酒逢知己少，詩向會人吟。」古詩的浮憶益令我們氣壯，一瓶高粱被我們用喝啤酒的方法解決後，立刻就歪倒在地板上，直到第二天近午才昏沉沉趕到學校：宿醉的痛苦使我好久不敢再惹這種白乾。（焦桐〈論飲酒〉）

「玉碗盛來琥珀光」，是琥珀沉鬱的光，是糾結著黃金色澤與濃烈酒香的光，使人陶醉沉迷。像青春到了韶華盛極，無奈裡一聲輕輕的喟嘆，在光裡像一縷煙，飄忽逝去了。（蔣勳〈光的文學書寫〉）

年輕時在金門服兵役，發現女朋友移情別戀，我幾乎每一分鐘都在想念她，每天深夜都希望喝高粱酒醉給他死，每天清晨都不知道用什麼勇氣醒過來。雖然「酒入愁腸化作相思淚」，然則年輕時偶爾喝醉有什麼要緊？喝醉總比發瘋好。（焦桐〈論醉酒〉）

杜甫有詩謂：「豈無青精飯，令我好顏色。」那是用名青精樹的南天燭葉莖染粳米製成的。這種黑米就是《紅樓夢》所謂的「胭脂米」。由於這種米無黏性，所以摻糯米加豬油和糖同煮，其味糯而爽，是《紅樓夢》裡一味小食。（逯耀東〈從城隍廟吃到夫子廟〉）

穰皮子是現在夏天吃的涼麵的一種。涼麵源于唐代的「冷淘」。杜甫《槐葉冷淘》詩：「青青高槐葉，采掇付中廚，新面來近市，汁滓宛相俱。入鼎資過熟，加餐愁欲無。碧鮮俱照筯，香飯兼苞蘆，經齒冷於雪，勸人投此珠。」（逯耀東〈近上長安〉）

這款槐葉冷淘，本身是一種以槐葉和麵為之的熟麵。其具體製作方法，載之於宋人王禹偁〈甘菊冷淘〉一詩中，寫道：「淮南地甚暖，甘菊生籬根。長芽觸未嘗，小葉弄晴暾。采采忽盈把，洗去朝露痕。俸麵新加細，溲牢如玉墩。隨刀落銀縷，投煮寒泉盆。雜此青青色，芳香獻蘭蓀……」指出它以甘菊汁和麵，用刀切成細條，在煮熟之後，再放入注寒泉的水盆中浸透即成。由於麵包已滲進甘菊汁，所以其顏色青碧，且「芳香敵蘭蓀」了。究其實，唐及北宋初年的冷淘，採用槐葉和甘菊葉，均「性味涼苦」，最能降虛火，兼清熱消渴。到了後來，也不這麼講究了。像北宋末年，其都城汴京及

南宋都城臨安的市肆，皆有多種冷淘出售。其中最著名的，則是麵細色白的銀絲冷淘。（朱振藩〈暑食冷淘透心涼〉）

東坡羹有多好吃？陸遊〈食薺糝甚美蓋蜀人所謂東坡羹也〉贊道：「薺糝芳甘妙絕倫，啜來恍若在峨嵋。蓴羹下豉知難敵，牛乳抨酥亦未珍。異味頗思修淨供，祕方常惜授廚人。午窗自撫膨脝腹，好住煙村莫厭貧」。世人多覺得清淡則寡味，因此素不如葷，其實清淡之味與美食並不衝突，反而更能貼近原味。關鍵在廚師的手段。任何食材淪落獃廚手中，都只能拜託佛祖保佑；唯高明的庖人能令各種食材表現各自的優點，唯舌頭敏銳的美食家能欣賞清淡味。（焦桐〈東坡羹〉）

東坡豆腐是否為蘇軾所創，有待查證。不過蘇軾與豆腐倒是挺有淵源的，曾撰詩云：「煮豆為乳脂為酥。」還喜歡吃蜜漬豆腐。而用榧子同煎滾的豆腐偏甜，至少應是合其脾胃的。江蘇常州的豆腐甚佳，皮蛋拌豆腐尤有名。近人伍稼青的《武進食單》，收有「蔥煎豆腐」一味，其做法為：「將多量胡蔥切斷，在沸水中炒半熟，用鐽撥置一邊，再將豆腐下鍋煎至微黃與蔥相混合，加鹽及醬油、糖，數沸起鍋。」而在冬至前夕，人家準備肴巷餚、酒過節，必備有這道菜。鄉諺且云：「若要富，冬至隔夜吃塊胡蔥燒豆腐。」（朱振藩〈東坡豆腐有真味〉）

東坡豆腐用香榧子、蔥、油和調味料煎豆腐，可能就是蘇東坡謫居黃州時所創。黃州豆腐出名甚早，有歌謠為證：「過江名士開笑口，樊口魚武昌酒，黃州豆腐本佳味，盤中新雪巴河藕」。（宋）林洪

《山家清供》載東坡豆腐的作法：豆腐，蔥油煎，用研榧子一二十枚，和醬料同煮。又方，純以酒煮。俱有益也。（焦桐〈豆腐〉）

《紅樓夢》三十八回，敘史湘雲做東道，在藕香榭請寶玉、黛玉等人食蟹。蟹是以籠蒸熟的，佐以薑醋，伴以熱酒，大家自己掰著吃香甜，一邊剝一邊吃。執螯賞菊的確是人間的風雅韻事，當然不能無詩。於是，寶玉先來了一首：「執螯更喜桂陰涼，潑醋擂薑興欲狂。」寶玉的詩雖無境界，但「潑醋擂薑」卻道出食蟹的最基本方法，醋薑不僅可以提味壓腥，而蟹性寒，薑可以袪寒。在此間飯店食蟹，食罷，夥計就奉一盅紅糖薑茶，意亦在此。（逯耀東〈看來端的是「無腸」〉）

唐宋的文人多嗜蟹，李白有「搖扇對酒樓，持袂把蟹螯」之句，已寫出他那種急不可待的精神了。黃山谷有「一腹金相玉質，兩螯明月秋江」，把蟹的美味與詩意都表現出來了。唐人吃蟹與橙並食，所謂「味尤堪薦酒，香美最宜橙，殼薄脂胭染，膏腴琥珀凝」。不知這是否就是糖蟹、蜜蟹的食法。（逯耀東〈看來端的是「無腸」〉）

汪兆餘《羊城竹枝詞》談到魚生：「冬至魚生處處聞，鮮魚臠切矗玲瓏，一杯熱酒聊消冷，猶是前朝食膾風。」廣東的魚生，以新鮮的活鯇魚切薄片，和以蔥薑絲，點豉油食之。現在廣州、香港市面的粥麵店有售，隨時可以吃到，不限於冬至。所謂魚生是前朝食膾的遺風。中國人食膾的習慣由來已。（逯耀東〈臠切玉玲瓏〉）

乾元元年（七五八）六月，杜甫由左拾遺貶官華州匡司功參軍。這一年冬天有洛陽之行。路經閿鄉，受姜七少府的款待，並由姜少府的妻親自操刀制膾饗客。閿鄉當時屬陝州，杜甫出潼關去洛陽，為必經之地。閿鄉所產的鱣鯉可以制膾。杜甫灑足飯飽之餘，寫下《閿鄉薑七少府設鱠戲贈長歌》，其中有：饔人受魚鮫人手，洗魚磨刀魚眼紅；無聲細下飛碎雪，有骨已剁嘴春蔥。偏勸腹腴愧年少，軟炊香粳緣老翁；落砧何曾白紙溼，放箸不覺金盤空。描繪制膾過程非常傳神。後來杜甫流寓巴蜀近十年，雖然心情蕭瑟，卻有食膾的歡娛。因此，有「蜀酒濃無敵，江魚美何求」之句。（逯耀東〈鑽切玉玲瓏〉）

「嶺南市裡筍如酥，筍味清絕酥不如，帶雨斲來和籜煮，中含柘漿新甘露，可虀可膾最可羹，繞齒蔌蔌冰雪聲。」——楊萬裡〈煮筍〉夏日做竹筍粥尤好，湯飯菜蔬共治一爐，省事減勞，卻又清新可口，爽利開胃。「可虀可膾最可羹」，看樣子，楊萬裡也最愛筍湯呢。不過要新鮮靚筍，才能煮出清甜好湯，我這馬蹄筍滋味太單薄，光靠焯筍水太淡，得另外再熬湯。排骨當然最好用，但炎夏不想沾油羶，我改用黃豆芽來熬，略加小干貝提味，十來分鐘已清鮮可飲。要是懶得煲，就用罐頭高湯吧，一切夏天的懶怠，都值得同情和原諒。（蔡珠兒〈夏小饌——清蔬竹筍粥〉）

到了宋朝的蘇東坡，初到黃州立刻就吟出「長江繞郭知魚美，好竹連山覺筍香」之句，後來傳誦一時的「無竹令人俗，無肉使人瘦。若要不俗也不瘦，餐餐筍煮肉。」更是明白表示筍是餐餐所不可少的。不但人愛吃筍，熊貓也非吃竹枝竹葉不可，竹林若是開了花，熊貓如不遷徙便會餓死。（梁實秋

〈筍〉）

「鐵甲長戈死未忘，堆盤色相喜先嘗。螯封嫩玉雙雙滿，殼凸紅脂塊塊香。多肉更憐卿八足，助情誰勸我千觴。對茲佳品酬佳節，桂拂清風菊帶霜。」黛玉的這首不僅比寶玉的那首高雅多了，而且也寫出了當時的情景與蟹的形象和色香。至於寶釵的那首：「桂靄桐蔭坐舉觴，長安涎口盼重陽；眼前道路無經緯，皮裡春秋空黑黃，酒米滌腥還用菊，性防積冷定須薑，於今落斧成何益，月浦窄餘禾黍香」。寶釵的「皮裡春秋空黑黃」雖然世故了些，但也道出食蟹的整個過程。食畢淨手是必須的。

（逯耀東〈看來端的是「無腸」〉）

「休說鱸魚堪膾，盡西風，季鷹歸未？」辛棄疾重寫了這個因思及家鄉美食而辭官的典故。但對辛棄疾來說，張翰回得去，但他回不去了。中國知識分子大部分矛盾與糾結的核心，都與「仕／隱」有關，離國去境、憂讒畏譏，如果那失落的神州故土終究只能是神州故土，像一瓶開了瓶卻沒喝完的可樂，空盪盪了，剩下一味的死甜。（祁立峰〈飲食南北〉）

倒是新竹竹科廣播電台的田麗雲總監曾提供我一首北宋賀鑄的詞：「九曲池頭三月三，柳毿毿。香塵撲馬噴金銜，涴春衫。苦筍鰣魚鄉味美，夢江南。閶門煙水晚風恬，落歸帆。」道盡了豪門子弟思念在策馬春遊後，倚坐柳絲飄飄的河畔酒樓，品嘗春筍鰣魚的美好時光。而最好的吃法，就是以網油包裹著清蒸，既保有每一滴原汁原味，魚肉入口清新甜腴，又有淡淡的動物油脂香，再加上爽脆的筍

絲，確是絕品。（方力行〈春筍鮒魚滋味長〉）

可以和石斑相媲美的淡水魚，其謂鱖魚乎？張志和《漁父》詞：「西塞山前白鷺飛，桃花流水鱖魚肥」，一經品題，身價十倍。我的家鄉是水鄉，產魚，而以「鯿、白、鯚」為三大魚名：「鯚」是鯚花魚，即鱖魚。徐文長以為「鯚」字應作「罽」。「罽」是古代的花毯。鯚花魚身上有黃黑的斑點，似「罽」。但「罽」字今人多不識，如果飯館的功能表上出現這個字，顧客將不知道這是什麼東西。鱖魚肉細，是蒜瓣肉，刺少，清蒸、氽湯、紅燒、糖醋皆宜。蘇南飯館做「松鼠鱖魚」，甚佳。一九三八年，我在淮安吃過乾炸鯚花魚。活鱖魚，重三斤，加花刀，在大油鍋中炸熟，外皮酥脆，魚肉白嫩，蘸花椒鹽吃，極妙。（汪曾祺〈魚我所欲也〉）

讀《徐文長佚草》，有一首《雙魚》：「如罽鱖魚如鮒櫛，鬐張腮呷跳縱橫。遺民攜立岐陽上，要就官船膾具烹。」青藤道士畫並題。鱖魚不能屈曲，如僵蹶也。罽音計，即今花毬，其鱗紋似之，故曰罽魚。鯽魚群附而行，故稱鮒魚。舊傳敗櫛所化，或因其形似耳。這是一首題畫詩。使我發生興趣的是詩後的附注。鱖魚為什麼叫做鱖魚呢？是因為它「不能屈曲，如僵蹶也」。此說似有理。鱖魚是不能屈曲的，因為它的脊骨很硬，但又覺得有些勉強，有點像王安石的《字說》。（汪曾祺〈鱖魚〉）

林洪的即席詩云：「錦瓣金蓑織幾重，問魚何事得相容？湧身既入蓮房去，好度華池獨化龍。」詩中所引用的是西王母瑤池中植蓮養魚，其魚可在華池裡修行成龍的神話故事。口采既好，立意又妙，難怪李春坊樂不可支，慷慨致贈厚禮，傳為食壇佳話。此菜構思精巧，做工考究，的確不同凡響。它首先「將蓮花中嫩房（指蓮的嫩蓮蓬，因蓮的外包各以其孔相隔如房）去穰截底（即切下底部的蒂），剜穰留其孔。以酒、醬、香料加活（現宰的）鱖魚塊，實其肉，仍以底坐甑（煮物之瓦器，上大下小，底有七孔）內蒸熟。或中外塗以蜜出楪。」換句話說，它是用香料、酒、醬拌好的鱖魚塊，嵌入處理好的嫩蓮蓬孔內，蒸熟即可食用。亦可在蓮蓬的內外，塗上一層蜂蜜，然後盛盤上桌。（朱振藩〈蓮房魚包有別趣〉）

竹筍要選肥短略彎形狀，若系綠竹筍，則宜避免筍籜尖端有綠色者，才不至於帶有苦味。竹筍屬山珍，自古文人多喜愛其形且喜食其味，以之入畫又入詩。東坡初到黃州詩云：「長江遶郭知魚美，好竹連山覺筍香。」筍的香味清美自是不凡，不過，冬筍處理不當，往往澀痲令舌難堪，故宜乎先於冷水中煮沸過，再切片切絲。（林文月〈扣三絲湯〉）

宋代詩人杜耒的《寒夜》詩，有「寒夜客來茶當酒，竹爐湯沸火初紅」之句。詩中提到的「茶當酒」，是魏晉至唐宋間文學領域裡很大的轉變，這種轉變所發生的影響，不僅限於文學領域一隅。魏晉文化與隋唐不同，雖然有很多原因，但飲茶風氣的普及，而且由於這種新飲料的流行，改變了當時的生活習慣，並且引起起社會經濟以及文化意以形態領域的變化，可能也是原因之一。（逯耀東〈寒夜客來〉）

世人皆知蘇東坡善於烹調豬肉，流傳千古的「東坡肉」乃是他被貶謫黃州時的創作，那篇使東坡肉變成豬肉典律的〈豬肉頌〉很短，總共只有六十一字：「淨洗鍋，少水，柴頭罨煙焰不起。待他自熟莫催他，火候足時他自美。黃州好豬肉，價錢賤如土。貴人不肯喫，貧人不解煮，早晨起來打兩碗，飽得自家君莫管。」燒豬肉的廚藝表現首先是火候——須用文火，不可躁進，這是製作東坡肉最要緊的精神。次要訣竅是鍋裡的水要少。這篇文章猶有未言明的佐料——酒和筍。豬肉要燒得好，鍋子裡可以沒有水，卻不能省略酒，這一點，知酒愛酒如東坡居士不可能不清楚。（焦桐〈東坡肉〉）

不過，炙與膾是兩種不同的烹飪技巧，在中國飲食文化發展過程中，長久存在，直到現在仍然在使用著。炙，是人類開始用火後，首先出現的烹飪方法。《說文》解釋炙，從肉，置火上，是炙肉的意思。炙肉，就是將肉放置在火上燒烤。《詩經》有「有兔斯首，炮之燔之；有兔斯首，燔之炙之」之句，道出了炮、燔、炙三種不同燒兔子的方法。這三種方法據毛注的解釋：「將毛曰炮，加火曰燔，抗火曰炙。」也就是用泥裹起來燒稱炮，連毛帶皮投入火中燒稱燔，舉在火上燒稱炙。這三種不同將食物燒熟的方法，總稱之為炙。（逯耀東〈燒豬與掛爐鴨子〉）

關於荔枝，它那「剝之凝如水晶，食之消如絳雪」的丰姿和滋味，不知吸引了多少文人雅士，蘇東坡即為其一，他膾炙人口的〈食荔枝〉詩云：「日啖荔枝三百顆，不辭長作嶺南人。」更用鮮干貝和河豚來形容其美味，「似開江瑤斫玉柱，更洗河豚烹腹腴」，描繪傳神，極有新意。（朱振藩〈勾人饞涎玉荷包〉）

聖人對於飲食之道，有膾不厭細之說。膾者，肉絲也，大概冬筍炒肉絲是古已有之了。否則蘇東坡的「無竹令人俗，無肉令人瘦」若要不俗又不瘦，頓頓吃筍炒肉，便是語出無典了。（劉枋〈膾不厭細〉）

出自張九齡的〈荔枝賦〉是第一篇出自南方人的荔枝文學，打破北人的擬狀臆想，以親身經驗描摹荔枝「皮龍鱗以駢比，膚玉英而含津」的形色滋味，「心恚可以蠲忿，口爽可以忘疾。」的消暑功能。張九齡是廣東曲江人（今韶關），初唐時躋身北方的精英社會，成為深受推崇的詩人與賢相，被後世譽為「嶺南第一人」，然而這篇〈荔枝賦〉卻隱約反映出他內心的省籍鬱結。（蔡珠兒〈南方絳雪〉）

我披上衣裳，到廚房裡找水喝，流理台放著一盅水，水裡浸泡著一群紅豆。睡前我閒話一句的對母親說，過年了煮點紅豆湯喝吧，現在這些紅豆就安安靜靜的睡在水裡了，它們的顏色似乎在水中褪去一些，由暗紅變為淺淺的桃紅色。我俯身看著那盅睡著的紅豆，看著水中映照自己朦朧的臉龐，忽然，聽見了孩子稚氣的吟唱著：紅豆生南國，春來發幾枝。勸君多採擷，此物最好吃……吟唱中還混合著快樂的笑聲。（張曼娟〈繁華舊夢一豆紅〉）

我也喜歡荸薺在古代的說法，叫鳧茈，這名字真美，鳧是野鴨，茈是一種紫草，根皮紫色，可作染料。我不知道荸薺古稱鳧茈的原因，是否因為它身上那鳥嘴般的芽，加上棗紅的皮色？總之鳧茈這名字美，比荸薺、馬蹄都美，給人豐富的聯想。陸游的〈野飲〉詩有「鳧茈小甑炊，丹柿青篾絡」之句，說春雨行路難，但是野外孤店裡，尚有村酒可小酌，鳧茈在瓦甑上炊蒸著，青色竹籃裡還擺著豔豔的紅柿子呢！人生本多憂患，「野飲君勿輕，名宦無此樂」，這簡單的野飲您不要輕視，高官名宦卻難得此樂啊。（文正〈庖廚偶記／荸薺〉）

國家圖書館出版品預行編目資料

如何捷進寫作詞彙——飲食篇／黃淑貞 著；-- 二版. -- 台北市：商周出版, 城邦文化事業股份有限公司出版：英屬蓋曼群島商家庭傳媒股份有限公司城邦分公司發行, 2023.12 面；公分. --（中文可以更好；32）

ISBN 978-626-318-960-7（平裝）

1.CST：漢語 2.CST：作文 3.CST：寫作法 4.CST：詞彙

802.7 112019726

中文可以更好 32

如何捷進寫作詞彙——飲食篇

編　　者／黃淑貞
責任編輯／鍾宜君（初版）、林瑾俐（二版）
協力編輯／李雅如（初版）

版　　權／吳亭儀
行銷業務／周丹蘋、賴正祐
總 編 輯／楊如玉
總 經 理／彭之琬
事業群總經理／黃淑貞
發 行 人／何飛鵬
法律顧問／元禾法律事務所 王子文律師
出　　版／商周出版　城邦文化事業股份有限公司
臺北市中山區民生東路二段141號9樓
電話：(02)2500-7008 傳真：(02)2500-7759
E-mail：bwp.service@cite.com.tw
發　　行／英屬蓋曼群島商家庭傳媒股份有限公司城邦分公司
臺北市中山區民生東路二段141號11樓
書虫客服服務專線：(02)25007718・(02)25007719
24小時傳真服務：(02)25001990・(02)25001991
服務時間：週一至週五上午09:30-12:00・下午13:30-17:00
郵撥帳號：19863813　戶名：書虫股份有限公司
讀者服務信箱E-mail：service@readingclub.com.tw
歡迎光臨城邦讀書花園　網址：www.cite.com.tw
香港發行所／城邦（香港）出版集團有限公司
香港九龍九龍城土瓜灣道86號順聯工業大廈6樓A室
Email：hkcite@biznetvigator.com
電話：(852) 25086231　傳真：(852) 25789337
馬新發行所／城邦（馬新）出版集團 Cite (M) Sdn. Bhd.
41,Jalan Radin Anum,Bandar Baru Sri Petaling,
57000 Kuala Lumpur, Malaysia.　Email：cite@cite.com.my
電話：(603)9057 8822　傳真：(603) 9057 6622

封面設計／杜浩瑋
插　　畫／陳婷衣
排　　版／唯翔工作室
印　　刷／韋懋實業有限公司
經 銷 商／聯合發行股份有限公司　電話：(02)2917-8022　傳真：(02) 2911-0053

■2023年12月二版

ISBN 978-626-318-960-7
定價／300元

廣　告　回　函	
北區郵政管理登記證	
北臺字第000791號	
郵資已付，免貼郵票	

104　台北市民生東路二段141號11樓

英屬蓋曼群島商家庭傳媒股份有限公司城邦分公司　收

請沿虛線對摺，謝謝！

書號 BK6032X　　書名 如何捷進寫作詞彙——飲食篇

請於此處用膠水黏貼

商周出版

讀者回函卡

線上版讀者回函卡

感謝您購買我們出版的書籍！請費心填寫此回函卡，我們將不定期寄上城邦集團最新的出版訊息。

姓名：________________ 性別：☐男 ☐女

生日：西元________年________月________日

地址：________________

聯絡電話：________________ 傳真：________________

E-mail ：

學歷：☐ 1. 小學 ☐ 2. 國中 ☐ 3. 高中 ☐ 4. 大學 ☐ 5. 研究所以上

職業：☐ 1. 學生 ☐ 2. 軍公教 ☐ 3. 服務 ☐ 4. 金融 ☐ 5. 製造 ☐ 6. 資訊
☐ 7. 傳播 ☐ 8. 自由業 ☐ 9. 農漁牧 ☐ 10. 家管 ☐ 11. 退休
☐ 12. 其他________________

您從何種方式得知本書消息？

☐ 1. 書店 ☐ 2. 網路 ☐ 3. 報紙 ☐ 4. 雜誌 ☐ 5. 廣播 ☐ 6. 電視
☐ 7. 親友推薦 ☐ 8. 其他________________

您通常以何種方式購書？

☐ 1. 書店 ☐ 2. 網路 ☐ 3. 傳真訂購 ☐ 4. 郵局劃撥 ☐ 5. 其他______

您喜歡閱讀那些類別的書籍？

☐ 1. 財經商業 ☐ 2. 自然科學 ☐ 3. 歷史 ☐ 4. 法律 ☐ 5. 文學
☐ 6. 休閒旅遊 ☐ 7. 小說 ☐ 8. 人物傳記 ☐ 9. 生活、勵志 ☐ 10. 其他

對我們的建議：________________

____

____

請於此處用膠水黏貼